Das Darmstädter Weihnachtsbuch

DAS DARMSTÄDTER WEIHNACHTS- BUCH

Herausgegeben
von Fritz Deppert

Verlag H. L. Schlapp, Darmstadt

ISBN 3-87704-058-6
Umschlag und Gestaltung: Karl Horst Passet, 64342 Seeheim
(unter Verwendung der farbigen Bilder von Hartmuth Pfeil).
Nachdruck der Ausgabe 1983 (ISBN 3-87704-013-6).

Herstellung: Books on Demand GmbH,
D-22848 Norderstedt.

Dies ist ein Book on Demand und kann bei
Libri, Georg Lingenbrink GmbH & Co KG,
über den Buchhandel oder
über das Internet bestellt werden.

Inhaltsverzeichnis

Adventszeit

Von dem geistlichen Advent und der Wiederkunft des Herrn

Es sind vier Wochen des Advents, die bezeichnen die vier Zukünfte unsres Herrn: die erste, daß er zu uns ist kommen in der Menschheit, die andre, daß er mit Gnaden ist kommen in der Menschen Herzen, die dritte, daß er zu uns ist kommen in den Tod, die vierte, daß er wird wiederkommen zu dem jüngsten Gericht. Die letzte Woche des Advents wird selten geendet, zu einem Zeichen, daß die Glorie kein Ende hat, zu der die Heiligen am jüngsten Tage werden kommen.

LEGENDA AUREA

GEORG CHRISTIAN LEHMS

Aria zum Ersten Advent

Die Nacht der Sünden ist vergangen /
Die uns auff unsern Seelen lag /
Uns der vergnügte Lebens-Tag
Hat sich hingegen angefangen.
Drum laßt uns von der Sünde ruhn /
Und lauter gute Wercke thun /
Daß uns die Höllen-Finsternissen
Nicht endlich ewig schrecken müssen.

KARL THYLMANN
Advent

Reichlich senkt sich der Schnee.
Erde erblindet.
Unter der himmlichen Last
Weißer Vergessenheit
Schwindet ihr Leben.
Tod wird Licht.

Stiller blicken die Augen auf,
Wenn mitternachts
Das überfüllte Firmament
Zahllos geistige Pfeile schießt.
Gestirne rücken zusammen,
Abermals,
Zu unendlichem Kräftenetz.
Demütig kreist
Inmitten die Erde,
Der trübe, auserwählte Stern,
Im scheuen Glanz noch junger Strahlen.
Erde, geringe Krippe!
Wieder bettet sich Gott,
Das Kind, in dich,
Im Angesicht der seligsten Planeten.

GABRIELE WOHMANN

Der 1. Advent, eine Abreise

...und ich war plötzlich stolz
Auf die vielbeschäftigte angeschwärzte
Häßliche Schönheit vom Frankfurter Hauptbahnhof
Der Zugverkehr ging besser verwaltet
Weiter.
Einverstanden mit dem Kirchenlied
Dieser höheren Aufsicht.
Die Ansagen, deutlicher artikuliert
Weil jetzt der Chef hier seinen Besuch machte.
Als wollten sie ihren Proviant
Für die Weiterreise abholen
Eine Art Extremversorgung, Quäkerspeisung
Versammelten sich immer mehr Menschen
Um den Posaunenchor
Auch der Mann mit der blauroten Gesichtshälfte
Dieser verewigten Prügelstrafe
Sah so einverstanden aus.
Sie wußten keinen Anlaß, aber
„Nun danket alle Gott"
War ein Vorschlag
Den sie mitten im Reisefieber
Lebenszeit
Aufs Äußerste guthießen.

JOHANNES JOURDAN
Lied im Advent

Wirf dein Lied
an den Himmel
des verkaufsoffenen Samstags.
Seine Wirkung ist Stille.

Hast du gerade
kein Gesangsbuch zur Hand
und bist du zur Zeit
nicht bei Stimme,
nimm einfach die Flöte
von der Wand.
Ihr Ton wird dir sagen,
daß du einmal ein Kind warst.

Gewachsenes Holz,
für deine Lippen geformt
und offen für deinen Atem,
dem du den Weg
in die Freiheit weist.

Wirf dein Lied
an den Himmel
des verkaufsoffenen Samstags.
Seine Wirkung ist Stille –
und Leben,
denn du hast Teil an dem,
was atmet von Ewigkeit her
zu Ewigkeit.

URSULA FUCHS

„Auch im nächsten Jahr darfst du wiederkommen"

Es ist Sonntag, fast halb sechs. Eine halbe Stunde noch, dann wird Frau Koch die Kerzen am Adventskranz im Eßraum anzünden. Wir sollen alle da sein, es gibt Plätzchen, heißen Kakao und Weihnachtslieder. Frau Koch ist unsere Heimleiterin, von dem Heim, in dem ich wohne.

Ich sitze auf der roten Steinmauer an der Grafestraße. Gegenüber ist das Haus Nummer 17. In dem Haus wohnen Frau Hase und Herr Hase und Silke und Johannes.

„Was machst du denn hier auf der Mauer?" hat mich eben eine Frau gefragt. „Nichts", habe ich gesagt. „Du holst dir eine kalte Nase", hat sie gesagt. „Warum gehst du nicht ins Haus?" Ich traue mich nicht. –

In der Küche bei Frau Hase brennt Licht. Frau Hase ist in der Küche. Ich kann sie sehen. Die rote Lampe über dem Küchentisch ist warm und gemütlich. An der Scheibe sind kleine bunte Tiere angeklebt. Die habe ich im letzten Jahr drangemacht. Ich war zwei Tage bei Familie Hase, zu Weihnachten. Vom Heiligen Abend bis zum zweiten Feiertag. Am Abend hat Herr Hase mich wieder im Heim abgeliefert. „Im nächsten Jahr darfst du wiederkommen!" hat er gesagt.

Jetzt ist das nächste Jahr da. Ob die mich wirklich haben wollen? – Ob ich klingele, reingehe und frage?

Gestern habe ich Frau Koch, unsere Leiterin gefragt. Sie hat es nicht gewußt. „Vielleicht", hat sie gesagt. „Manche, die einmal ein Kind zu Weihnachten aus dem Heim hatten, holen es im nächsten Jahr wieder."

„Aha!" habe ich gesagt. „Sei froh, daß du im letzten Jahr bei ihnen warst", hat sie gesagt. Ich war auch froh.

„Laßt uns froh und munter sein", haben wir unter dem Tannenbaum am Heiligen Abend bei Familie Hase gesungen. Herr Hase hat bei dem Lied seine großen Hände auf meine Schultern geschoben und mich an seinen Bauch gedrückt. Das war schön warm.

Hier auf der Mauer ist es kalt. Ein Glück, daß ich die rote Mütze und den Schal und die Handschuhe angezogen habe. Den Schal und die Mütze und die Handschuhe hat Frau Hase mir geschenkt, selbstgestrickt, unterm Weihnachtsbaum haben sie gelegen. Das Poesiealbum, das bei mir im Zimmer in dem braunen Nachttisch liegt, ist auch unterm Weihnachtsbaum gewesen.

„Der verlorenste aller Tage, ist der, an dem man nicht gelacht hat!" hat Frau Hase reingeschrieben. Ich kann jetzt sehen, wie Frau Hase Wasser in die blaue Teekanne gießt. Die Kanne steht auf dem Küchentisch vor dem Fenster. Am Fenster sind die rot-weiß karierten Gardinen. Die Decke auf dem Küchentisch ist auch rot-weiß kariert, das weiß ich noch vom letzten Jahr.

Am Heiligen Abend hat es auch Tee gegeben, mit Rum. Der Rum hat mich schön warm gemacht. Von dem Tee mit Rum habe ich nicht schlafen können.

Das wollte ich auch nicht. Am liebsten wollte ich die ganze Nacht wachbleiben, weil ich nämlich ein Zimmer ganz für mich allein gehabt habe.

Im Heim schlafe ich immer mit zwei anderen Mädchen zusammen. Ich bin dann aber doch eingeschlafen.

Frau Hase hat mich am Morgen geweckt. Sie hat mir einen Kuß auf die Backe gegeben. Der Dackel ist auf mein Bett gesprungen und hat mich auch geküßt.

Wir haben alle zusammen das Frühstück gemacht. Ich durfte mir aussuchen, was für ein Ei ich haben wollte, Rührei, Spiegelei, weiches Ei, hartes Ei. Ich habe ein Spiegelei genommen und es selber in der Küche gemacht.

Johannes hat es mir gezeigt, weil ich es nicht gekonnt habe. Im Heim kommen die Eier immer mit dem Aufzug aus der Küche. Frau Hase bringt jetzt den Tee raus. Im Wohnzimmer neben der Küche geht das Licht an. Sie stellt die Kanne auf den Tisch. Dann öffnet sie den hellen Schrank und nimmt Geschirr raus. Sie deckt den Tisch. Ob sie das rote Geschirr mit den weißen Äpfeln nimmt, wie Weihnachten im letzten Jahr? Ich recke meinen Hals und kann es nicht erkennen.

Sie beugt sich jetzt über den Tisch, zündet ein Streichholz an. Eine Flamme brennt auf. Ob Frau Hase die Kerzen am Adventskranz angezündet hat?

Sie setzt sich an den Tisch. Herr Hase ist nicht da, Ulrike und Johannes auch nicht.

Sie ist ganz allein. Ob ich klingele und frage? Sie hat doch gesagt, daß ich nächstes Jahr wiederkommen darf. Frau Hase steht auf. Sie kommt ans Fenster. Ich ducke mich an den Strauch hinter der Mauer. Es ist dunkel draußen, sie kann mich nicht sehen.

Frau Hase läßt die Rolläden runter. Jetzt ist das Fenster dunkel.

Ich schaue auf meine Uhr. Fünf vor sechs! – Um sechs Uhr zündet Frau Koch die Kerzen am Adventskranz an. Und bis zum Heim sind es bestimmt zwanzig Minuten zu laufen.

Kindersprüche

Nikoläusche, komm in unser Haus,
Leer' dein goldnes Säckelche aus,
Trink' e bißche Äppelwei,
Laß noch e bißche iwerig
Für de kleine Friederich.

*

Holzäppelchebäumche,
Wie sauer ist der Kern!
Du lieber, lieber Nikelosmann,
Was hab' ich dich so gern.
Paar alte Schlappe, Paar neue Schuh',
Geb mir auch mei Schmiß dazu.

*

Nikolaus,
Fang die Maus
Mach' der 'n gute Brate draus!

*

Nikelos, Paffeklos;
Pommeranz, Katzeschwanz!

HEINER WILKE

Nikolausisches

Dehamm bei uns kam jedes Jahr
zu mir de Nikoloos,
die Angst, als ich noch kleener war,
die war schon riesengroß.

18

Der kam un wußte so Bescheid
als weer er informiert,
was ich in der vergangne Zeit
an Streich so all pexiert.

Als Schulbub war ich uffgeklärt,
mißtraute dieser Schau,
doch wer un wie mer so verfährt,
des wußt ich net genau.
Im nexte Jahr den Nikolaus
betracht ich mer in Ruh,
da guggten unnerm Mantel raus
von meiner Mutter Schuh.

Des war en Spaß, jetzt wußt ich's doch
un hab's aach nausposaunt,
meu Niklaus-Mutter war jedoch
von da ab schlecht gelaunt.
Daachs druff kam so en große Borsch
– een annern Nikoloos –,
der war so polternd laut un forsch,
meu Herz war in de Hos.

Viel speeter gab mer mir erst an:
Es ging hier um Respekt,
mein Unkel Adolf war der Mann,
der mich so sehr erschreckt.
Ich fand des damals net als Scherz,
es sollt aach net so seu,
denn in de Hos, dicht bei meum Herz,
war die Bescherung dreu!

HEINRICH WINTER

Mittwinter im Odenwälder Volksbrauch

Steigt St. Nikolaus von den Bergen herab, ist der Winter wirklich da. Über die Bedeutung und den Ursprung des Nikolausbrauches gehen die Meinungen stark auseinander. Unentschieden ist vor allem die Frage, ob St. Nikolaus einen Vorläufer im alten deutschen vorchristlichen Kult hatte. Betrachtet man den Odenwälder Nikolausbrauch, möchte man sie bejahen. Hier trägt heute der Nikolaus, allgemein Benzenickel genannt, wie auch sonst einen großen, weiten und langen Mantel. An den Füßen hat er hohe Stiefel oder Holzschuhe. Der Kopf wird durch einen schwarzen, breitrandigen Schlapphut bedeckt. Ein langer Wergbart reicht bis auf den Gürtel hinab, der aus einem Strang oder Strohseil besteht. Schräg über die Schulter trägt er eine eiserne Bindekette, mit der er rasselt und an die er die bösen Kinder kettet. Auf dem Rücken schleppt er den Sack mit Nüssen, Äpfeln, gelben Rüben, Gebäck und auch manchmal mit geringen Spielsachen. Meist schüttet er den Inhalt seines Sakkes auf den Zimmerboden aus, um die Kinder beizulocken. Die haben sich bei seinem Erscheinen aus lauter Angst versteckt. Kommen die Kinder hervor und greifen sie nach den Gaben, bekommen sie mit der Rute. Manchmal müssen die Kinder auch vorbeten. Er belohnt oder bestraft sie nach ihrem Können. Ganz böse Kinder werden in den Sack gesteckt oder an die Kette gebunden, in den Hof oder auf das Feld geführt, dort an einen Baum gebunden und mit der Rute verklopft.

So etwa ist heute zumeist der St. Nikolausbrauch im Odenwald. Interessant ist es, gewissen Einzelheiten im Brauch, z.B. der *Rute*, nachzugehen. Man wird von dem Ergebnis überrascht sein. Keinesfalls ist die Rute, so wie man sie sich allgemein vorstellt, gang und gäbe. Heute ist sie

20

wohl in den meisten Orten besenartig. Sie besteht dann aus einzelnen Reisern, die büschelartig zusammengebunden sind. Die Reiserart wechselt. Die einen nehmen Birke, die anderen Ginster (= Bremme), wieder andere Weidenzweige. Es gibt aber noch Orte, wo die Rute aus drei Bündeln oder drei Zweigen zopfartig geflochten wird. Fragt man bei älteren Leuten nach, erfährt man, daß früher die geflochtene oder gedrehte Rute allgemein Regel war. St. Nikolaus kommt also mit einem Reiserzopf, der dem geflochtenen Frauenhaar ähnlich ist, und schlägt damit die Kinder. Im menschlichen Haar aber wohnt nach altem Volksglauben die Lebenskraft. Durch das Flechten und Drehen scheint in es noch eine besondere Zauberkraft hineingearbeitet zu sein. Lebenskraft und Unheilabwehr sollen dann durch den Rutenschlag übertragen werden.

Auf eine ähnliche Überraschung stoßen wir, wenn wir die *Kleidung* des Nikolaus etwas eingehender untersuchen. Von älteren Leuten können wir dann erfahren, daß früher der Benzenickel häufig als Strohmann zu den Kindern kam. Ganz alte Leute wissen nur von einem solchen.

Auch heute taucht noch da und dort der strohgekleidete Benzenickel im Odenwald auf. Stroh aber ist das Kleid des Winters. Ein Winter als Strohpuppe wird in manchen Orten im Fastnachtsfeuer (Olfen) oder beim Sommertag verbrannt. Strohkleid und zopfartige Ruten deuten aber wohl auf einen vorchristlichen Charakter des Benzenickels, der dann wohl ein Diener Wotans sein dürfte. Damit wieder dürfte der Brauch übereinstimmen, daß die Odenwälder Jugend kein einziges frommes Verschen über St. Nikolaus kennt. Nur Uzverschen, oft in ganz ausgelassener Form, sind üblich. Einige der häufigst vorkommenden seien hier geboten:

Benzenickel, Klapperbriggel!
Was willste denn von meer?
Ich nemm dich an de Zippelkabb
Un schmeiß dich werrer die Deer!

Nikelaus
Geih die Haard naus,
Heibt die Veggel aus,
Kimmt de Spitzmaus,
Beißt 'm de A ... raus!

Benznickel alle Raawe,
Hot mich gehaage,
Hot mich gesprengt,
Iwwer Disch und Bänk.
Bin ich unner die Bettlaad geschluppt,
Hot mich de olt Kerl aach noch gestuppt!

Nikelaus, Nikelaus!
Meer reiße deer de Bart raus!

Benzenickel, Klapperpriggel,
Loß die Sai roi,
Loß'e net sou speht roi,
Schunscht duht's moje schnei!

Liewer, liewer Niklosmann,
Ich will deer beere, wos ich kann.
Paar olte Schuh, paar olte Schlappe,
Du sollscht dich glei de Deer naus packe!

Lange Jahrhunderte mit ihren vielerlei Einwirkungen haben ihre Spuren in unserer Nikolausgestalt zurückgelassen. Ganz früh wohl war er die Verkörperung des Winters, der im

Strohkleid von den Bergen kam und dem völligen Hinster-
ben allen Lebens im Herbst Halt gebot. Der Winter ist im
tiefsten Sinn ja nicht der Tod, sondern vielmehr die Wiege
neuen Lebens. Deshalb vielleicht reicht er den Menschen als
Gabe Nüsse und Äpfel, in denen keimhaft das zukünftige
Leben verborgen ruht und deren Genuß dem Menschen
neue Lebenskraft und Lebensausdauer verleiht. Aber der
Mensch selbst muß bereit sein, das neue Leben in sich aufzu-
nehmen, deshalb der zauberkräftige Schlag des Strohman-
nes mit der zopfförmigen Rute.

Das Christentum hat dann wohl diesen sinnvollen Brauch
übernommen und an die Stelle des Wintergottes Wotan
oder seines Gehilfen die Gestalt des hl. Nikolaus gesetzt. Er
bringt nun die Gaben den braven und fleißigen Kindern.
Das Schlagen mit der Zauberrute, einst zur Segensspen-
dung, wird nun zur Züchtigung der bösen Kinder.

MARGARETE KUBELKA

Mario und der Nikolaus

Der Heilige Nikolaus hatte zuerst gemeint, dieser Abend des 6. Dezember sei ein Nikolausabend wie all die anderen vorangegangenen Jahre und Jahrzehnte zuvor. Schnee lag auf den Dächern und Fluren, wie es sich gehörte, die Lichter in den Städten und Dörfern blinzelten tausendäugig zum Himmel, und der Frost knackte in Zweigen und Gemäuer. Der Heilige hatte alle Vorbereitungen getroffen, die zu seinem großen Auftritt gehörten: er hatte seinen langen, weißen Bart gestriegelt, die hohe, exakt gefaltete Mütze aufgesetzt und seinen Purpurmantel ein ganz klein wenig mit Schnee bepudert, weil das so hübsch aussah und er aus seiner Erdenzeit noch etwas eitel war. Er hatte den derben, grauen Sack mit Äpfeln und Nüssen gefüllt und sich auf seinen Schlitten gesetzt, der von zwei weißen Hirschen gezogen wurde.

Aber schon in der ersten Stadt, die er besuchte, merkte er, daß irgendetwas nicht in Ordnung war. Zwei Kinder, die ihm begegneten, deuteten mit dem Finger auf ihn und riefen: „Guck doch mal, ein nachgemachter Nikolaus!" Das kränkte ihn sehr, zumal er der echte, einzige und wirkliche Nikolaus war und für die Erdenbewohner, die sich an seinem Abend in rote Kapuzenmäntel hüllten, um es ihm gleichzutun, ohnehin nicht viel übrig hatte.

Und da stand wahrhaftig schon so einer, unmittelbar vor dem größten Kaufhaus der Stadt, hatte einen roten Mantel mit weißem Pelzbesatz an und einen abscheulichen künstlichen Bart vor dem Gesicht. „Nur hereinspaziert, hereinspaziert!" schrie er. „In einer Stunde ist Geschäftsschluß. Aber wer kommt denn da?" Er deutete auf den von Abscheu und Entsetzen gepeinigten Heiligen. „Eine kümmerliche Attrappe. Ein Mann, der versucht, so auszusehen wie ich. Haha!"

24

Die Umstehenden lachten kräftig mit. „Gehen Sie hinein, meine Herrschaften, geht hinein, liebe Kinder! Da drinnen gibt es Tretroller und Lederfußbälle, Puppenstuben und Puppen, die drei Sätze richtig sprechen können."

St. Nikolaus war den Tränen nahe. Er hatte, seit er vor vielen Jahren und Jahrhunderten ein Bischof gewesen war, dem die Armut der Menschen viel Kummer und Herzeleid bereitete, nicht mehr geweint, aber nun mußte er sich sehr zusammenreißen. Er griff in seinen Sack, holte den schönsten, rotbackigen Apfel heraus und eine Handvoll runder, rauhschaliger Nüsse und hielt alles dem kleinen Jungen hin, der ihm zunächst stand.

„Äpfel und Nüsse", sagte der Junge wegwerfend, „die gibt's bei uns jeden Tag. Eine Mark 95 das Pfund Nüsse, und Äpfel haben wir im Garten. Aber da drin haben sie elektrische Eisenbahnen und Gocarts, Fußbälle und Rollschuhe. Du bist nicht der echte Nikolaus."

„Du bist nicht der echte Nikolaus!" echoten die anderen Kinder, und in dem Heiligen stieg ein ganz und gar unheiliger Zorn auf, so daß er seinen Peinigern am liebsten die Äpfel und Nüsse an den Kopf geworfen hätte. Aber er faßte sich schnell, denn er wußte, was er sich und seinem Status schuldig war.

„Gehen Sie weg da!" sagte der Kaufhaus-Nikolaus böse. „Ein bißchen dalli, wenn ich bitten darf. Ich werde Sie sonst wegen Geschäftsschädigung verklagen."

St. Nikolaus warf seinem Double einen traurigen Blick zu und verschwand um die nächste Ecke. Er setzte sich auf einen Bordstein, ein müder und geschlagener Mann, und dachte nach. Wie hatte es geschehen können, daß die Kinder, *seine* Kinder, für die er nach seinem Tode die komplizierte Aufgabe des Weiterlebens auf sich genommen hatte, ihn nicht erkannt hatten. Daß sie dieser jämmerlichen Figur, diesem drittklassigen Schauspieler vor ihm den Vorzug gegeben hatten? Lag es an ihm, lag es an den Kindern oder auch nur an der Zeit? Er wußte es nicht.

Aber eines stand für ihn fest: so rasch durfte er nicht aufgeben. Er war beherrscht, er war geduldig, er war heilig, aber eines war er nicht: feige. Er würde zurückgehen, dorthin, wo sein fragwürdiger Doppelgänger seine lächerlichen Tretautos und Skistiefel verhökerte, und sich noch einmal seinem Gegner stellen.

Als er wieder vor dem Kaufhaus erschien, war der andere schon groß in Fahrt. „Tanzende Affen", schrie er, „Fahrräder mit Gangschaltung, Panzer und Kanonen zum Spielen." Letzeres gab dem Heiligen sozusagen den Rest. Er wagte sich einen weiteren Schritt vor, seinen Krummstab wie eine Waffe in der Hand.

Plötzlich drängte sich ein kleiner Junge aus der Menge, mager, schwarzhaarig und braunäugig, und sagte in italienischer Sprache: „Guten Abend, Nikolaus. Ich kann auch ein Gebet aufsagen. Willst du es hören?" Der Heilige, der als Bewohner des Himmels alle Sprachen verstand, nickte erfreut. „Wie heißt du denn?" fragte er. „Mario", sagte der Kleine. Dann sprach er sein Gebetlein und St. Nikolaus beschenkte ihn reichlich aus seinem Sack. Er ahnte plötzlich, warum dieses Kind als einziges den Verlockungen seines Gegners nicht erlegen war. Es hatte die Worte des gemieteten Ausrufers ganz einfach nicht verstanden. Aber er wußte auch, daß es immer die Schlichten und Unmündigen sind, die die Wahrheit erkennen, und ihm wurde warm ums Herz.

Und plötzlich waren auch die anderen Kinder da: deutsche, griechische und türkische, und sie umdrängten ihn und seine Äpfel und Nüsse und versicherten ihm, immer, aber auch wirklich immer brav gewesen zu sein. Der falsche Nikolaus aber sagte böse: „Die Dummen sterben nicht aus", und ging geradewegs ins Kaufhaus hinein, um sich den vereinbarten Lohn auszahlen zu lassen.

26

MAX VON PREUSCHEN

Von Schlittschuhen, Schleifen und Rodeln

Es muß in den siebziger Jahren des vorigen Jahrhunderts auch noch mehr wie heute üblich gewesen sein, daß die ältere Generation *Schlittschuh* lief, denn mir sind aus dieser Zeit noch viel, damals schon recht bejahrte Herren erinnerlich, die wacker das Schlittschuhbein schwangen. Darunter der bekannte Kanzlist Berghöfer mit den auf ein dreieckiges Brett genagelten Filzresten seines ehemaligen Uniformhutes, das er stets unter dem linken Arm trug, und der auf der Eisbahn wie ein Komet immer von einer Schar Buben begleitet war, an die er auf kleineren Zetteln selbstverfaßte Verschen und Sinnsprüche verteilte. [...]

Zum Eislaufen hatten wir übrigens auch noch andere Möglichkeiten wie nur den Großen Woog. Man lief auf den Teichen bei der Ziegelhütte, hinter dem Karlshof, auf dem Amosenteich in der Nähe des „Arheilger Mühlchens", auf dem jetzt wieder zu neuem Leben erweckten Teich im Herrngarten und auf den Pallaswiesen. Auf einem der Ziegelhüttenteiche brach einmal einer von uns bis zum Hals ein und arbeitete sich nur mit Mühe wieder heraus. Seitdem hatten wir ein gewisses Mißtrauen gegen diese Teiche.

Nicht vergessen darf ich die herrlichen überschwemmten, d.h. von Beginn des Winters an unter Wasser stehenden Wiesen, die sich zwischen Bergstraße und Rheinebene von Zwingenberg bis Heppenheim und noch weiter hinzogen. Wenn dann ein trockener Frost eintrat, dann boten diese eine Eisbahn, wie man sie sich landschaftlich und sportlich nicht schöner vorstellen konnte. Viele Kilometer lang zog sie sich hin, östlich begrenzt von den Höhen der Bergstraße mit ihren schon damals vorhandenen, auf halbem Hange stehenden Villen, nach Westen die neblige, dampfende Rheinebene. Später wurden die Wiesen trocken gelegt, aber noch bis zur Mitte der neunziger Jahre waren sie das Ziel größerer Schlittschuhpartien, die dann mit einem herrlichen Punsch und einem kleinen Tänzchen in den gemütlichen Räumen des „Halben Mondes" in Heppenheim oder des „Deutschen Hauses" in Bensheim endigten.

Noch andere winterliche Freuden blühten uns Buben damals in großer Menge. So in erster Linie das *Schleifen*. Darmstadt hatte so um die Mitte der siebziger Jahre herum noch keine Kanalisation, ebensowenig eine Wasserleitung.

Es wurde also das Regenwasser von der nach der Straße zu gelegenen Seite der Hausdächer in die Gosse geleitet, die sich zwischen Fahrbahn und Fußsteig hinzog. Dabei darf man sich die Fußsteige nicht asphaltiert wie heute und mit Randsteinen gegen den Fahrdamm abgeschlossen denken, sondern mit einem holprigen Pflaster versehen, oder, namentlich in den Straßen der äußeren Stadt, überhaupt nicht gepflastert. Die Gossen liefen nun auf beiden Seiten der Straßen gemütlich hin und waren, je nachdem es trockenes Wetter oder Regen war, entweder reißende Ströme oder spärlich sickernde Rinnsale. Im Sommer dämmten wir sie manchmal ab, so daß Seen entstanden, auf denen wir unsere Schiffchen schwimmen ließen, und im Winter bildeten sie die herrlichsten Schleifen, oder, um hochdeutsch zu sprechen, Schlitterbahnen. Schleifen von zwanzig bis dreißig Meter Länge, namentlich wenn die betreffende Straße ein wenig abwärts lief, waren keine Seltenheit. Zur Ausübung des Schleifsportes stellte man sich mit etwas Abstand vom Kopfende der Schleife auf, nahm einen gewaltigen Anlauf und sauste dann die glatte Fläche entlang, wobei Anfänger regelmäßig umfielen und die Fahrt auf ihrer Sitzgelegenheit fortsetzten. Wenn irgendwo eine besonders schöne und lange Schleife entstanden war, dann sammelten sich hier die Buben und Mädchen der betreffenden Straße und der Nachbarstraßen, und es war keine Seltenheit, daß man bis zu dreißig auch vierzig Kinder mit roten, gesunden Backen und leuchtenden Augen diesem Vergnügen obliegen sah. Es herrschte dabei musterhafte Ordnung und Disziplin; jeder wartete, bis an ihn die Reihe kam, und keiner versuchte sich vorzudrängen. Natürlich gab es beim Schleifen auch noch kleine Kunstfertigkeiten; man machte das Häschen, den Schneider, den Dachdecker, und eine der größten und deshalb am meisten bewunderten Schwierigkeiten war es, sich beim Schleifen um seine eigene Achse zu drehen. Daß wir Buben alle diese Künste bis zu Vollendung beherrschten, versteht sich von selbst. Die Hauptsache war, daß man möglichst gleichgültig dabei tat, die Hände in die Hosentasche steckte, sich wie zufällig mal nach jemand umsah und durch dieses souveräne Gebaren die Bewunderung der Mädchen und den Neid der anderen Buben, die es nicht so gut konnten, erweckte. Jetzt sieht man solche Schleifen nur noch am Rand von Eisbahnen, und es vergnügen sich Kinder darauf, die keine Schlittschuhe besitzen; das Schleifen ist also gewissermaßen ein Appendix des Eissports geworden. [...]

Auch das Schlittenfahren bot manche Reize, wenn man auch damals das *Rodeln* in der Art, wie es heute betrieben wird, ebensowenig wie das Skilaufen kannte. Allerdings hatten wir neben mehrsitzigen Schlitten auch kleine, ganz niedrige, höchst primitive Einsitzer, die wir mittels zweier, mit einem Stachel versehenen Stöcke fortbewegen und lenken konnten; wir benutzten diese aber nur in den abschüssigen Straßen der Stadt, wie der unteren Steinstraße, Schützenstraße, Sand-, Hügel- und anderen Straßen. Das war allerdings polizeilich verboten, und wenn sich ein Schutzmann zeigte, dann stoben wir in wilder Flucht davon. Da es aber damals noch nicht allzuviel Schutzleute in unserer guten Residenz gab, so war die Sache nicht so gefährlich.

Hinaus in die Natur zu gehen und die beschneiten Hänge hinabzulaufen, daran dachte damals kein Mensch.

CHRIS KELLER
Winter 1928/29

„Felix", sagte er, „ich fahre nach Mainz. Dort ist ein Fest auf dem Eise des Rheins. Ich lade dich ein, mitzufahren."

Felix war sofort dabei. Er ging jedoch zuvor zu Lieschen hinüber. Währenddessen packte Moritz Mannheimer aus, bereitete alles über den Küchentisch, daß es raschelte, knisterte und roch – wie im Bäcker- und Metzgerladen zusammen: einen Riesenkranz Blutwurst, aus dem Buchenholzrauch, und für Oskar und Ernst: Matze! Mit funkelnden Augen wurde verzehrt, was hineinging. Und das war nicht wenig. Obgleich das helle, trockene, salzlose Passahbrot, eingewässertes Weizenmehl, oblatendünn gebacken, manches Mal streikte, hinunterzurutschen, die Speiseröhren der Buben einfach verklebte.

Felix sagte: „Moritz, ich nehm die beiden Indianer mit, fahre aber mit meiner Seitenwagenmaschine." – Kaum aber waren die Worte Indianer und Seitenwagenmaschine gefallen, als seine Frau Olga ihr Veto einlegte: „So spät abends? Nein. Die Kinder gehören ins Bett."

Nachdem es so eine Weile hin und her gegangen war, mischten sich die Betroffenen ein, um ihre Mama zu beruhigen; bis diese endlich nachgab und ihre beiden Buben Oskar und Ernst bis obenhin einputzelte – wegen der bissigen Kälte da draußen.

Das Drei- bis Fünffache der sonst üblichen Menge an Holz und Kohlen war nötig, den langen strengen Winter 28/29 einigermaßen unbeschadet zu überstehen.

Noch in den letzten Apriltagen waren Bäche und Flüsse zu- und in den Häusern auf dem Lande die Wasserleitungen wieder und wieder eingefroren, alle Brunnen dazu. Die einschlägige Handwerkszunft wie Spengler und Installateure hatten alle Hände voll zu tun. Glück im Unglück bedeutete dies für sie – bei der unglaublich hohen Zahl von 2,9 Millionen erwerbsloser Menschen in Deutschland.

Nicht der Kälte wegen, sondern wegen der unverhofft auf sie zukommenden Nachttour zum Fest auf dem zugefrorenen Rhein überzog die Rücken der beiden Buben eine Gänsehaut, und sie waren selig, bevor es überhaupt losging. Nachdem die Schlittschuhe eingepackt und verstaut, Oskar und Ernst in den Seitenwagen hineingeturnt waren, der englische Motor im deutschen Rahmen mehrfach getreten und über den Kickstarter aufgewacht war, fuhren sie, Felix mit seinen Buben voraus, Moritz ganz dicht hinterher, im Karacho, feuernd und dampfend und ratternd und scheppernd und klirrend über die rauhreifbeschlagenen, eisglatten, holprigen Straßen und Gassen, durch stockdunkle Dörfer, in denen nur manchmal ein buckliger Milchkarrenschatten die Hauswand hinaufging.

Je näherhin Felix mit Buben und der hinterherdonnernde Moritz dem Zielort zuratterten, um so mehr nahm der abendliche Verkehr auf Rädern und besonders zu Fuß zu. Flußauf- und flußabwärts glänzte das Eis des Rheins im Lichte des Vollmondes. So, als habe jener mit seinem Glanz die silbernen Arme des Eises zwischen den dunklen Schatten der kahlgefrorenen Weinberge für diesen Abend extra herausgeputzt! Ein unvergeßlicher Anblick. Für einen kurzen Augenblick störte das unmittelbare Getöse, störten die schreienden Menschen im bunten Lichtermeer des Rheinfestes. Dann, Hand in Hand und auf Schlittschuhen, liefen Felix, Moritz, Oskar und Ernst hinein ins laute Getümmel, um drehorgelpfeifende Karussells herum, zwischen eisluftluftigen Schiffschaukeln, spektakelnden Skootern, zwischen rauchigen Buden mit gebratenen Würstchen und den Ständen des dampfenden Glühweins umher.

Viertel vor zehn mochte es gewesen sein, als Oskar, der mit seinem Bruder gerade dabei war, einige ganz flotte Ex-

trarunden zu drehen, zwei voneinander getrennte, gestiku-
lierend sich gegenüberstehende Gruppen von Männern auf-
fielen. Bei näherem Hinsehn bemerkte der Junge, daß die
links von ihm stehenden, hundsmiserabel gekleideten, aber
mit einer roten Armbinde geschmückten Eisgänger die
Köpfe zusammensteckten, als besprächen sie ihre eigene Lage, die keineswegs rosig zu sein schien. Zumal man sehen
konnte, wie die meisten der aufgeregt Fuchtelnden, linker
Hand, unablässig zur anderen, rechts von dem Jungen stehenden Gruppe hinüberschielten – mit sichtlich gemischten
Gefühlen. Denn die dort rechts standen ganz einheitlich da!
Einer glich dem Nächsten aufs Haar. Mützengesichter. Ein
Mützengesicht im Schatten, der Sturmriemen unter der
Kinnlade, blutrote Armbinde, kreisrundes Weiß, in der Mit-
te das kohlschwarze Kreuz.

Oskar, als er bemerkte, daß die beiden verschiedenen
Kampfgruppen zu ihm herübersahen, legte erst einmal richtig los; er improvisierte, er variierte, und seine Laufkunst in-
teressierte rundum. Unwillkürlich aber zog es Oskar bei seiner Kür auf dem Eis des Rheins zu jenen Habenichtsen, zur
linken Seite hinüber.

Moritz, mit Brot und Wurst in der Hand, winkte und rief:
„Oskar, es ist Zeit heimzufahren; mach Schluß!" Als Oskar
an der rechten Truppe vorüberlief, rief deren Wortführer:
„Kleiner, komm doch mal her!"

Oskar tat dem Mann den Gefallen, selber bereit, von diesem ein Kompliment, das er für seinen großartigen Kunst-
lauf erwartete, entgegenzunehmen. Stattdessen aber stellte
der Mann dem Bub die neugierige Frage: „Sag mir, Kleiner,
ist der dort drüben dein Vater?!" – Oskar, ganz außer Atem,
schüttelte den Kopf: „Nein, das ist unser Moritz!" – Im Weg-
laufen hörte er: „Jude!"

Der bedrohliche Ton, mit dem dieses Wort gesprochen
wurde, durchzuckte den Jungen, machte ihn schaudern. Da-

mals hörte Oskar zum ersten Mal von einem, wie er empfand, verbohrten Menschen, unterschwellig geäußerten Haß in dem einzigen Wort – Jude. Moritz fragte den Jungen, ob der da drüben von ihm etwas wollte. „Nichts, Moritz, nichts", antwortete Oskar. Moritz wußte trotzdem Bescheid, doch er sagte nichts, als er dem Jungen das Brot und die Wurst gab. Er streichelte ihn, als wollte er sagen: „Ich weiß, was der Schreihals dort will."

Auf der Heimfahrt dachte Oskar angespannt nach. Der Vorfall ließ ihn nicht los.

GABRIELE WOHMANN
Der kürzeste Tag des Jahres

Kannst du mir bitte nochmal sagen, den Wievielten wir heut haben?

Seine Stimme war unverändert arglos. Er blieb, ohne Aufhebens, ein beschäftigter Mensch, der seiner Gefährtin die Frage nach dem Datum dieses Tages nun sicher schon zum fünften Mal stellte, im unbezweifelten Einverständnis mit der Weltlage von hier, seinem Schreibtisch aus, bis dorthin, zu einem Horizont, zu ihr, der immer noch jemand einfiel, dem sie keinen Weihnachtsgruß geschrieben hatte. Aus diesem Zentrum heraus fragte er sie, ohne Besorgnis, es könne sich bei ihr nicht um seine engste Mitarbeiterin handeln. So eine engste Mitarbeiterin störte man ja nicht, indem man sie störte. Sie hatte gerade den Satz „Meine liebe Cornelia, in der üblichen Eile und leider verspätet wünsche ich Dir und den Deinen eine gute Festsaison" kaum abgewandelt vom Brieftext an Doris Sperling abgeschrieben.

He, du, der Wievielte ist heut, rief er, nicht gereizt, einfach tätig.

Er sah lieb und schutzbedürftig aus, so von hinten, sein breiter Rücken im Pullover wirkte zuverlässig und kindlich, ja: so angesehen könnte er ein großes stämmiges Kind sein, und genau so gewissenhaft mußte er sich vor mehr Jahrzehnten, als sie jetzt abzuzählen wagte, über letzte Bastelarbeiten gebeugt haben. Lesezeichen, Zahnbürstenhalter, mit Leder beklebte Zigarettenkästchen oder sonstwelches unerwünschtes Zeug. Was da nun unter seiner Fürsorge entstand – würdigte sie es eigentlich mehr als die einstigen Verwandten den gutartigen Kinderkram damals?

Sie spürte ihr schlechtes Gewissen, blieb dennoch so ratlos-empört. Wieso behielt er nicht im Gedächtnis, daß sie ihm, für jedes neue Formular und wenn er sein Datum brauchte, anvertraut hatte, daß das heute ihr Lieblingstag des Jahres war? Was trieb er da, genau? Warum erforschte sie nie wirklich, womit er sich mühte? Kam einer wie er, der nun – weiterhin von hinten besehen – einsam, ja vereinsamt aussah – nie aus seiner so geradlinigen, so gehorsamen Kindheit heraus? Schon als Siebenjähriger hatte er seiner Mutter mit selbstgemachten Besteckbehältnissen dabei geholfen, Ordnung in ihren häuslichen Alltag zu bringen. War er je ausreichend ans Herz gedrückt worden? Jetzt verschob er mal wieder irgendwelche Geldbeträge von Girokonten auf Sparbriefe oder er organisierte Depositen um, belieh oder rief ab – ach und sie müßte sofort in eine Lobeshymne ausbrechen.

Sie schaute lustlos auf Cornelias Weihnachtsgruß. Cornelia wünschte ihr und ihm vor allem Gesundheit und Erfolg. Was für einen Erfolg eigentlich. Die Sperlings wünschten ihnen vor allem Frieden. Sie räusperte sich, sie wollte ihn jetzt feiern, und wunschgemäß wurde es nun schon dunkel, an ihrem Lieblingstag, der so winzig und blaß zwischen Morgendämmerung und Abendschummerigkeit steckte, und sie mußte deshalb sowieso aufstehen, um Licht anzumachen, auch für ihn.

Ich finde dich einfach herrlich, ganz und gar wunderbar, sagte sie laut. Dank ihrer Resterkältung paßte ihre Stimme zum Gewicht der Verkündigung: Sie klang tief und ernsthaft, eine Spur krank, einfach schön.

Sagst du mir vielleicht endlich einmal, den Wievielten wir heut haben, sagte er.

Den 21. 12., den kürzesten Tag des Jahres und infolgedessen meinen Lieblingstag, antwortete sie, und beim Blick auf ihn, der unerschüttert, froh über die Auskunft, auf mehreren Formularen das Datum eintrug, packte sie ungeduldiges Mitleid. Sie empfand ein Unglück. Hier und so säße er von irgendeinem Datum an nicht mehr. Sie liebte das Leben doch, und seines, wie sehr sie es lieben sollte, mit wie viel mehr Beteiligung, das spürte sie wie eine Besessenheit, die aber noch nicht in sie eingesickert war, die außen blieb, griffbereit. Seine ungeschulte Handschrift? War es schon zu spät für ihn, je wirklich schön schreiben zu lernen?

Bist du dir eigentlich der Tragweite des Ganzen bewußt? Wenn ich ausgerechnet den kürzesten Tag des Jahres am liebsten habe? fragte ich ihn.

Du hast's gern winterlich und dunkel, sagte er.

Entsetzlich über ihn gerührt, gleichzeitig von ihrer Gemeinheit zerstört, sagte sie:

Bedeutet es, daß ein Mensch glücklich ist, wenn er Tage am liebsten ganz kurz hat?

Ich hab nichts weiter gewollt als das heutige Datum, sagte er.

„Hab ich Unrecht heut getan" betete sie später mit Grund, aber ob der liebe Gott es nicht ansah, wie erfleht, blieb unklar. Nur: Verzeihen, das tat er, wie immer. Doch schien er allmählich im Ehrgeiz zu erlahmen, aus ihrer vielversprechenden kleinen menschlichen Larve werde endlich eine Auserwählte schlüpfen. Mit Gottes Hilfe, also durch ihre eigene, ganz persönliche, erkältungsverschönerte Stimme, betrieb sie nun ein Teilstück an der Umwandlungsarbeit, und sie sagte zu ihm:

Hast recht, wie immer, mit dem Lieblingstag. Der kürzeste Tag gefällt mir am besten, weil ich dann so schön viel Abend mit dir habe. Abend, verstehst du?

Ein Kindchen, beim Bastelkrimskrams fürs Sparkonto, das war er, blieb er, ihr guter lieber alter Kamerad, und diesmal, eine halbe Stunde später, lebensabendlich, lächelte sie vor sich hin, gereizt nur spurenhaft, empört nicht mehr, als er zu ihr – die bei den Weihnachtsgrüßen für die Mittlers war – hinüberrief:

Der 21. oder wie, den wievielten haben wir?

Nun alles Abwegige weglassen, gebot sie sich und sie gab einer der knappen Informationen, mit denen sie Mühe, und von denen er Gewinn hatte:

21.12.81.

FRITZ DEPPERT

Sonntag vor Weihnachten

Sympathischer Anachronismus:
das Glockenspiel,
das ein Weihnachtslied läutet;
die Fußgänger im Park,
die stehnbleiben, um zuzuhören;
Kinder unter ihnen, die
Rauschgoldengel in den Bäumen sehn.

Mit dem Retuschierstift
bringe ich Korrektur an:
hinter die Krippen
in den Schaufenstern
stelle ich die Häscher des Herodes;
sie ziehen die Schwerter
gegen die Kinder von Bethlehem.

URSULA FUCHS
Die Gans ist weg

Es schneit in kleinen dünnen Flocken. Ich sitze hier auf dem Weihnachtsmarkt unter dem Goethe-Denkmal. Die Uhr an der Martinskirche zeigt viertel vor acht. Um sechs Uhr sollte ich zu Hause sein. Großvater ist zu Besuch. Mutter wollte die erste Kerze am Adventskranz anzünden. Dazu Gesang. Vater am Klavier, ich Flöte, Großvater, Mutter und Friederike singen. Klock, unser Kaninchen, verkriecht sich in dieser feierlichen Stunde immer unter der Couch. Aber wenn es selbstgebackene Plätzchen und Nüsse gibt, dann ist Klock da. So läuft das jedes Jahr.

Großvater, Friederike und ich verbrennen kleine frische Tannenzweige in der Flamme. Das knistert so weihnachtlich. Und riecht so weihnachtlich.

Ich mag den Duft von Tannenzweigen.

Sollen sie in diesem Jahr allein ihren Advent feiern und Weihnachten auch. Mit ist schon alles egal. Das gibt sowieso nichts. Wenn Mutter das mit der Gans erfährt. Und Vater erst mal. Immerhin hat er die Gans geerbt. Und Großvater, was der wohl sagt.

Diese dämliche Gans.

Hier auf dem Weihnachtsmarkt gab es auch Gänse. Gänse aus Marzipan, Gänse aus Schokolade, Gänse aus Holz zum Spielen. Und Gänse vom Bauern, ganz frisch, zum Einfrieren für Weihnachten.

Ich brauche nicht eingefroren zu werden. Ich friere erbärmlich. Seit drei Stunden sitze ich hier – und warte.

Worauf warte ich eigentlich? – Auf die Gans. – Nein, auf die alte Frau, die die Gans gekauft hat.

Die Tannenbäume auf dem Markt warten auch – auf Käufer. Und auf die Stille Nacht. Zwanzig Mal habe ich die Platte in den drei Stunden bestimmt schon gehört.

Stille Nacht – und ich habe die Gans verkauft. Hier, unterm Goethe-Denkmal, im Sommer als Flohmarkt war.

Ich habe das Biest nie leiden können. Ausgesprochen ungemütlich, wenn die Gans am zweiten Weihnachtsfeiertag dick und weiß auf dem Tisch thronte und mich mit grünen Glasaugen anstarrte. Jedes Jahr am zweiten Weihnachtsfeiertag feierte sie ihr Comeback. Den Rest des Jahres verbrachte sie unterm Dach auf dem Boden. Da stand sie auch im Sommer, neben der Krippe, dem Christbaumständer und dem Weihnachtsschmuck.

Ich suchte Gerümpel und alte Sachen für den Flohmarkt. Die Gans hat ihren langen, weißen, dicken Hals gereckt und mich angeglotzt.

„Was schon wieder Weihnachten?"

Ich habe sie kurzentschlossen ins Bettuch gepackt und auf den Flohmarkt geschleppt. Sie war schwer.

Die alte Frau, die sie gekauft hat, hat sie kaum tragen können. Ein Junge hat ihr in die Straßenbahn geholfen.

Dreißig Mark hat die Frau mir für den Vogel bezahlt.

Ich habe sie zu den hundertzwanzig Mark getan, die ich für mein Mofa spare. In zwei Jahren, wenn ich sechzehn bin, kaufe ich mir 'ne Mofa.

Die alte Frau kann die dreißig Mark wiederhaben. Wenn sie mir nur die Gans wiedergibt.

Ich weiß nicht, wo die alte Frau wohnt? Warum kommt sie nicht auf den Weihnachtsmarkt?

Ich würde sie sofort wiedererkennen. Sie hatte ein buntes Sommerkleid an und einen Sommerhut mit Klatschmohn auf dem Kopf. Kleine graue Locken hatte sie mit goldenen Klemmen festgesteckt. Sie sah ein ein bißchen verrückt aus. Muß sie ja sein, wenn sie so einen alten Suppentopf kauft. Die Gans ist nämlich eine Suppenterrine. Die hat Großvater vor fünfzig Jahren für Großmutter zu Weihnachten selber getöpfert. Großvater hat ihr einen dicken Bauch gemacht, mit einem Gänseflügel als Deckel. Die gelben Gänsefüße hat Großvater nach außen hin als Henkel verlegt. Der Schnabel der Gans war gelb und stand offen. Sie schrie! – Vielleicht schrie sie, weil die Geschnörresuppe so heiß war, die Großmutter jedes Jahr am zweiten Weihnachtsfeiertag in ihren weißen Bauch füllte. Geschnörresuppe ist aus Gänseklein.

Seit etwa fünfzig Jahren essen Großvater und Vater am zweiten Weihnachtsfeiertag Geschnörresuppe aus der Gans.

Das ist Tradition! sagt Vater.

Er hat die Gans geerbt, als Großmutter gestorben ist.

Großvater wohnt seitdem bei Tante Hedwig, Vaters Schwester. Am zweiten Weihnachtsfeiertag kommt er zu uns zum Geschnörresuppenessen.

Kam er. – Denn dieses Jahr gibt es ja keine. Die Gans ist weg! Die kommt auch nicht wieder. Ich geb's auf.

Sie spielen zum einundzwanzigsten Male „Stille Nacht! Heilige Nacht!"

Ich drücke meine Ohren zu. Es ist kalt. Der Wind pfeift! – Bei uns im Wohnzimmer brennt Licht.

Ich geh rauf und sage alles.

Mutter macht mir die Tür auf. „Junge!" sagt sie. „Da bist du ja endlich!"

Die erste Kerze am Adventskranz ist fast abgebrannt.

„Du hast es wohl nicht nötig, pünktlich zu sein", sagt Vater. „Du weißt doch, daß wir jedes Jahr zusammen Advent feiern." „Ja, ja!" schreie ich. „Und Geschnörresuppe essen wir auch jedes Jahr, am zweiten Weihnachtsfeiertag. Aus der Gans!" Ich erzähle alles!

„Du hast meine Gans verkauft?" fragt Vater, als ich fertig bin.

Ich nicke.

Vater starrt Großvater an.

„Deine? Es war meine Gans", sagt Großvater. Er grinst.

Ja, er grinst, schlägt sich auf die Oberschenkel und fängt an zu lachen. Lachen? Er wiehert vor Lachen.

„Hör auf!" schreit Vater ihn an. „Hör auf!"

Großvater hört nicht auf.

Er drückt mir seine großen Hände auf die Schultern.

„Junge", lacht er. „Junge, seit fünfzig Jahren muß ich Geschnörresuppe essen. Alle Jahre wieder. Und ich kann Geschnörresuppe überhaupt nicht ausstehen."

FRITZ KRÄMER

Die Lebkuchefraa

So vier Woche vur de Weuhnaochte is die Lebkuchefraa 's irschtemol kumme, un do hot mer gewißt, jetzt is es Chrestkinnche unnerwegs. Sie woar vun Breeschbaoch un hot e großi Mohn uf em Kopp gehatt un meestendaals noch zwee Kirb, an jedem Oarm aon. Die Kirb hot se uf zwee Stihl gestellt, die Mohn uf de Disch un ehrn Kringe hot se denewe geleggt. Bis des ehr weiß wirge Duch vunn dere Mohn runnergezo-e hatt, woar alles bananner, waos vunn Kinn im Haus woar. Ui, wie gut hot des geroche, un wie häwwe die Lebkuche geglenzt! Do woarn klaone un große Herzjen und Bobbe, Reiter un allehand Diern; un dann die große, halbpindige, pindige, zwaa- und dreipindige, die meeste wie Herzer, manche äwwer aa rund wie es Schiewelraod. All woarn se mit weiße Zockerguß verziert, un uf manche häwwe scheene Sprich un Versjen gestanne. Wann's noch so knapp hergange is in de Haushaoling, äwwer en klaone Lebkuche hot e jed Kind kriggt un horr en nadierlich aa glei weggespunne. Die große sin im Klaarerschrank baam Weißzeig ufgehowwe wurn fur die Feierdaog, fur Petter und Gore.

41

Weihnachten

LUKAS, DER EVANGELIST

Die Weihnachtsgeschichte

Es begab sich aber zu der Zeit, daß ein Gebot von dem Kaiser Augustus ausging, daß alle Welt geschätzt würde. Und diese Schätzung war die allererste und geschah zu der Zeit, da Cyrenius Landpfleger in Syrien war. Und jedermann ging, daß er sich schätzen ließe, ein jeglicher in seine Stadt. Da machte sich auf auch Joseph aus Galiläa, aus der Stadt Nazareth, in das jüdische Land zur Stadt Davids, die da heißt Bethlehem, darum daß er von dem Hause und Geschlechte Davids war, auf daß er sich schätzen ließe mit Maria, seinem vertrauten Weibe, die war schwanger. Und als sie daselbst waren, kam die Zeit, daß sie gebären sollte. Und sie gebar ihren ersten Sohn und wickelte ihn in Windeln und legte ihn in eine Krippe; denn sie hatten sonst keinen Raum in der Herberge.

Und es waren Hirten in derselben Gegend auf dem Felde bei den Hürden, die hüteten des Nachts ihre Herde. Und siehe, des Herrn Engel trat zu ihnen, und die Klarheit des Herrn leuchtete um sie; und sie fürchteten sich sehr. Und der Engel sprach zu ihnen: „Fürchtet euch nicht! Siehe, ich verkündige euch große Freude, die allem Volk widerfahren wird; denn euch ist heute der Heiland geboren, welcher ist Christus, der Herr, in der Stadt Davids. Und das habt zum Zeichen: ihr werdet finden das Kind in Windeln gewickelt und in einer Krippe liegen." Und alsbald war da bei dem Engel die Menge der himmlischen Herrscharen, die lobten Gott und sprachen:

„Ehre sei Gott in der Höhe
und Friede auf Erden
und den Menschen ein Wohlgefallen."

Und da die Engel von ihnen gen Himmel fuhren, sprachen die Hirten untereinander: Laßt uns gehen nach Bethlehem und die Geschichte sehen, die da geschehen ist, die uns der Herr kundgetan hat. Und sie kamen eilend und fanden beide, Maria und Joseph, dazu das Kind in der Krippe liegen. Da sie es aber gesehen hatten, breiteten sie das Wort aus, welches zu ihnen von diesem Kinde gesagt war. Und alle, vor die es kam, wunderten sich der Rede, die ihnen die Hirten gesagt hatten. Maria aber behielt alle diese Worte und bewegte sie in ihrem Herzen. Und die Hirten kehrten wieder um, priesen und lobten Gott um alles, was sie gehört und gesehen hatten, wie denn zu ihnen gesagt war.

HEINZ WINFRIED SABAIS
Die Erde leuchtet

Es ist ein befremdliches Gefühl, das uns in diesen Tagen ergreift: Das Jahr geht zu Ende, das Jahr, das unsere genossene Lebenszeit gewesen ist. Gewesen und fort! Unser letztes Jahr vielleicht, wer weiß?

Was voraus liegt, scheint ungewisser denn je. Vertraute Zeit ist verronnene Zeit geworden. Das Kommende ist nichts als Entwurf und Verhängnis. Graue Tage verschwimmen im Grauenhaften. Dunkelheit starrt uns plötzlich an als Finsternis. Das Jahr ist uns unter den Händen hinweggestorben.

Schon die Totenfeiern des November haben uns nachdenklicher gemacht. Aber da konnten wir unsere Beklemmungen noch als atavistisch durchschauen. Wir lebten weiter, immerhin. Doch dann hob die Adventszeit an mit betäubenden Glocken und auftrumpfenden Lichtern. Unsere Unruhe wuchs.

Was ist jetzt noch wert, was wir wissen, da wir zu fühlen begonnen haben? In solcher Stimmung erzählt sich uns die alte, rührende Geschichte von selbst, die wir als Kinder lange staunend hörten. Welche Verwandlung ging da vor mit unseren ernsten Eltern, den geliebten Großeltern, mit Anverwandten und Freunden der Familie! Aus den Bedrückungen des Alltags blühte unversehens die helle Freude der Weihnachtszeit auf, mitten im Winter.

Es ist die alte Geschichte von dem göttlichen Kind, das in der dunkelsten Nacht des Jahres zur Welt kommt, und dem nichts Geringeres aufgebürdet wird, als sie zu erlösen. Man kann diese Geschichte betrachten wie man will, man kann sie deuten oder analysieren, sie bleibt immer einfach und ganz. Sie ist ein Gleichnis. Und wer einmal ergriffen ist von ihr, braucht nicht Begriffe.

47

Aber kann man, wendet unser Verstand ein, sich bei solch einfachen Gleichnissen beruhigen, sich schon zufrieden geben, den Frieden geben? Was kann denn die mythische Geburt eines Kindes, das angeblich zum Opfer und Erlöser zugleich bestimmt ist, uns wirklich bedeuten? Handelt es sich um den traditionell gefeierten Geburtstag des Stifters einer Weltreligion, des Christentums, so solle man ihn den Christen selbst und im übrigen der Pietät überlassen.

Aufgeklärt, wie wir sind, wird niemand behaupten wollen, daß jene „Gemeinschaft der Heiligen", die sich auf den jüdischen Knaben Jehoschua als den eingeborenen Sohn des Gottes Jahve beruft und auf seiner Saga gar Kirchen und Sekten gegründet hat, nach zwei Jahrtausenden Wirksamkeit mehr Heiligkeit praktiziere als am ersten Tag. Sie hat allen Völkern gepredigt, aber nicht die ganze Erde erfüllt. Sie hat der Barbarei und dem Aberglauben manchen Fußbreit abgewonnen, und dennoch lebt die Welt in Barbarei und Aberglauben.

Jehoschua selbst, das haben wir von Historikern gehört, ist wahrscheinlich nicht im Jahre Null der neuen Zeit, sondern schon im Jahre 6 sozusagen vor Christus geboren worden. Der Mythos erzählt von einer Jungfrauengeburt, wie wir sie auch aus Memphis und Eleusis kennen. Der Auftritt der drei Magier in der Geburtslegende deutet auf Ursprünge aus altem orientalischen Sternenglauben hin. Ochs und Esel sind ebenfalls mythologisch; die jüdischen Propheten ordneten sie dem Messias zu, der das Volk Israel von Fremdherrschaft befreien sollte.

Die Evangelien des Markus, – das älteste –, und des Johannes, – das phantasiereichste –, wissen nichts von jener Geburt in Bethlehem zu berichten. Sie beginnen mit der Taufe des erwachsenen Jehoschua im Jordan durch den Täuferpropheten Johannes. Matthäus legt den größten Wert auf die Abstammung des Kindes von König Davids Geschlecht. Der einzige Evangelist, der uns die Geburtslegende Jesu so erzählt, wie sie uns als Weihnachtsgeschichte weitererzählt wurde, ist Lukas. Er berichtet von der Volkszählung, die der römische Imperator Augustus – schon bei Lebzeiten als Gott verehrt – im okkupierten jüdischen Lande anordnet, und wie der Zimmermann Joseph aus Nazareth mit seinem schwangeren jungen Weibe zum Herkunftsort seiner Sippe nach Bethlehem wandern muß, dort aber keine Herberge mehr findet, so daß das wunderbare Kind unter wahrhaft elenden Verhältnissen in einem Stall geboren wird, und daß endlich ein überirdischer Bote die Hirten, die auf dem Felde sind, zu Zeugen beruft für „eine große Freude", die allen widerfahren soll, daß nämlich dieses Kind in der Krippe der von altersher verheißene „Heiland" sei, „welcher ist Christus, der Herr". Ein Gottessohn, ein Menschensohn, ein tragischer Prinz aus dem Hause David, ein Wunderrabbi?

Matthäus erzählt die Geschichte so weiter: Es kommen die drei Weisen oder Magier, um anzubeten. Sie werden später aus erzieherischen Gründen in Könige verwandelt, damit auch die lebenden Könige die Oberherrschaft des Christus anerkennen oder wenigstens dulden. Der seinerzeitige Herrscher in Juda läßt sich allerdings nicht von dem göttlichen Wandelstern über der Krippe in Bethlehem imponieren. Er gibt seinen Mordkommandos den Befehl, alle männlichen Neugeborenen in Bethlehem zu töten. Will er Gottes Sohn ermorden lassen? Dies wohl nicht; er will nur den rechtmäßigen Anwärter auf Davids Thron beseitigen, um seine eigene Herrschaft zu erhalten. Der brave Joseph, der daraufhin bald aus der Erzählung verschwindet, muß mit seiner Familie nach Ägypterland fliehen, ein politischer Flüchtling. Erst nach dem Tode des Tyrannen ist an Heimkehr zu denken. Es beginnt für Jehoschua die Zeit des Lehrens und des Leidens.

Wir wissen, wie sie endet. In einem politischen Schauprozeß wird der sanfte Sittenlehrer zum Tode verurteilt und qualvoll hingerichtet. Nach Ansicht der römischen Besatzungsmacht hat er das todeswürdige Hochverratsverbrechen begangen, sich den Königstitel von Juda anzumaßen, der allein dem römischen Kaiser zusteht, und damit Aufruhr gestiftet. Nach Ansicht der jüdischen Priesterkaste hat der Galiläer sich gegen die geheiligte Orthodoxie gestellt, eine dissidentische Sekte gegründet und durch seinen Anspruch auf den Namen eines Gottessohns sich der schwersten Lästerung schuldig gemacht.

Das Vermächtnis des historischen Jehoschua, wer immer er gewesen sein mag, ist uns gegenwärtig. Niemand hat je mit so radikaler, alle Unterdrückung und Ungerechtigkeit schon im Keim treffender Unbedingtheit gelehrt, daß der Mensch, jeder Einzelne, ohne Wenn und Aber das Ebenbild des Weltschöpfers sei, und daß alle weltliche Macht diese seine vorgegebene Würde zu achten habe. Daß unsere Menschenrechte allem Staatsrecht vorausgehen – jedenfalls in zivilisierten Staaten –, das verdanken wir dem gekreuzigten Rabbi aus jüdischem Land. Da handelt es sich nicht bloß um eine „moralische" Wirkung; das ist eine friedfertige „permanente Revolution".

Woran wir auch immer zweifeln mögen, an einem ist kein Zweifel: Unsere einfache alte Geschichte hat Geschichte gemacht, und wir sind von ihr geprägt. Freilich, unser Talent zu wissen, hat sich stärker entwickelt als unser Talent zu glauben. [...]

Das Fest der Geburt Christi

Weihnachten als christliches Fest und Fest der Geburt Christi am 24. Dezember des Jahres wird seit dem 4. Jahrhundert gefeiert. Damals legte man die Geburt Christi auf diesen Tag fest und die Nacht vom 24. auf den 25. Dezember wurde zur „Heiligen Nacht". Das geschah als Gegengewicht gegen die Sonnengottfeiern. Die Schutz- und Austreibungsbräuche der Sonnenwendfeiern haben sich teilweise behaupten können. Immergrün als Analogie- und Fruchtbarkeitszauber gehört zum Fest ebenso wie Feuer und Licht als Abwehrmittel gegen böse Geister. Auch die Vorstellung, die Tiere könnten in dieser oder in der Neujahrsnacht wie Menschen sprechen und Heil und Unheil künden, hat sich erhalten.

Der Weihnachtsbaum (auch Tannenbaum und Christbaum genannt) verkörpert beides: immergrün verspricht er ein grünes Jahr; mit brennenden Kerzen geschmückt, bringt er Helligkeit in das Dunkel des Winters. Ähnlich verhält es sich mit der immergrünen Mistel; sie wurde in Haus und Stall gehängt als Schutz gegen Teufel und Hexen; daß man unter einem Mistelzweig sich küssen darf, ist nur eine „zweckdienliche" Ergänzung des Schutz- und Fruchtbarkeitszaubers.

Ende des 18. Jahrhunderts wird der Weihnachtsbaum vor allem in protestantischen Familien zum festen Bestandteil der Weihnachtsfreude. Vereinzelt gibt es ihn auch vorher. Das belegt eine Straßburger Quelle aus dem Jahr 1605: „Auf Weihnachten richtet man Dannenbäum zu Straßburg in den Stuben auf, daran henket man Rosen aus vielfarbigem Papier geschnitten, Äpfel, Oblaten, Zischgold, Zucker." In Hessen nennt man den Baum nach seinem Schmuck Zuckerbaum oder Lichterbaum. Er bleibt im Zimmer geschmückt stehen bis zum 6. Januar. Dann sind die Zwölf Nächte vorbei und mit ihnen die Geisterzeit – der schützende Baum wird nicht mehr gebraucht. In katholischen Familien stand statt des Baumes noch bis ins späte 19. Jahrhundert die Krippe im Mittelpunkt des Weihnachtsfestes, und den Schutz gegen böse Geister übernahmen die heiligen drei Könige Caspar + Melchior + Balthasar.

Auch das Weihnachtsgebäck war ursprünglich Opfergebäck, um tote Seelen zu versöhnen, oder Fruchtbarkeitssymbol. Daß aus dem Christkind, dem neugeborenen Jesus, das Christkindchen, das Weihnachtsgeschenk geworden ist, gehört in unsere Zeit, die auch aus dem Heiligen Abend einen Bescherabend gemacht hat. Aber die Freude am geschmückten Baum und den brennenden Kerzen ist geblieben. 1970 hat das Fernsehen eine Umfrage unter 30 000 Kindern veröffentlicht, in der es die Kinder gefragt hatte, was ihnen an Weihnachten am besten gefalle: 30 % nannten den Tannenbaum, 21 % die Bescherung und 11 % die Weihnachtslieder- und -gedichte.

JOHANN CONRAD LICHTENBERG
Aus einer Kantate
am Heiligen Christ-Tage zu singen

Jauchzet ihr Himmel
und freue dich Erde,
Jesus dein Heyland
ist heute gebohren.
Gott wurd eines Menschen Sohn,
eine Krippe ist sein Thron.
Großes Wunder, große Dinge,
Gott wird elend und geringe,
daß der Mensch verherrlicht werde...

52

ECKHART G. FRANZ

Äpfel in der Weihnachtsnacht

*„Es ist ein Ros' entsprungen" heißt es im vielgesungenen Weih-
nachtslied. Der Volksglaube, daß bestimmte Bäume in der Weih-
nachtsnacht blühen und Früchte tragen, war schon im Mittelalter
verbreitet. Aus dem hessischen Trebur unweit der Stadt Darmstadt
berichtete Abraham Saur aus Frankenberg in der 3. Auflage des
„Theatrum Urbium", die in seinem Todesjahr 1593 in Frankfurt
erschien:*

Eins will ich dem gutherzigen Leser als ein groß Mirakel
noch verständigen: Es steht nicht weit von diesem Flecken
ein Apfelbaum, welcher alle Jahre in der Christnacht Äpfel
trägt, wie solches eine gemeine Bürgerschaft und alle umlie-
genden Örter wissen. Es werden solche Äpfelein auch fast alle Jahre dem durchleuchtigen hochgeborenen Fürsten und
Herrn Landgraf Georgen zu Hessen geschickt, welcher si zu
großem Wunder andern Fürsten und Herrn zu zeigen pflegt.
Wenn ein gut Jahr fürhanden, so werden die Äpfelein etwan
so groß als eine Bohne, doch an Gestalt als ein Äpfelein mit
Blumen, Stiel und anderem, hart und steif, sonst als eine Erb-
se. In einer Stund bekommt der Baum seine Blüt und Obst,
welches alle Jahr mit sonderem Fleiß von den Einwohnern
observiert wird. Sonst im Jahr trägt er wilde Holzäpfel, die
nach ihrer Art anderen gleich sind. Dabei man Gottes Wun-
derwerk klärlich merken kann.

*Landgraf Georg I., der erste Hessen-Landgraf in Darm-
stadt, hatte tatsächlich von dem Treburer „Weihnachtswunder" gehört. Ein Bericht seines Schultheißen Jost Geißel vom 24. Dezember 1581 ist im Darmstädter Staatsarchiv erhalten:*

Durchleuchtiger, hochgeporener Fürst!... Euer fürstlichen Gnaden Schreiben habe ich unterthenig entpfangen,
inhalts dessen ich die vergangene und künftige Christnacht
von dem Baum bei Mersemer Hoif Äpfel, so man sagt, wel-

che nur in der Christnacht wachsen sollen, brechen lassen und Euer fürstlichen Gnaden zufertigen solle. Als schicke... ich bei Zeigern [dises] Briefs sechs Äpfel, so dise verschiene Nacht gegen Morgen umb 4 Uhren geprochen seind. Es haben dijenige, so ich dahin geschickt von 11 Uhrn vor Mitternacht und folgends noch dreimal gesucht und nichts funden bis umb 4 Uhrn wie gemelt, haben dise 6 geprochen. Berichten auch, das es gar wenig Äpfel gehapt...

Der Landgraf, wenig überzeugt, antwortete seinem „lieben Getreuen" postwendend:

Wir haben Dein Schreiben entpfangen, verlesen und darneben die sechs Äpfelein entpfangen, welche aber nicht das Ansehens haben als weren es Äpfel, sondern werden vielmehr vor Biern angesehen, das wir es schir dafür halten, sie werden vom rechten Baum nicht geprochen sein. Bevelen Dir deswegen in Gnaden, das Du in dieser Christnacht nochmals an dem Baum darnach sehen und uns desselben brechen lassest und anhero uberschicktest, doch das es durch solche Personen geschehe, die da morgen nicht zum Nachtmahl gehen werden!!

Die Begeisterung des braven Schultheißen ist leicht vorstellbar. Aber Befehl war Befehl. Er berichtet am nächsten Tag:

...Derselben Euer fürstlichen Gnaden Bevehlen habe ich undertenig nachgesetzt, [und] etliche Personen dahin geschickt, so heut in der Nacht wie auch heut am heiligen Christage uf und unter dem Baum Äpfel gesucht aber keine funden. Di Äpfel aber, so... ich gestern zugeschickt, sind vom selben Baum, welch den Nahmen solche Äpfel zu tragen. Ich werde auch weiter bericht, das man solche Äpfel vor vier Wochen am selben Baum funden, daraus wol zu schließen, das bemelter Baum etwa gegen Herbst noch einmal geblüet und solche verwelkt Ding getragen. Welchs uf fürstlicher Gnaden bevel ich unvermeldt nit lassen sullen...

Es war also nichts gewesen mit dem „Wunder", und der Land-graf hat die Korrespondenz denn auch stillschweigend zu den Akten gelegt, wo sie noch heute ruht. Die Geschichte vom Treburer Wun-derbaum wurde desungeachtet von späteren Chronisten munter wei-tererzählt. Der 1699 verstorbene hessische Historiograph Johann Justus Winkelmann fügte freilich hinzu, daß der legendenumwobe-ne Baum „unfern von dem Flecken Tribur in dem Mersheimer Feld... vor wenigen Jahren von losen Buben, als sie einsmal die Früchte abzubrechen versäument, abgehauen worden". „Nach Aussage beglaubter Leuten", so schloß Winkelmann seinen Be-richt, habe man „dergleichen Äpfel... auch zu Darmstadt auf dem Kirchof vor der Statt und anderswo in Hessen" gefunden.

WILHELM DIEHL

Christkindleins Aufzug im landgräflichen Schloß Lichtenberg an Weihnachten 1632

Wenn das „Christkindchen" die Gaben den lieben Kleinen bescheren will, dann kommt es selbstverständlich in eigener Person, meist zusammen mit seinem „Eselchen", das die Gaben tragen muß. Darum beten auch die hessischen Kinder in der Zeit vor Weihnachten:

> „Christkindchen komm in unser Haus,
> Leer Deine schönen Sachen aus,
> Stell' Dein Eselchen auf den Mist,
> Daß es Heu und Hafer frißt."

Sie gehen – und das ist ebenfalls alter Brauch – sogar so weit, daß sie für das gute Eselchen, das so schöne Sachen in seinem Sack auf dem Rücken trägt, Heu an das Tor binden und ihm Hafer bereitlegen.

Wir dürfen annehmen, daß das Christkindchen mit seinem Eselchen wie heute, so schon vor 200 Jahren und 300 Jahren *zumeist* ganz im geheimen auszog und den Kindern deshalb auch nicht zu Gesicht kam. Ebenso sicher ist es aber, daß *mitunter* wirkliche „Aufzüge" des Christkindleins mit dem Eselchen und allem Zubehör an Dienern und Knechten vorkamen. Vor einigen Wochen fielen mir einige Schriftstücke aus dem Jahre 1632 in die Hand, die uns beweisen, daß in diesem Jahre das Christkindchen auf Schloß Lichtenberg einen solchen leibhaftigen Aufzug gehalten hat. Es wollte damals den kleinen, nicht ganz dreijährigen Prinzen Ludwig (den späteren Landgrafen Ludwig VI., dem Darmstadt das Glockenspiel verdankt) und dessen Schwesterchen besuchen, sich nach ihrer Frömmigkeit erkundigen und sie dann reich beschenken. Die ganze Veranstaltung ging von dem Hofmeister v. Schrautenbach aus, dem damals die Aufsicht über die Kleinen von ihrem Vater Georg II. übertragen worden war, da man die Kinder aus der von der Pest heimgesuchten Stadt Darmstadt weggebracht hatte. Über die Vorbereitungen zu dem „Uffzug des lieben Christkindleins" schreibt Schrautenbach am 24. Dezember 1632 an Landgraf Georg II: „Der elteste Printz erfrewet sich von Hertzen auf den heyligen Christ und weilen ich sehe, daß er so grosses Verlangen und Söhnung darzu hatt, habe ich den Anstalt gemacht, daß dießen Abent ettwan eine Stundt in die Nacht etlieche verkleitte Personen zu Pferdt und Fuß sambt einem sonderlich darzu gerichten Wagen, undt geführten Esel alhier im Hoff ufziehen werden. Darnach sollen etlieche in der fürstlichen Jungen Herschafft Gemach gehen, welches ich aber albereit mit der Kindtshoffmeisterin, undt Hoffmeisterin Briesin, Hoffprediger undt Medico abgeredt. Es sindt aber alle, so darzu gebraucht werden, Euer Fürstlichen Gnaden alhier anwesende Cammer- undt andere Diener undt theils mein Gesiendt, also daß nicht eine frembte Person darzu gebraucht würdt. Will hoffen, es werde dem eltern Printzen undt Freilein große Freude geben undt nach dißes Orts Gelegenheit wohlabgehen."

Letzeres traf auch ein. Am 27. Dezember 1632 konnte Schrautenbach berichten: „Es haben sich der elter Printz und Freulein über des Christkindtleins Uffzug gar hoch erfreuet, der Printz auch gar getrost gewesen undt fein gebett. Als aber nach solchem Gebeht das Christkindtlein den Printzen und Freulein in Euer Fürstlichen Gnaden Gemach geführet, alda das Zeug uff dreien underschiedenen Dischen gelegen, undt einem jeden einen Diesch gezeigt, ist der Printz über so vielen Sachen ganz bestürtzt gewesen undt nicht gewust, was er am ersten angreiffen soll, doch ist das Pferdt ahm liebsten gewest."

GEORG BÜCHNER
Briefe an die Familie

Straßburg, im Januar 1833.

[...] Auf Weihnachten ging ich morgens um vier Uhr in die Frühmette ins Münster. Das düstere Gewölbe mit seinen Säulen, die Rose und die farbigen Scheiben und die knieende Menge waren nur halb vom Lampenschein erleuchtet. Der Gesang des unsichtbaren Chores schien über dem Chor und dem Altare zu schweben und den vollen Tönen der gewaltigen Orgel zu antworten. Ich bin kein Katholik und kümmerte mich wenig um das Schellen und Knieen der buntscheckigen Pfaffen, aber der Gesang allein machte mehr Eindruck auf mich, als die faden, ewig wiederkehrenden Phrasen unserer meisten Geistlichen, die Jahr aus Jahr ein an jedem Weihnachtstag meist nichts Gescheidteres zu sagen wissen, als, der liebe Herrgott sie doch ein gescheidter Mann gewesen, daß er Christus grade um diese Zeit auf die Welt habe kommen lassen.

Straßburg, den 1. Januar 1836.

[...] Das Verbot der *deutschen Revue*[1] schadet mir nichts. Einige Artikel, die für sie bereit lagen, kann ich an den *Phönix*[1] schicken. Ich muß lachen, wie fromm und moralisch plötzlich unsere Regierungen werden; der König von Bayern läßt unsittliche Bücher verbieten! da darf er seine Biographie nicht erscheinen lassen, denn die wäre das Schmutzigste, was je geschrieben worden! Der Großherzog von Baden, erster Ritter vom doppelten Mopsorden, macht sich zum Ritter vom heiligen Geist und läßt *Gutzkow*[2] arretiren, und der liebe deutsche Michel glaubt, es geschähe Alles

[1] Literarisch-kritische Zeitschriften.
[2] Schriftsteller, 1811-1878, politisch engagiert, literarischer Revolutionär im „Jungen Deutschland"; veröffentlichte Büchners „Dantons Tod".

aus Religion und Christenthum und klatscht in die Hände. Ich kenne die Bücher nicht, von denen überall die Rede ist; sie sind nicht in den Leihbibliotheken und zu theuer, als daß ich Geld daran wenden sollte. Sollte auch Alles sein, wie man sagt, so könnte ich darin nur die Verirrungen eines durch philosophische Sophismen falsch geleiteten Geistes sehen. Es ist der gewöhnlichste Kunstgriff, den großen Haufen auf eine Seite zu bekommen, wenn man mit recht vollen Backen: „unmoralisch!" schreit. Uebrigens gehört sehr viel Muth dazu, einen Schriftsteller anzugreifen, der von einem deutschen Gefängniß aus antworten soll. *Gutzkow* hat bisher einen edlen, kräftigen Charakter gezeigt, er hat Proben von großem Talent abgelegt; woher denn plötzlich das Geschrei? Es kommt mir vor, als stritte man sehr um das Reich von dieser Welt, während man sich stellt, als müsse man der heiligen Dreifaltigkeit das Leben retten. [...] Ich gehe meinen Weg für mich und bleibe auf dem Felde des Dramas, das mit all diesen Streitfragen nichts zu thun hat; ich zeichne meine Charaktere, wie ich sie der Natur und der Geschichte angemessen halte, und lache über die Leute, welche mich für die Moralität oder Immoralität derselben verantwortlich machen wollen. Ich habe darüber meine eignen Gedanken. [...]

Ich komme vom Christkindelsmarkt, überall Haufen zerlumpter, frierender Kinder, die mit aufgerissenen Augen und traurigen Gesichtern vor den Herrlichkeiten aus Wasser und Mehl, Dreck und Goldpapier standen. Der Gedanke, daß für die meisten Menschen auch die armseligsten Genüsse und Freuden unerreichbare Kostbarkeiten sind, machte mich sehr bitter. [...]

ERNST BÜCHNER

Weihnachtsbrief an seinen Sohn Georg

Darmstadt den 18ten Dezemb. 1836

Lieber Georg!

Es ist schon lange her, daß ich nicht persönlich an Dich geschrieben habe. Um Dich einigermaßen dafür zu entschädigen, soll Dir das Christkindlein diese Zeilen bescheren und ich zweifle nicht daran, daß sie Dir eine angenehme Erscheinung sein werden. Meine Besorgnis um Dein künftiges Wohl war bisher noch zu groß und mein Gemüt war noch zu tief erschüttert, durch die Unannehmlichkeiten alle, welche Du uns durch Dein unvorsichtiges Verhalten bereitet und gar viele trübe Stunden verursacht hast, als daß ich mich hätte entschließen können, in herzliche Relation mit Dir zu treten; wobei ich jedoch nicht ermangelt habe, Dir pünktlich die nötigsten Geldmitteln, bis zu der Dir bekannten Summe, zufließen zu lassen. –

Nachdem Du nun aber mir den Beweis geliefert, daß Du diese Mittel nicht mutwillig oder leichtsinnig vergeudet, sondern wirklich zu Deinem wahren Besten angewendet und ein gewisses Ziel erreicht hast, von welchem Standpunkte aus Du weiter vorwärts schreiten wirst, und ich mit Dir über Dein ferneres Gedeihen der Zukunft beruhigt entgegen sehen darf, sollst Du auch sogleich wieder den gütigen und besorgten Vater um das Glück seiner Kinder in mir erkennen.

Um Dir hiervon zugleich einen Beweis zu geben, habe ich Deinem Wunsche, ‚v. Froriep's Notizen‘[1] von mir zu erhalten, alsbald entsprochen, welche längstens bis zum 21ten d.M. per Kiste und ganz *franco* bei Dir eintreffen werden. Dieselben sind als eine kleine Bibliothek zu betrachten und

[1] L. F. v. Frorieps „Notizen aus dem Gebiete der Natur- und Heilkunde".

werden Dir vielen Nutzen gewähren. Bis jetzt ist der 50ste Band im Erscheinen. Ich besaß nur 26 Bände, welche mich, ohne Einband, 93 fl. 36 kr. kosteten u diese mache ich Dir zum Weihnachtsgeschenk. Die Bände 29-46, welche Du ebenfalls jetzt erhältst, habe ich für Deine dereinstige Rechnung mit Deinen Geschwistern um 20 fl. 52 kr. erkauft und um diesen 3teil Preis sollst Du durch mich die Fortsetzung u eben so die fehlenden Bände 27 u 28 erhalten. Sollten Dir meine anatomischen Tafeln von Weber, welche Dir schon genau bekannt sind und die ich jetzt vollständig habe nötig sein, so will ich Dir auch diese schicken, oder wenn Du sonst Bücher nötig hast, so mache mir solche namhaft und bemerke mir genau den Ladenpreis, um welchen Du solche in Zürich würdest erhalten können. Auch findest Du in der Kiste unter anderem 2 Exemplare meiner Nadelgeschichte[2], die mir beim Packen als altes Papier in die Hände fielen. Vielleicht kannst Du Deinen Schülern gelegentlich eine Erzählung davon machen. Sodann legte ich auch eine Beilage zu unsrer Zeitung in die Kiste, worin eine Konkurrenzeröffnung von Zürich aus bekannt gemacht wird. Hättest Du früher meinen so wohlgemeinten Rat befolgt und Dich mehr mit Mathematik beschäftigt, so könntest Du vielleicht jetzt mit konkurrieren. Doch dies sei bloß nebenher bemerkt. Deine Abhandlung[3] hat mir recht viele Freude gemacht, und nicht weniger war ich erfreut über Deine Kreierung zum

[2] „Versuchter Selbstmord durch Verschlucken von Stecknadeln", veröffentlicht in der „Zeitschrift für Staatsarzneikunde", hrsg. von Adolph Henke, Erlangen 1833.
[3] Georg Büchner trug seine Abhandlung „Memoire sur le système nerveux du barbeau" (Über das Nervensystem der Barben) am 13., 20. April und 4. Mai der „Sociètè d'histoire naturelle" in drei Teilen vor und wurde daraufhin zu deren korrespondierenden Mitglied ernannt. Seine Arbeit wurde auf Kosten der Gesellschaft veröffentlich; sie brachte ihm Promotion und Lehrauftrag an der Zürcher Universität ein und eröffnete ihm Chancen zu einer erfolgreichen wissenschaftlichen Laufbahn.

Doktor der Philosophie, so wie überhaupt über Deine gute Aufnahme in Zürich. Sei nur recht vorsichtig in Deinem Benehmen und in Deinen Äußerungen gegen u über jedermann. Bedenke stets daß man Freunde nötig hat u daß auch der geringste Feind schaden kann. Ich bin recht begierig zu hören, wie es Dir bisher mit Deinen Vorlesungen ergangen und worauf besonders Dein weiterer Plan gerichtet ist. Zoologie u vergleichende Anatomie sind Felder worin noch viel zu lernen ist und wer Fleiß darauf verwendet dem kann es nirgends fehlen *merks tibi*. Auch Kaups systematische Beschreibung des Tierreichs, wovon das 10 Heft erschienen ist, könnte ich Dir schicken.

Bei uns ist alles wohl u es werden die nötigen Vorbereitungen zu Weihnachten gemacht. Deine weitere Bescherung findest Du ebenfalls in der Kiste. In Reinheim ist kürzlich Oheim's jüngstes Kind, ein schöner Knabe von $1^1/_2$ J. gestorben. Deine Mutter wollte meinem Brief noch einige Zeilen beilegen, bei dem teuren Porto aber, wollen wir es unterlassen, zumal Du per Kiste Briefe erhältst. Mutter u Tante Helene sitzen oben bei der Großmutter, welche jetzt beinahe völlig blind ist. Im Frühling soll das eine Auge operiert werden. Mathilde u Louise sind in der Oper „Die Stumme". Louis ist wahrscheinlich mit Anfertigung von Weihnachtsgeschenken beschäftigt u Alexander liest wie gewöhnlich sehr emsig die Geschichte. Dieser wird ein *ruhiger* Gelehrter werden in allem Ernste. Endlich ich sitze am Schreibtisch u schreibe in diesem Augenblick am Ende des Briefes meinen Namen.

E. Büchner

LUISE BÜCHNER

Vom Weihnachtsmarkt

Am Tage vor Weihnachten war das Wetter hell und klar, und der Schnee war festgefroren. Da sagte die Tante zu den Kindern: „Heute führe ich Euch auf den Weihnachtsmarkt, laßt Euch nur schnell die Mäntelchen anziehen und die Hütchen aufsetzen!"

Das brauchte Sie nicht zweimal zu sagen; im Augenblick waren die Kinder fertig, und nun ging es hinaus in den frischen, klaren Morgen. Man dachte aber gar nicht an die Kälte, denn in den Straßen war ein so geschäftiges Hin- und Herrennen, ein so hastiges Treiben, als ob der schönste Frühlingstag angebrochen wäre. Und fast ein Frühlingsanblick war es auch, als die Tante nun mit den Kindern in die Straße einbog, welche zum Markte führt. Sie hielt Georg und Mathildchen an beiden Händen, und so gingen sie durch zwei lange dichte Reihen von Fichten- und Tannenbäumen aller Art, groß und klein, hell- und dunkelgrün, die sich prächtig ausnahmen auf dem weißen, funkelnden Schnee. Um die Bäume herum war ein Drängen und Schieben der Menschen, daß man kaum vorbei konnte, und überall begegnete man Leuten, die ihre Bäume nach Hause trugen.

„Aber, Tante", fragte Mathildchen, „ich dachte, das Christkindchen bringt alles, und nun holen sich doch da die Menschen ihre Christbäume selbst nach Hause."

„Das ist wahr", sagte die Tante, „aber du vergissest, daß sie das Christkind alle hierher geschickt, und unsichtbar geht es jetzt mit dem Nikolaus umher und sieht und hört alles, was hier vorgeht. Es gibt jetzt so sehr viele Menschen auf der Welt, daß die beiden mit dem besten Willen nicht mehr alle Geschäfte allein fertig bringen können, und da müssen sie sich schon von den großen Leuten ein wenig helfen lassen. Verstehst Du das?"

„Ja, Tante, ganz gut", antwortete Mathildchen, und befriedigt gingen sie weiter nach dem Markte, wo eine Bude neben der andern stand, angefüllt mit begehrenswerten Herrlichkeiten. Auch da ging es munter zu, und namentlich vor den Puppenladen standen ganze Reihen von Kindern, die zusahen, wie die Puppen sich an langen Fäden hin- und herschaukelten.

Georg und Mathildchen sperrten Mund und Nase auf, die Tante aber ging bald da, bald dort an eine Bude, sprach leise einige Worte und ließ dann geheimnisvoll etwas in ihre große Markttasche gleiten.

„Tante, kaufe mir auch etwas", bat Mathildchen, „die Puppe mit dem rosa Kleid möchte ich gerne haben, die gefällt mir!"

„Mir auch kaufen, eine Peitsche!" rief Georg.

„Ihr seid klug", sagte die Tante, „Ihr wollt also schon heute und morgen noch einmal beschert haben?"

„Ja, Tante, recht gern!" rief das kleine, mutwillige Volk und – was wollte die gute Tante machen? Sie kaufte die Puppe und die Peitsche, und als sie erstere grade dem Mathildchen hinreichen und in die ausgestreckte Hand geben wollte, hörte sie hinter sich sagen: „Ach, wenn doch die schöne Puppe mein wäre!"

Sie sahen sich alle um, da stand ein Häuflein Kinder beieinander, vier oder fünf, die waren ganz blau und rot gefroren, denn sie hatten nur schlechte dünne Kleider an, und der Wind zerzauste ihre gelben unbedeckten Haare. Das Kind, welches gesprochen, war ein wenig kleiner als Mathildchen und streckte immer noch die Hand nach der Puppe aus, obgleich die größeren es am Rock zupften und ihm wehrten. Ach, es hätte doch gar zu gern auch einmal in seinem Leben eine schöne neue Puppe gehabt, aber es waren arme Kinder, für die niemand den Christbaum schmückte, und die sich mit dem bloßen Ansehen und Wünschen begnügen mußten.

„Möchtest Du die Puppe haben?" sagte die Tante freundlich zu dem kleinen Mädchen, und Mathildchen zog sie am Kleid und flüsterte: „Liebste Tante, kaufe dem Kind doch auch eine!"

Die Tante aber schüttelte den Kopf, und da das kleine Mädchen nicht antwortete, sondern verschämt wegsah, fragte sie den größten Knaben, ob sie Geschwister seien, wie sie hießen und wo sie wohnten? Er gab auf alles ordentlich Antwort, die Tante schrieb es in ihr Notizbuch, dann nickte sie den Kindern freundlich zu und ging weiter.

„Aber Tante" – sagte Mathildchen ganz erstaunt.

„Komm nur schnell", lautete die Antwort, „es ist viel zu kalt, um lange still zu stehen, und wir haben noch eine Menge Geschäfte. Nicht wahr, Mathildchen, die Puppe mit dem rosa Kleid gibst Du gern dem kleinen Mädchen, und Georg überläßt seine Peitsche dem dicken Jungen mit der Schmutznase, der gerade so groß ist wie er?"

„Ja, Tante, sehr gern!" riefen die Kinder, „aber sie sind ja nicht mehr da, wir haben sie im Gedränge verloren!"

„Nur Geduld, sie werden sich schon wiederfinden. Da hat uns das unsichtbare Christkind einen Teil seiner Arbeit übertragen, und wir müssen uns eilen, daß wir unsere Sache gut machen. Ihr werdet schon sehen, wie das ist."

Nun kaufte die Tante noch allerlei hübsche Spielsachen ein, auch einige warme Kleidungsstücke, dann verschiedenes Gebackene, Glaskugeln, Wachskerzen und zuletzt ein kleines Bäumchen, das Mathildchen zu ihrer höchsten Freude eigenhändig nach Hause tragen durfte. Das kleine Volk verging fast vor Neugierde, was es mit all den Dingen geben sollte, aber die Tante sagte nur: „Wartet bis heute abend!"

Der Abend kam und mit ihm die trauliche Erzählerstunde. Die Kinder saßen eng an die Tante gedrückt, und Georg seufzte so recht aus Herzensgrund: „Ach, jetzt brauchen wir nur noch einmal zu schlafen" – „und dann ist das liebe

Christkindchen da!" fuhr Mathildchen fort und klatschte dabei jubelnd in die Hände. „Aber Tante, was erzählst Du uns denn heute?"

Heute erzähle ich Euch eine Geschichte vom Weihnachtsmarkt, die ist noch viel schöner, als die unsrige werden wird; hört mir recht aufmerksam zu:

Vor vielen, vielen Jahren, als Ihr noch lange nicht auf der Welt waret, ist der Weihnachtsmarkt schon ebenso schön gewesen als heute, und alle Kinder der Stadt, die armen wie die reichen, gingen hin, sich die Herrlichkeiten zu betrachten. Das Christkind hatte schon damals die Gewohnheit, sich unbemerkt unter die Menge zu mischen; über sein weißes Kleid hatte es einen langen dunklen Mantel gezogen, und sein Blondköpfchen hielt es unter einer Kapuze versteckt. Niemand konnte es erkennen, und so hörte es, was die Leute mit einander redeten und was sie sich wünschten. Vornehmlich aber merkte es auf die Kinder, ob sie sich bescheiden oder habgierig und unartig auf dem Weihnachtsmarkt benahmen. Gegen Abend kam es an eine Bude, in welcher die schönsten Kinderspielsachen des ganzen Marktes zu finden waren; und sie war ganz umdrängt von Kindern, die voll Sehnsucht und Bewunderung die wundervollen Puppen, die Kochherde, die zierlichen Porzellangeschirre, die Puppenmöbel, sowie die bunt aufgezäumten Pferdchen, die Flinten, Trommeln und Trompeten betrachteten. Eines machte das andere auf immer neue Wunder aufmerksam, und Christkind freute sich an ihrer Freude und lachte fröhlich mit ihnen. Auf einmal sah es ganz am Ende der Bude ein kleines Mädchen von etwa zehn Jahren stehen, das einen schweren zappelnden Buben auf dem Arm hielt, der fortwährend in die Höhe reichte, so daß die Kleine Mühe hatte, ihn festzuhalten.

Sie mußte sehr arm sein, denn sie hatte ein ganz dünnes Röckchen an, und ihre Arme waren halb entblößt, aber das

Haar war ordentlich gekämmt und in zwei feste Zöpfe geflochten, unter denen ein paar dunkelblaue Augen gar gutmütig und freundlich hervorschauten. Sie lächelte bald dem Brüderchen zu, bald betrachtete sie die schönen Dinge mit einer Freude, daß man sich selber darüber freuen mußte. Christkindchen ging zu dem Mädchen, legte ihm leise die Hand auf die Schulter und sagte mit einer süßen Stimme: ‚Liebes Kind, die Sachen da gefallen Dir wohl sehr gut, wähle Dir etwas davon aus, was Du am liebsten haben möchtest, ich will es Dir zum Weihnachtsgeschenke geben.‘

Das Kind ward dunkelrot vor Freude, seine Augen leuchteten, und sein Blick durchlief die bunte Reihe, die vor ihm prangte. Da reichte das Brüderchen wieder jauchzend mit dem Händchen empor. Das Mädchen drückte das Kind an sich, folgte seinem verlangenden Blick und sagte dann schüchtern, indem es die Augen niederschlug: ‚Wenn Sie mir wirklich eine Freude machen wollen, so geben Sie meinem Brüderchen die goldglänzende Trompete, die da oben hängt, es möchte sie gar zu gern haben.‘

Dem guten Christkind kamen die Tränen in die Augen, als es das hörte. Das war ein Kind nach seinem Sinn. Es gönnte dem Brüderchen lieber eine Freude, als sich selbst. Schnell nahm Christkind die Trompete herunter, reichte sie dem Brüderchen hin, das hell auflachte, und ging weiter."

„Da hätte doch das Christkindchen dem guten Mädchen auch etwas geben können!" rief Mathildchen eifrig.

„Sei nur ruhig und höre weiter zu: Christkind machte es noch viel besser. Da es alle Menschen kennt, so wußte es, daß das brave Schwesterchen, welches seinen Bruder so lieb hatte, Mariechen hieß, daß seine Eltern sehr arm waren, und daß sie ganz am Ende der Stadt in einem alten kleinen Häuschen wohnten.

Am nächsten Abend war Weihnacht. Schon flammten überall die Christbäume, es jauchzten und lärmten die

Kinder, in dem kleinen Häuschen aber war es dunkel und still.

,Wir sind zu arm, wir können das Christkind nicht bestellen', sagte die Mutter zu ihren fünf Kindern, als sie beieinander saßen und eines derselben fragte, ob denn das Christkind nicht auch zu ihnen käme? Dabei weinte sie, und die Kinder taten es auch. Nur der kleine Bruder war vergnügt, schmetterte laut auf seiner Trompete, und das gute Mariechen, welches das älteste der Geschwister war, weinte auch nicht und sagte: ,Ach, wir sind doch vergnügt, wir haben einander ja so lieb.'

Auf einmal aber ward es lebendig vor dem kleinen Hause; es klingelte so sonderbar und leise durch die dunkle Nacht, und da kam ja wahrhaftig ein Eselein einhergetrabt, neben dem ging ein dunkler Mann mit einem langen weißen Bart, und auf dem Esel saß ein wunderschöner Engel mit weißen glänzenden Flügeln und einem lichtblauen Gewande, das war wie der Winterhimmel mit flimmernden Sternen ganz übersät. Das konnte ja wohl niemand anders sein als unser liebes Christkind mit seinem getreuen Knecht Nikolaus. Der band das Eselchen an die Türe fest, Christkind stieg ab, machte leise die Türe auf, und Nikolaus trug die schweren Tragkörbe, die er dem Esel abgenommen, in das Haus hinein.

In der Küche stellten sie alles nieder, dann schellte Christkind laut und lange, daß sie drinnen in der Stube alle in die Höhe fuhren und nach der Türe liefen, um zu sehen, was das bedeute. Daß es so kommen würde, hatte sich der Nikolaus schon gedacht; er stand darum vor der Stubentüre und rief, als sie aufging, mit seiner Bärenstimme hinein: ,Es soll niemand herauskommen als das Mariechen!'

Da flohen alle vor Furcht wieder zurück, und nur Mariechen kam unerschrocken heraus und sagte: ,Da bin ich, was soll ich tun?'

‚Komm in die Küche!' brummte der Nikolaus jetzt etwas sanfter, und als sie hereinkam, da war diese ganz erfüllt von dem wunderbarsten Glanze, und Mariechen sah das Christkind leibhaftig vor sich stehen. Nun erschrak es so sehr, daß es fast umgefallen wäre. Christkind aber faßte es in die Arme, küßte es auf die Stirne und sagte: ‚Kennst Du mich noch?' – und als Mariechen erstaunt mit dem Kopfe schüttelte, fuhr es fort: ‚Aber ich kenne Dich, so wie ich alle guten und braven Kinder kenne. Ich war die Frau, die Dir gestern auf dem Weihnachtsmarkt die Trompete für den Bruder gab, weil Du ihm lieber eine Freude gönntest, als Dir selbst, und darum komme ich, um heute auch Dir ein Vergnügen zu bereiten. Weil Du so gerne gibst, sollst Du jetzt Deinen lieben Geschwistern und Deiner Mutter an meiner Stelle bescheren. Ist Dir das recht?'

Das gute Mariechen schluchzte laut vor Freude. ‚O Christkind', rief es, ‚so viel verdiene ich ja gar nicht.'

‚Weine jetzt nicht, Mariechen, sondern eile Dich, wir müssen wieder fort', sagte Christkind, ‚gehe hinein in die Stube und schicke sie alle in die Kammer, damit wir anfangen können.'

Mariechen wußte nicht, ob es träume oder wache, aber es lief hinein in die Stube und rief zwischen Weinen und Lachen: ‚Macht Euch schnell alle hinein in die Kammer und guckt ja nicht durchs Schlüsselloch, es kommt etwas sehr Schönes!'

Die Mutter wollte fragen, aber Mariechen bat sie so herzlich, mit den Geschwistern hineinzugehen, daß sie sich fügte. Dann schloß Mariechen die Türe hinter ihnen zu, lief in die Küche, dann wieder herein und holte auf Christkinds Geheiß ein weißes Tuch aus dem Schrank, das es über den alten schwarzen Tisch breitete. Nun fing der Nikolaus an auszupacken und seine Siebensachen in die Stube zu schleppen. Mitten auf den Tisch stellte er einen Christbaum, der war

über die Maßen schön geschmückt und mit Lichtern ganz
übersät. Der Baum stand in einem Moosgärtchen, darin weideten weiße flockige Schafe mit goldenen Halsbändern und
langen roten Beinen, und ein Schäfer saß auf einem Felsen
und blies auf seiner Schalmei, man hörte es aber nicht. Dann
wurden um den Baum herum große Herzlebkuchen gelegt,
für die Mutter und jedes der Kinder einer. Auf jedem schich-
tete Christkind ein Häufchen Äpfel, Nüsse und Anisgebak-
kenes auf und legte die Pakete daneben, die Nikolaus ihm
reichte. Da war für die Mutter ein warmes Tuch, für Gret-
chen ein Kleidchen und eine schöne Puppe, für Hans eine
Mütze und ein Lesebuch, für Jakob ein Kittel und eine Flinte
und für den kleinen Trompeter, der spaßigerweise auch gerade Peterchen hieß, warme Schuhe und Strümpfe und ein
Paar wundernette Pferdchen mit roten Zäumen.

Mariechen half auspacken und auflegen und war ganz
außer sich vor Freude. Als sie fertig waren, sagte Christkind:
,Für Dich, Mariechen, habe ich nichts, was meinst Du dazu?‘

,O, liebes Christkind‘, rief Mariechen und hob die gefalte-
ten Hände in die Höhe, ,ich bin doch die Glücklichste von allen; Du gibst mir das Schönste und Beste, indem ich den andern bescheren und ihre Freude sehen darf.‘

,Recht so, meine Kleine‘, antwortete Christkind und küßte Mariechen wieder auf die Stirne, ,bleibe so gut und liebevoll, und es wird Dir wohlergehen auf der Erde, und alle
Menschen werden Dich lieben!‘

,Wir müssen fort‘, mahnte Nikolaus, ,wir sind noch lange
nicht fertig.‘

,Ich komme schon, alter Brummbär‘, sagte Christkind,
breitete seine Flügel auseinander, lächelte Mariechen noch
einmal freundlich zu und – fort waren sie. Nur ganz aus der
Ferne hörte man noch Eselchens Glöcklein erklingen.

In dem engen Häuschen aber erhob sich jetzt ein Jubeln
und Jauchzen, wie es in keinem der reichen stattlichen Häu-

ser froher und herzlicher sein konnte. Auf Mariechens Ruf waren alle aus der dunklen Kammer herausgestürzt, standen erst einen Augenblick wie versteinert, und dann brach die helle Freude los.

‚Ach was für ein schönes Kleid! – Wie, eine Flinte für mich? Ich schieße Euch alle tot: Piff, paff, puff! – Ein Buch, ein Buch! Daraus lese ich Euch vor! – Zieh, Gaul, zieh!' So ging es wohl eine Viertelstunde lang ohne Aufhören, man wurde fast taub von dem Lärmen.

‚Aber Mariechen, Du hast ja gar nichts', riefen auf einmal die Geschwister, nachdem sie sich an ihren Geschenken und dem strahlenden Christbaum satt gesehen.

Die Mutter, die bis dahin nur bald gelacht, bald geweint hatte, nahm ihr Mariechen in den Arm, küßte und drückte es fest an sich und sagte zu den andern: ‚Seht Ihr nicht, daß Sie das Beste bekommen hat! Weil sie so gerne gibt, durfte sie uns geben, und das ist immer noch zehnmal seliger als nehmen.'" –

Wie nun die Tante schwieg, denn die Geschichte war zu Ende, blieben die Kinder noch ein Weilchen stille sitzen, dann sagte Mathildchen: „Tante, ich möchte die rosa Puppe, welche Du mir heute gekauft hast, gerne dem kleinen Mädchen bescheren, das wir heute auf dem Markt gesehen. Wenn wir nur wüßten, wie es heißt und wo es wohnt!"

„Und ich will die Peitsche bescheren!" rief Georg.

„Wollt Ihr gerne?" fragte die Tante; „nun, das ist schön, da haben wir ja alle drei den nämlichen Gedanken, und ich weiß auch, wie die Kinder heißen und wo sie wohnen. Heute abend erlaubt Euch die Mama ein Stündchen länger aufzubleiben; da sollt Ihr mir eine ganze Weihnachtsbescherung für sie rüsten helfen!"

Georg und Mathildchen klatschten vor Freude in die Hände und liefen geschäftig hin und her, der Tante zu helfen. Erst wurde das Tannenbäumchen hereingebracht, welches

sie auf dem Markte gekauft hatten, wurde in ein Moosgärtchen gesteckt, in dem gleichfalls rotbeinige Schafe weideten,
und hernach wurde feierlichst die große Tasche herbeige-
schleppt, die so viele Schätze verschlungen hatte und die sie
nun alle wieder herausgeben mußte.

Die Kinder bekamen Nadeln und Faden, damit fädelten
sie die Glasperlen ein, dann wickelten sie feinen Draht um
die goldenen und silbernen Nüsse und knüpften lange Sei-
denfäden an die Konfektstücke. Die Tante hing alles auf, befestigte die Kerzchen an dem Baume, und bald stand er fertig geschmückt vor ihnen. Dann wurden die Spielsachen
und Kleidungsstücke, welche die Tante besorgt hatte, her-
beigeholt, für jedes Kind wurde ein Päckchen gemacht und
sein Name darauf geschrieben. Daß die rosa Puppe und die
Peitsche mit dabei waren, versteht sich von selbst.

Sie waren kaum fertig, als es anklopfte und eine Frau her-
eintrat, die gar ärmlich, aber reinlich gekleidet war. Die Tante begrüßte sie freundlich und sagte zu ihr: „Liebe Frau, da
haben wir, mein Mathildchen, mein Georg und ich, eine kleine Christbescherung für Ihre Kinder hergerichtet. Nehmen
Sie alles mit sich, verstecken Sie es daheim, und morgen
abend, wenn es fünf Uhr schlägt, zünden Sie den Kinderchen
den Christbaum an, da brennt er gerade zur selben Zeit mit
dem unsrigen."

Die Frau war überglücklich; sie drückte der Tante die
Hand, küßte Georg und Mathildchen und packte dann mit
deren Hilfe alles wohl zusammen.

Nun waren aber die Kinder sehr müde, sowie die Tante
auch. Sie setzte sich mit ihnen noch einen Augenblick auf
das Sofa und nahm jedes in einen Arm, da sagte Mathildchen, indem es sein Köpfchen an die Schulter der Tante legte: „Tantchen, ich bin so vergnügt! Ich denke gar nicht mehr
daran, daß morgen schon Weihnachten ist, ich meine, es habe mir schon beschert!"

„Ich bin auch vergnügt, mein Goldkind", antwortete die Tante, „denn das gibt eine Bescherung nach meinem Sinn. Aus den großen allgemeinen Bescherungen, wo die armen Kinder in fremden Häusern und unter den Augen von fremden Leuten in einen Saal mit einigen Christbäumen getrieben werden, wo sie sich kaum umzusehen, noch weniger sich laut zu freuen wagen, und dann, wenn sie heimkommen, ihr dunkles Stübchen noch dunkler finden, mache ich mir im Grunde nicht viel. Wenn ich ein König wäre, müßte am Weihnachtsabend in jedem Häuschen, wo Kinder sind, ein Christbaum brennen, und wäre er auch nicht größer als meine Hand!"

Die Tante sagte das eigentlich nur für sich, denn die Kinder hätten es doch nicht verstanden und waren auch schon halb eingeschlafen. –

Als es wieder Abend ward, da brauchte die Tante nichts mehr zu erzählen, denn da war der heilige Christ selber gekommen und hatte alle Wünsche, Träume und Hoffnungen in glückselige Wirklichkeit verwandelt. Georg und Mathildchen waren außer sich vor Freude, sie wußten kaum, was sie zuerst und am meisten bewundern sollten. Mathildchen stand vor einer herrlichen Puppenküche und war bereits in voller Tätigkeit, einen Kuchen zusammen zu rühren, da rief sie plötzlich aus ihrem Jubel heraus: „Ach Tante, eben denke ich dran! Jetzt ist es auch hell bei den armen Kindern und beschert es bei ihnen. Das ist doch das Allerschönste!"

„Ja, da Allerschönste!" wiederholte Georg von seinem neuen Schaukelpferde aus.

ALICE GROSSHERZOGIN VON HESSEN UND BEI RHEIN

Aus den Briefen an Queen Victoria

In ihren Briefen kann man nachlesen, wie in der großherzoglichen Familie zwischen 1863 und 1872 Weihnachten gefeiert wurde, was es an Geschenken gab und wie sehr die Kriege von 1866 und 1870/71 die Festtage überschatteten.

22. Dec. 1863

Ein großes Vergnügen hatte ich daran, unseren guten Dienern einen Baum zu putzen. Ich kaufte alle Sachen selbst auf dem Markt und hing sie an den Baum; dann kaufte ich auch Sachen für den theuren Louis.[1]

26. Dec. 1863

[...] Wir hatten Alle Bäume in einem großen Zimmer im Palais und unsere Geschenke darunter; es sah außerordentlich schön aus. Onkel Alexander's fünf Kinder waren da und machten solchen Lärm mit ihren Spielsachen. Baby hatte früher bei ihrem Großpapa und ihrer Großmama einen kleinen Baum mit all' ihren schönen Sachen bekommen.

Vielen Dank für die Welsch-Pastete, der zu Ehren wir heute ein Diner geben.

Darmstadt, 30. Dec. 1866

[...] Möge der Allmächtige Dir jeden Segen des Friedens und Trostes verleihen, welchen die Welt Dir noch gewähren kann, bis zu dem größten Segen und Lohne, welcher solchen, wie meine einzige theure Mutter, vorbehalten wird. Möge jeder Segen auf meiner alten lieben Heimath und all' ihren Lieben ruhen. Möge Frieden und der Ruhm, den Frieden

[1] Ihr Gemahl Prinz Ludwig, der spätere Großherzog Ludwig IV.

74

und Ordnung zu ihren mancherlei Segnungen mit sich bringen, mein Heimathland beschützen, und möge in dem
neuen Jahre Deine weise und ruhmvolle Regierung gedeihen und ein Vorbild wie eine Zierde für die Welt sein.

Dieses Jahr von Pein und Sorge, und doch für uns so reich
an Segnungen, neigt seinem Ende zu. Wenn sein letzter Tag
herannaht, bewegt es mich mehr und mehr, denn für wie
Vieles haben wir nicht dem Allmächtigen zu danken. Mein
Leben, welches so ohne Verdienst im Vergleich zu vielen anderen ist – das neue Leben dieses kleinen Wesens[2] und vor
Allem die Erhaltung meines einzigen lieben Mannes, der
mein Alles in meinem Leben ist.

Die Prüfungen dieses Jahres müssen bei all' dem Uebel zu
Etwas gut gewesen sein, gut für den Einzelnen und gut für
die Gesammtheit. Gott gebe, daß wir Alle von dem, was wir
gelernt haben, Nutzen ziehen und mehr und mehr das Vertrauen auf Gottes Gerechtigkeit und Liebe gewinnen, welches unser Führer und Trost in Freud' und Leid ist. O, mehr
als je habe ich das empfunden in diesem Jahre, und Gottes
Güte und Liebe geht in der That über all' unser Verstehen.

Es freut mich wirklich zu hören, daß Du ein wenig Musik
hören kannst. Musik ist eine solch' himmlische Gabe, und
der liebe Papa liebte sie so sehr, daß ich nicht umhin kann, zu
denken, daß sie für Dich tröstend sein und Dich ihm näher
bringen muß.

Darmstadt, Weihnachtstag 1867

Wir vermissten den armen Willem so sehr beim Ordnen
der Sachen, und die Krankheit des armen Jäger war auch be-
trübend. Wir gaben ihm einen Baum in seinem Zimmer. Er
sieht aus wie ein Schatten und seine Stimme ist ganz heiser.
In zwei Spitäler, das Militärlazareth und das städtische Ho-

[2] Tochter Irene, geboren am 11. Juli 1866.

75

spital, brachte ich gestern Geschenke und sah gar manche Scene des Leidens und Kummers.[3] Meine Kinder wollen einer Anzahl armer Kinder am Neujahrstag eine Bescheerung machen. Es ist so gut, sie frühzeitig zu lehren, freigebig und mildthätig gegen die Armen zu sein. Sie wollen sogar einige ihrer Sachen und solche, die nicht zerbrochen sind, hergeben.

Deine großmüthigen zahlreichen Geschenke werden sogleich ihre Verwendung finden, und an der Weihnachtspastete etc. soll die ganze Familie theilnehmen. Die Erinnerung an diese glänzenden fröhlichen Weihnachtsfeste in Windsor schweben mir beständig vor. Keines wird je wieder werden, was jene waren, ohne Dich, den lieben Papa und die liebe gute Großmama.

Darmstadt, 23. Dec. 1870

[...] Heute Morgen war ich im Alice-Hospital, welches gedeiht. Ich habe meine Weihnachtsgaben in ein Spital nach dem anderen gebracht. Deine beiden Kragen haben die armen Dulder entzückt, und der Eine, welcher zum Zweitenmale verwundet[4] ist, befindet sich leider sehr schlecht. Mein verwundeter Officier in dem Hause erholt sich wie durch ein Wunder. Für die zwei Verwundeten im Hause, für die Kinder in unsrem Haushalt und die Kinder unsrer Diener im Felde besorge ich Christbäume.

Wir Erwachsenen von der Familie haben es aufgegeben, Weihnachten für uns zu feiern. Wir haben zu viel für Andere zu thun, und meine Schwiegereltern wie ich selbst empfinden die Abwesenheit der Lieben, welche immer zu Weihnachten hier sind.

[3] Verwundete aus dem Krieg zwischen Preußen und Östereich; Hessen-Darmstadt kämpfte auf Österreichs Seite.
[4] Im Krieg gegen Frankreich 1870/71.

76

Ich überwache Victoria's und Ella's Briefe, welche noch nicht die gewünschte Vollkommenheit erreicht haben, da sie ganz ihre eigne Arbeit sein sollen. Ich hoffe, Du wirst die etwas verspätete Ankunft entschuldigen.

Darmstadt, 27. Dec. 1870

[...] Louis telegraphirte am Weihnachtstage aus Orléans, wohin ich Christa's Bruder mit einer Kiste voll Eßwaaren und wollener Sachen für seine Leute, sowie einem einzigen Weihnachtsbaume mit kleinen Lichtern für die ganze Gesellschaft geschickt hatte. Louis hat mir eine in Orléans gemachte Photographie seiner selbst und seines Stabes geschickt, und ich habe ein Exemplar für Dich bestellt, da sie sehr gut ist. Am Weihnachtstage waren es fünf Monate, seit Louis und die Truppen uns verlassen haben. – Die reizenden Strümpfe, welche Du geschickt hast, habe ich heute zum Theil an Louis gesendet, damit er sie seiner Stabswache giebt; die anderen Sachen vertheile ich an die Verwundeten und Kranken.

Meine Kinder sind alle wohl. Der Kleine[5] sitzt aufrecht, und wenn auch nicht sehr dick, ist er doch rund und fest, hat rothe Backen und so glänzende Augen als nur möglich. Er ist sehr gesund und stark und wirklich das schönste aller meiner Babies. Die drei Mädchen sind so gewachsen, besonders die zwei ältesten, Du würdest sie kaum erkennen. Victoria ist etwa von der Größe wie Vicky's[6] Charlotte und Ella nicht viel kleiner. Sie sind schmal, und eine Luftveränderung würde sehr zuträglich für sie sein.

---

[5] Friedrich Wilhelm („Frittie"), geboren am 7. Oktober 1870.
[6] Alices älteste Schwester, die deutsche Kronprinzessin Victoria.

Weihnachtstag 1872

Deine lieben Geschenke machten mir so viele Freude, ich danke Dir aber und abermals dafür. Das theure Andenken an die liebe Tante und das Bild meines Ernie[7] entzücken mich. Ich versichere Dich, diese Weihnachten hat mir nichts mehr Freude gemacht.

Lass' mich Dich auch in Louis' und der Kinder Namen (bis wann sie es selbst thun) für Deine freundlichen Geschenke danken.

Es macht uns Alle glücklich und erfüllt uns mit Dank, daß man sich immer so freundlich unsrer erinnert.

Die Jungen waren wohl genug, um sich des Weihnachtsfestes zu erfreuen, obgleich ziemlich blaß und schwach – besonders der liebe Ernie.

Wir gaben unserer ganzen Dienerschaft, dem gesamten Haushalt und Stall unter dem Christbaum, welchen wir unseren Kindern geputzt hatten, Geschenke, und wenn der Baum vertheilt wird, kommen die Kinder aller unsrer Diener und theilen ihn mit den unsrigen. Es hält den Haushalt wie eine Familie zusammen, was von großer Bedeutung ist.

Wir haben fünfzig Leuten Geschenke zu machen!

Die Weihnachtskarten der lieben Beatrice[8] machten den Kindern viel Vergnügen, aber Fritzie weinte um „a letter from Auntie for Frittie". Er spricht jetzt ganz gut.

Samstag besuchen wir Vicky auf den Tag. Ich verlasse die Jungen noch nicht gern auf längere Zeit. Es freut mich so, daß Vicky einen so schmeichelhaften Bericht über Baby[9] gemacht hat. Sie ist ihr personificirter Spitzname „Sonnenschein", sehr Ella ähnlich, mit Ernie's Grübchen und Ausdruck.

[7] Ernst Ludwig, geboren am 25. November 1868.
[8] Alices jüngste Schwester.
[9] Alix, geboren am 6. Juni 1872.

ERNST LUDWIG GROSSHERZOG VON HESSEN
UND BEI RHEIN

Bonifacius

*(Eine Weihnachtserzählung in 4 Bildern, 1909 im Großherzogli-
chen Hoftheater unter dem Pseudonym E. Mann und mit einer Musik von Willem de Haan uraufgeführt)*

[...]

Gunloed: Setze dich Mann, daß der Gast spreche, und lasse
uns horchen.

Bonifacius: Und Jesus, sein Sohn, wurde von einer Jungfrau
in einem Stall geboren.

Irmin: In einem Stall?

Bonifacius: Ja, in einem Stall. Denn er kam zur Welt wie einer
der einfachsten. Aus seiner Jugend erwuchs er zum Mann
und immer war er nur Gerechtigkeit, Güte und Liebe. Viele
Wunder tat er auch. Er heilte die Kranken und brachte die
Toten zum Leben zurück.

Gunloed: Die Toten?

Bonifacius: Ja. Denn er war der Inbegriff der göttlichen Liebe. Doch die Bösen unter den Menschen sagten: „Wie kann
dieser, der sich Gottes Sohn nennt, unter den Armen und
Kranken leben? Er ist ein Betrüger, denn der wahre Gott-
sohn würde in Glanz und Herrlichkeit kommen." Sie verstanden seine Liebe nicht und haßten ihn.

Irmin: Er hatte aber doch nichts Böses getan?

Bonifacius: Nein, mein Kind. Doch so sind die Menschen in
Sünde geboren.

Gundomar: Wahr sprichst du. Die meisten Menschen verstehen das Gute nicht, weil sie selbst nicht gütig fühlen.

Bonifacius: Und es kam, daß die Hasser und Neider falsch
Zeugnis gegen ihn brachten. So wurde er vor Gericht gestellt
und zum Tode verurteilt. Auf einem Hügel nagelte man ihn
an ein Kreuz.

Gunloed: Wie entsetzlich!

Gundomar: Doch Gott, sein Vater, warum half er nicht?

Bonifacius: Er war geschickt, durch seinen Tod als Opfer die Menschheit zu erlösen; deshalb ist er unser Heiland. – – Er starb. – – Nachdem er hinschied, erstand er wieder von den Toten und lebet in Ewigkeit. – – Er hat den Tod überwunden und gab uns durch sein Sterben die Erlösung vor dem Übel. Das ist die Größe seines Sieges. Deshalb streiten wir als seine treuen Mannen für ihn und seinen Glauben – – und wenn wir nur fest uns an ihn klammern und unsere Sünden bereuen, so schenkt er uns das ewige Leben in seiner Nähe.

Gunloed: Also können wir auf dieser Erde die Gewißheit des zukünftigen Lebens haben?

Bonifacius: Gewiß, darum leben wir nach seiner Vorschrift, damit wir sie erlangen. Doch er, der die Liebe ist, hat uns befohlen, sein Wort allen Menschen zu predigen, damit sie gerettet werden. Deshalb bin ich bei euch. Nicht aus Hochmut komme ich her, sondern aus Liebe.

[...]

Munin: Ach, heiliger Vater, erzähle mir noch mehr vom guten lieben Jesuskind.

(Während der nächsten Szene kommen einzelne und dann immer mehr Kinder zum Anhören. Zuletzt sind alle um Bonifacius gelagert. Die beiden Mönche rechts und links von Bonifacius, auch einige Männer und Frauen kommen im Vorbeigehen dazu und lauschen.)

Bonifacius: Was war das Letzte, wovon ich dir sprach?

Munin: Als die Hirten auf dem Felde von der Geburt des Herrn durch die Engel Gottes hörten.

Bonifacius: Da waren einst drei große Könige, die wohnten in Ländern weit, weit entfernt und warteten, und warteten auf den Erlöser der Welt. Da sahen sie den Wunderstern und wußten was er bedeutete. Alsogleich verließen sie alles und reisten immer in der Richtung des Sternes, bis sie sich in der Stadt Bethlehem trafen. Da suchten sie und fanden den kleinen Jesus in der Krippe liegend. Sie knieten nieder und beteten ihn an, und jeder gab von dem Kostbarsten, das er mitgebracht hatte.

Munin: O wäre ich nur dabei gewesen!

Bonifacius (sich zu den Kindern wendend): Der gute Herr Jesus liebte auch die kleinen Kinder über alles. Und als mehrere einstens zu ihm kommen wollten, da versuchten die Erwachsenen sie zurückzustoßen, denn es war ein großes Gedränge. Da rief er: „Lasset die Kindlein zu mir kommen und wehret ihnen nicht, denn ihrer ist das Himmelreich!“ – – So liebte er sie, und so tief liebt er euch noch. – – Wollt ihr ihm denn nicht auch all' eure Liebe geben?

Kinder: Ja, das wollen wir!

[...]

Bonifacius: Wollt ihr wahre Christen werden?

Alle: Ja!

Bonifacius: So folget mir.

(Er führt sie zum Quell. Alle Sieben knieen um ihn.)

Mit diesem Wasser taufe ich euch, daß ihr Kinder unseres Herrn werdet. Ich nehme euch auf in die Gemeinschaft der Christenheit.

(Die Sieben stehen auf und küssen seine Hand. – Nun geht er zum Fuße des Hügels und Alle stellen sich im Halbkreis um Bonifacius hin.)

Irmin, sprich uns von der heutigen Nacht.

(Von hier aus leise Orchesterbegleitung.)

Irmin: Der Herr sandte uns seinen Sohn. Und er wurde in Knechtsgestalt in einem Stall geboren. Und seine Mutter wickelte ihn in Windeln und legte ihn in einen Krippe. Heute ist uns der Heiland geboren, welcher ist Christus der Herr.

Alle (leise): Jesus du Gottessohn, erhöre uns!
Christus du Gottesliebe, erlöse uns!
(Bei den letzten Worten ist Bonifacius den Hügel etwas hinaufge-
schritten.)
Bonifacius: Und zu den Hirten auf dem Felde kamen die En-
gel des Herrn und sangen:
„Ehre sei Gott in der Höhe,
Friede auf Erden, und den Menschen ein Wohlgefallen."
(Während Bonifacius das letzte spricht, senkt sich ein leuchtendes
Kreuz vom Himmel herab. Dessen Strahlen fallen auf die Fichte,
die sich entzündet zum Weihnachtsbaum.)
(Unsichtbarer Chor wiederholt die Worte: „Ehre sei Gott in der
Höhe" etc. etc. und geht in das Lied: „Stille Nacht, heilige Nacht"
über. – – Alles liegt auf den Knieen, die Hände nach dem Kreuz ge-
streckt.

(Vorhang.)

Weihnachten 1914

Das geschäftliche Leben wurde in Friedenszeiten stets durch das herannahende Weihnachtfest beherrscht. Zur Adventszeit prangten die Schaufenster der großen Geschäftshäuser in ihrem höchsten Glanze. In diesem Jahre wollte das Geschäft lange nicht in Fluß kommen und erst die letzten Tage vor dem Fest brachten einen lebhafteren Betrieb. Die Auslagen ließen im allgemeinen die prunkenden Ausstellungen ganz vermissen und die Gaben für unsre Lieben im Felde herrschten vor. Der *Weihnachtsmesse* war ihr beschauliches Dasein auf dem Marktplatz verstattet worden. Man wollte anscheinend den vielen kleinen Händlern den kargen Verdienst nicht entziehen.

[...] Neben der Weihnachtsmesse fand sonst immer ein ausgedehnter *Christbaummarkt* statt. In diesem Jahre waren nur durchweg kleine Bäumchen aufgefahren und dazu in solch geringer Anzahl, daß der Nachfrage lange nicht entsprochen werden konnte. Viele Familien sahen daher ganz vom Aufstellen des gewohnten „Bäumchens" ab oder begnügten sich mit dem Ausschmücken der Zimmer durch einige Fichtenreiser. Daß die lieben Kleinen bei dem holden Kinderfeste auch diesmal nicht leer ausgingen, war ganz am Platze, daß sie aber an dem Ernst, mit dem die Erwachsenen das Fest begingen, und an den weniger reichlichen Gaben merkten, daß Großes und Erhabenes um sie her vorging, war nur segensreich. Auch die Jüngsten sollten den Krieg mit „erleben", wenn ihnen sorgliche Elternhand auch seine Schattenseiten möglichst zu verbergen bestrebt ist.

Das Weihnachtsfest verlief bei günstiger Witterung ernst und würdig der großen Zeit.

Der *Großherzog* war am 22. Dezember aus dem Felde hier eingetroffen, um die Feiertage und den Beginn des neuen Jahres in seiner Residenz zu verleben.

Den dermalen im Bereiche des XVIII. Armeekorps stehenden *Truppen* konnte nur ein ganz kurzer *Urlaub* an Weihnachten oder Neujahr gewährt werden.

Der *Bescherabend* zeigte das gewohnte lebhafte Treiben in den Geschäftsstraßen der Stadt. Um $^1/_2$ 6 Uhr blies ein Bläserkorps vom Stadtkirchturm die alten lieben Weihnachtslieder nach allen vier Windrichtungen, von den unten stehenden zahlreichen Menschenmengen andachtsvoll belauscht. Feierlich erklangen die Glocken, und aus vielen Fenstern grüßte traulicher Kerzenglanz der Christbäume. In sämtlichen hiesigen *Lazaretten* fanden schöne und erhebende *Weihnachtsfeiern* mit anschließenden *Bescherungen* statt, bei deren mehreren das Großherzogspaar anwesend war. Auch die im Reservelazarett I (Garnisonslazarett) und II (Westflügel der Technischen Hochschule) noch untergebrachten gefangenen und verwundeten Franzosen und Engländer wurden nicht vergessen und ihnen in ihren Sälen Weihnachtsbäume angezündet. Ob unsere armen Verwundeten im Feindeslande wohl auch solch gutmütigem Zartgefühl am Fest der christlichen Liebe begegneten?

Selbstverständlich drehten sich die Gedanken aller Zurückgebliebenen um unsere Lieben im Felde. Wie werden sie den Weihnachtsabend verbringen? Wird ihnen der tückische Feind nicht gerade am Fest der Liebe, wenn er sie in Sicherheit eingewiegt glaubt, zu schaden suchen? Das waren bange Fragen, die auf allen Lippen schwebten. Aber, Gott sei Dank, nichts Nachteiliges wurde bekannt.

ROBERT SCHNEIDER
's Buddergebackenes

Es wor noch vorm Krieg – wann ich sag „vorm Krieg" do
nemm ich an, mer waaß, welchen Krieg ich maan, un ich
brauch deß net exdra zu sage, daß in dem Fall weder de Siw-
we- noch de Dreißigjährige Krieg gemaant is –, also 's wor
noch vorm Krieg, do hot hier de Herr Rendner Briehinkel ge-
lebt, un zwor so, wies eme ehemalige Metzjermaaster als
Rendner zukimmt. Des haaßt, er ist morjends in de Keller
gange, Kohle hole, middags in die „Dann", Dannebbel
sammle, owends in die Kron, en Schobbe drinke un Sunndags uffs „Helle Kreiz", damit sei Döchter mol danze konnte.
   Sei Fraa hot sich uff die „Bildung" geschmisse und uff die
Wohldädigkeit. Seitdem die Zeit hatt, hatt se kaa mehr; wenigstens kaa mehr for ihrn Haushalt. So wor se zum Beispiel
Mitglied vum „Fielo-ästädische Klub", wor im „Kummidee
zur Bekembfung der Junggeselle", mit em aane Aag hot se
die „Stillprämie" unnerstitzt, un mit em annern hot se die
Saiglingssterblichkeid verhinnern wolle, wor bei sämtliche
Wohldädigkeitsvera'staldunge im Vorstand, zwaamol die
Woch hot sie im Kerchechor mitgesunge, viermol is se mit
ihre fimf Döchter in die Danzstunn gange, außerdem wor se
im Thejater abboniert, un sunst hot se sich mit dem Bro-
bleem befaßt: Wie sag ichs meinem Kinde! –
   Is es do e Wunner, wann sich de Herr Briehinkel als emol
selbst um de Haushalt bekimmern muß? – No, Gott sei
Dank, er wor in seine Milledeerzeit net umsonnst e halb Jahr
lang Kicheordenanz bei de „115er" – sein klitscherige Ka-
doffelsalaad, der hatt Band an de Hos, un Sunndags sein
Rindsbrate mit „Schnitze und Brieh", die wohrn beriehmt
im ganze Rejement.
   No, was soll ich sage. Also an-eme schöne Noochmiddag,
wie er widdermol allaa dehaam wor mit seim jingste Spreß-

85

ling, do seegt er zu dem: „Fritzche", hot-er gesagt, seegt-er, „Fritzche, waaßte wos, mir kennte mol heit middag e Weil e bißje Buddergebackenes mache, eh' mers merkt, is Weihnachte, no, un die Mudder hot doch so wenig Zeit..."

Deß Fritzche wor nadierlich gleich Feier un Flamm, un de Herr Briehinkel hot sich schnell e blau Kichescherz vun seim Schrauwedambfer zwaamol um de Leib gewickelt, un so konnt also deß Verbreche gejes Nahrungsmiddelgesetz beginne. In-ere borzellanerne Kucheschissel hot-er erst emol zehe Eier de Goraus gemacht, hot e halb Pund Budder dazu gedha, e Pund Zucker, zwaa Pund Mehl – no, un dann noch de needige annere Zimt, wos eneigeheert: Ziddronad, Oranscherad, Bomad, Mandel, Nelke, Peffer un Salz, Anisdrobbe, Kollefonium, Maggie, en Schuß Rum un en Spritzer Knorrs Sooß. Wie er alles schee beisamme hatt in de Schissel, do is es dann ans „Knede" gange. Herrgott, deß wor e Gailsarweid. Deß Zeick wollt un wollt net dorchenanner kumme, de Schwaaß is em Briehinkel schobbeweis vum Kobb gedrebbelt, un die Schlunker sin nor so in de Kich erumgefloge. In de Raasch hot-er aach noch die Rumflasch umgestumbt, no, wos zu redde wor, hot-er rasch uffgezuggelt, deß anner hawwe se mit-em Butzlumbe uffgedunkt.

Awwer deß Oosezeig wollt un wollt net dorchenanner kumme. Uff aamol is em Fritzche e Iwwerlandzendrale uffgange: „Vadder", seegt-er, hot-er gesagt, „Vadder, waaßte wos – mer leierns dorch die Flaaschmaschien..."

Gesagt – gedha! – Awwer noochdem de Deig die Prozession dorch die Flaaschmaschien hinner sich gehatt hatt, do hot-er ausgesehe, als wer-er schun emol gesse gewese. –

In seine Angst hot jetzt de Herr Briehinkel die Sach uff de Owe gestellt un wollts koche, un deß wor insofern ganz vernimfdig, als uff die Art wenigstens die Budder vergange is. No, un wie-er noch so dosteht un guckt enei in den Hexekessel, do dhuts uff aamol en Knacks...

Aha, hot-er gedenkt, ewe werds Zeit, daß mer die Schissel vum Owe dhu. Er hot se also am Schlawiddsch genumme, un wie er in de Midd vun de Kich wor – bauf, do dhuts en Schlag, un die ganz Sooß hot uff de Erd geleje – die Schissel wor dorch den Ooseknacks, den wo se sich uff-em Owe zugezoge hatt, in de Mitt auseannergeblatzt.

„Vadder", seegts Fritzsche, „ewe haste Glick, wann derr die Schissel ans Aag gefloge weer, weerste blind worrn." No, de Herr Briehinkel hot erst emol dem Bub aa aus- un dann den Deich widder uffgeschebbt un hot-en dann uff-em Kicheblech ausgeweljert, um endlich dem gewissenlose Dreiwe e End zu mache.

Dann is es ans „Aussteche" gange. Awwer deß wor doch net so eifach; bis er allemol so e Buddergebackenes aus denen Ooseblechförmcher hausgehatt hot, wors allemol ganz verknutscht.

No, endlich hatt-er doch so e Kucheblech voll vun dere schebbaanige Kribbelgaad, un damit de Bäcker kaans devo atze kann, hot-er jedes aanslinge Stick von dem Buttergebackenes mit Ziejellack uffs Blech gebabbt.

Dann hot-er dem Fritzsche gesagt, er soll emol eweil die Spurn vun dem schauerliche Verbreche beseidige, er wollt eweil deß Gebäck gleich zum Bäcker drage. Er hot also deß Kucheblech voll uff de Wärrsching genumme un hots vorsichdig de Drebb enunner ballangsiert. 's hot-en eigentlich e bißje scheniert, in dem Uffzug iwwer die Gaß zu stolwern. E Glick, de Bäcker hot direkt wi-sa-wi, schreeg gejeniwwer, gewohnt. Uff die Art wor die Effentlichkeit so gut wie ausgeschlosse.

No, er ist also wie e Gespenst in Sallwehndabbe[1] aus de Hausdier geschosse – eh er awwer nor richdig uff de Gaß wor

---

[1] Sallwehn (= Salbend) ist die mundartlich hessische Bezeichnung für die Webkante am hausgewebten Tuch, Beiderband genannt. Sie wird bei der Bearbeitung abgeschnitten und zum Oberteil von Hausschuhen (= Dabbe) verwendet.

– bauf, do krigt-er en Stumber, es dhut en Mordsschlag, er dreht sich e paarmol uff-em Dobbsch erum, un, batschdich, do hot-er geleje. Nadierlich hot gleich en Butze Mensche drum-erum gestanne, un noochdem sich unser Briehinkel in dere Volksversammlung langsam widder zurechtgefunne hatt, hot-er gemerkt, daß er en radfahrende Metzjerborsch iwwern Haufe gerennt hatt. Un es wor nor e Glick, daß gleich e Schutzmann do wor, sunst dhete nemlich de Herr Briehinkel un de Metzjerborsch heit noch beisamme steh und dhete sich gejeseidig die sämtliche gebraichliche Name aus-em Brehms Tierlewe zurufe. Der Schutzmann hot also dene zwaa ihre richtige Name in sein Daschealbum ge-schriwwe, un dodruffhie hot der Metzjerborsch sein Nade voll Worscht und de Herr Briehinkel sei Blech voll Budder-gebackenes widder uffgelese, un unnerm allgemeine Hallo hot sich der Klumbe in Wohlgefalle uffgeleest!

E bißje beduhcht is de Herr Briehinkel zu seim Bäcker und hot dort unner de Wasserleidung des Buddergebacke-nes widder abgewesche. Iwwrigens, als Buddergebackenes konnt mers kaum noch gelde losse, un noochdems gebacke wor, hots de Herr Briehinkel umgedaaft – als „Pefferniß" hots immerhie noch e ganz gut Fischur gemacht.

No, er wor doch froh, wie er endlich deß „Gebäck" in de Dutt hatt, un e bißje eddebedeede is er haamgestiwwelt. Ganz aanerlaa wors em jo net. Es hot-em so gewidder-schwiel uff de Brust geleje, un die Kuraasch is-em eklig mit Grundeis gange. Er hatt jo zwar nix zu beferchte, dann de Bäcker hot selwert gesagt, es dhet zwor ganz gut schmecke, wanns nor net so stinke dhet. Jedenfalls hatt-er aus Versehe es bißje zuviel Kollefonium dra gedoh. No, wanns waasch is, werd sichs esse losse, hot-er gedenkt. –

Wie er dehaam die Drebb enuff is, hot-er in seine Woh-nung schun e Mordsgedees vernumme, e Geschnadder, wie als wann widder e paar Gens es Kabbidohl redde wollte. Er hot erst e Weil vor de Glasdier gestanne, wie de Herrgules am Scheidewähk – awwer schließlich hot doch de Mann inem gesiegt. „Auf, in den Kambf, Torrero", hot-er gesagt, hot sei Dutt voll „Darmstädter Klaakunst" vor die Stuwwedier gestellt und is stolz wie e Spanier in die Kron. Unner gleichgestimmte Seele hot-er dort sei erst Debbie als Letschkondidder gehörig begosse, un zwor so lang, bis er a'nemme konnt, daß mit seine Weibsleit widder e vernimfdig Wort zu redde is. Awwer, du liewer Schiewer, wann is mit Weibsleit e vernimfdig Wort zu redde!

Zu allem Uglick hot-em am annern Dag aach noch de Metzjer den Nade voll Worscht geschickt, die wo mit seim Buddergebackenes zusamme uff de Erd erumgefloge is. Awwer net zum Christkindche, sundern mit de Rechnung. Jetzt hett-er'm eigentlich deß Buddergebackenes degeje schicke kenne. Aach mit de Rechnung. Der hett im Lewe noch so kaa deier Gebäck gesse, un wann-ers em zum Selbstkostepreis berechent hett. Awwer leider konnt er sich net mehr rewangschiern, dann sei Fraa hatt bereits die Buddergebackenes-Pefferniß de Laaffraa zum Christkindche geschenkt. Un die hots Briehinkelse verrzeh Dag druff uff Schadeersatz verklagt, weil se de Dokter in seine Korzsichdigkeit uff Gallestaa behannelt hot. Nooch de Obberatzion hot sichs awwer rausgestellt, daß es die unverdaute Pefferniß worn...

No, de Herr Briehinkel hot sich en Eid druff gelegt: er backt im Lewe kaa Buddergebackenes mehr, seintweje mag sei Familie verhungern.

Kindersprüche

O Tannebaum, o Tannebaum,
Der Weihnachtsmann kommt Äppel klaun!
Er zieht sich die Pantoffeln an,
Damit er besser klauen kann.

*

Christkindche, komm' in unser Haus,
Leer' deine vollen Taschen aus,
Stell' dein Eselein auf den Mist,
Daß es Heu und Hafer frißt,
Heu und Hafer frißt es nicht,
Zuckerplätzchen kriegt es nicht.

*

Holle, Holle, hoppe, hoppe,
Schnee un Eis un Zuckerbobbe.
Weißer Schimmel hinnerm Haus,
Christkind leer dei Seckel aus!

HEINRICH ENDERS

Zum Bescheerowend

Jetzt loßt uns Halleluja singe,
Die Feierdäg sind endlich do!
Wann erst die Weihnochtsglocke klinge,
Dann is kaa' Mensch wie ich so froh,
Wann schmetternd künde die Trumpete
Vum Kerchtorm erst die heilig Nacht,
Dann geht doch endlich, endlich flöte
Die Hatz, der Zores un die Jagd.

Weihnochte is des Fest der Freide:
Wann nor als des „Vorher" net wär!
Doch wie zu kaane annern Zeite
Treibt's weihnochts aam wie doll rumher.
Do haaßt's, Kumfekt und Gutsel mache, –
(E recht groß Mahn voll unbedingt!) –
Un neweher die Siwwesache
Besorje all, wo's Krißkind bringt.

Do haaßt's; im Stormschritt Kuche backe,
E Weihnochts-Gänsje zu ersteh?
Denewer noch Pakettcher packe, –
's muß alles wie am Schnierche geh!
E Dannebeemche gilt's zu kaafe
Un uffzubutze Knall un Fall,
Do kam-mer renne, klettern, laafe,
Un schließlich fehlt's doch iwwerall.

In hunnert Läde muß mer dappe,
Wo sich die Menschheit stumpt un drängt,
Wo vor de Nos se weg aam schnappe
Grod des, wodra' aam's Herzje hängt.
Do haaßt's, zu wähle un zu priefe,
Ob alles gut un fehlerfrei,
Daß förmlich aam die Aage triefe
Vun all der miehsam Guckerei.

Un bei dem all: des Hundewetter,
Der Stormwind un der Rejegraus!
Bald is dorchnäßt mer bis uff's Ledder,
Un wie en Strohwisch sieht mer aus.

Do soll de Schärm, de Rock mer halte,
De Hut danzt uff em Kopp aam rum –
Herrje, wos sieht mer do Gestalte –!

Vahill dei' Antlitz, Publikum!
Is mer dann grod im schennste Treiwe
Un denkt, jetzt bin ich fertig bald,
Bladauz, werrn schwazz die Erkerscheiwe,
Un Dier un Dor werrn zugeknallt!
's is Feierowend, wie 's Gewitter
Geschlosse werd mi'm Glockeschlog:
Gut' Nacht, ihr Leit, kummt morje widder,
's is morje grod noch so en Doog!

Un dann dehaam der Kinnerkrempel,
Wo vor Awattung fast vageht
Un voller Ungeduld im Tempel
Aam 's unnerste zu öwwerst dreht!
Do kam-mer wehre bloß und hiete,
Daß kaans sich in die Gutstub schleich',
Doch ich bin hinner'n wie de Ziethe
Einst aus dem Busch: schwapp, haw'-ich eich!

So geht's mit Haste und mit Jage,
Bis die Bescheerung rickt ebei,
Bis festlich hell die Glocke schlage,
Do is die Unruh flugs vabei.
Dann loßt uns Halleluja singe,
Macht eier Herz em Krißkind weit,
Mög's all eich Glick un Friede bringe!
Vagniegte Feierdääg, ihr Leit!

92

ROBERT SCHNEIDER

Deß Christkindche

Wann vum Torm die Weihnachtsglocke
Klinge iwwer Stadt un Feld,
Geht in seine wärmste Socke
Still deß Christkind dorch die Welt;
Un wo gude Mensche wohne,
Kehrt es leis und haamlich ei,
Um mit Liewe sie zu lohne
Bei der Kerze mildem Schei.

Un es laaft uff flinkem Baache
Ohne Rast vun Haus zu Haus,
Un es daalt an groß un klaache
Seine reiche Liewe aus;
Doch die derft ihr net versenke
Still ins Herz zur ewgen Ruh,
Naa, die mißt aach ihr verschenke,
Sie nimmt ab net, sundern zu!

Aach lenkt es net nor sei Schridde
Bleeslich zu de Reiche hie,
Naa, grod in de ärmste Hidde
Gibt sichs ganz besunners Mieh.
Wo noch Wunde frisch un offe,
Wo noch Kummer, Sorg un Schmerz,
Legt es widder frohes Hoffe
In deß schwergepriefte Herz.

Un wers fiehle dhut uns sehe,
Fiehlt un sieht es schließlich aach,
Welche Wunner dhun geschehe
Alle Jahr grod an dem Dag;

Un mer dhut es selbst kaum wisse,
Doch es ist aam so zu Mut,
Daß mer mecht die Mensche kisse,
Die mer gornet kenne dhut.

Jo, deß macht die holde Zauwer
Vun dem allerschennste Fest,
Der selbst Nörgeler und Glauwer
Etwas Warmes fiehle leßt.
Mit de Kerch allaans, do hot deß
Nix zu dhun, un deß is gut,
Weil die Liewe eines Gottes
Doch in alle Mensche ruht.

Un der Stern, der dorch die Wieste
Jene Menner hot geleicht,
Armes Menschenkind, den siehste
Heit noch un bist net entdeischt;
Er werd aach zum Ziel dich bringe,
Deß du selwer dir gewehlt,
Un de Sieg muß dir gelinge,
Wann dir net de Glauwe fehlt.

Drum, wann laut die Weihnachtsglocke
Klinge iwwer Stadt un Feld,
Geht in seine wärmste Socke
Still deß Christkind dorch die Welt.
Meegs in alle Herze dringe
Un mit wundermilder Hand
Aach den innre Friede bringe
Dir, mein armes Vaderland!

HANS HERTER

O Dannebaum

Mer glaubt net, was en Weihnachtsbaam
Fer Arweit doch dhut mache,
Un hott mern glicklich mol dehaam,
Dann gehn ersd los die Sache.
Schun bis mern hott im Ständer dreu,
Braucht Säge mer un Beilcher,
Un wackelt-er noch owwedreu,
Dann hilft mehr nooch mit Keilcher.

Dann werd die Spitz zurechtgestutzd,
Mit Glanz behängt die Zweige,
Die Äst mit Kugle ausgebutzt,
Soweit se hald noch reiche,
Un während bei dem scheene Spaß
Mer dauernd schwebt in Neete,
Stehn annern rum un soge, daß
Se's besser machte dhete.

Do dhuts e Schloog, e Glock is hie,
Zu dormlig sinn die Dinger,
Bald widder stichd mer sich un wie
geherrig in die Finger.
Mer schmickt den Baam fast ganz allaa
Mit Krach un Dunnerwetter,
Dann awwer singt die ganz Gemaa:
„Wie grüün sind deiiine Bläädder".

HEINRICH SEHNERT

Sou woarsch ba uns dehoam

Der *Weihnachtsbaum* wurde früher hier „Zockerbaam"
(Zuckerbaum) genannt. Der Balkhäuser Gewährsmann bei
der Dorfbefragung, Hch. Helferich II., Dorfältester, Land-
und Gastwirt, 1855 geboren, kannte in seiner Jugend den
Zuckerbaam noch nicht. In vielen Familien war er in der Zeit
noch nicht üblich. Die Geschenke, Nüsse, Lebküchelchen
und ein Schnupftuch (Taschentuch) fand er als Bub in einem
irdenen Teller, der auf dem Tisch stand, so berichtete er
1943.

Der Tannenbaum mit Kerzen ist kaum 200 Jahre alt.
Vorher hatte man allerdings schon immergrüne Zweige
vom Buxbaum, von der Eibe, die als besonders wunder-
kräftig gegen böse Geister und Hexen galt, von der Stech-
palme oder vom Wacholder ins Haus geholt, sie sogar zum
Teil auf der Haut getragen (Eibe) oder liebe Menschen „mit
der Rute (Wacholder) geschlagen". Erst später kamen Tanne und Fichte hinzu. Diese grünen Zweige schmückte
(„putzte") man mit Früchten, Gebäck, Papierblumen, Flit-
terwerk aus Rauschgold und schließlich, als man ganze
Bäume hereinholte, auch mit Kerzen. Letzteres war nicht
möglich, wenn das „Zockerbeemche" an der Wand aufge-
hängt war. Frau Barbara Bloch aus Balkhausen, geboren
1870, hat 1943 berichtet, daß sie hängende Bäumchen gesehen hat, als sie 1886 in Auerbach „diente" (in Stellung war).
In Seeheim hat man derlei Dinge nicht gekannt, 1943 zu-
mindestens nicht aufgeführt. Der Weihnachtsbaum war,
schon aus Platzgründen, ein Bäumchen („e Beemche"), das
man auf den Tisch stellen konnte. Die mächtigen Tannenbäume in den Kirchen, auf Straßen und Plätzen und
schließlich auch in den Wohnungen sind in unserer Gegend
ganz jungen Datums.

Das „Zockerbeemche" stand in einem liebevoll gezimmerten und angemalten Gärtchen in einem Loch der ca. 40 mal 40 cm großen kräftigen Grundplatte, die ringsum mit einem etwa 15 cm hohen „Lattenzaun" umgeben war. Ich habe als Kind noch in einem derartigen Gärtchen meine Geschenke, Spielsachen und „was zum Anziehen" gefunden. Manche Familien benutzten auch zur Halterung des Bäumchens ein innen beleuchtetes Häuschen (Balkhausen, Neutsch), vor dem in einem rechteckigen Gärtchen sein Platz war.

Wunderliche Dinge geschahen während der Zwölfnächte nach der Vorstellung unserer Altvorderen. Der Mythologie nach zog Wotan, der oberste der Götter, auf seinem achtbeinigen Roß Sleipnir, gefolgt von seiner Gemahlin Berchta und den anderen Göttern in der Luft durch die Lande, um den Kampf gegen die Eisriesen zu bestehen. In der Gestalt des „wilden Jägers" ist diese Vorstellung noch lange im Volk erhalten geblieben (Rodensteiner).

Alle Arbeit in Haus, Hof und Flur mußte zum Julfest getan sein. Opfer wurden ihm dargebracht zum Dank für die eingebrachte Ernte und Segen erfleht für die dem Boden anvertraute Saat. Man glaubte auch, das Vieh begänne in den Ställen zu sprechen, Blumen öffneten sich „mitten im kalten Winter", das Wasser im Brunnen und in den Bächen würde zu Honig.

Wenn sich auch im Laufe der Zeit vieles hiervon verloren hat, so findet man doch bis heute noch versteckte Reste, an der „aufgeklärten" Bergstraße allerdings recht wenige. Immerhin erinnerte man sich 1943 in Seeheim noch daran, daß das Vieh angeblich in der Silvesternacht geredet hat. Man sollte in den „heiligen Nächten" nicht waschen, weil die Bäume sonst in dem kommenden Jahr kein Obst brachten, so weit man das Klopfen der Wäschehölzer hören konnte (Balkhausen). Die Wäsche wurde früher mit kunstvoll ge-

97

schnitzten Holzbrettern geschlagen. Man durfte zwischen den Jahren auch nicht spinnen, weil die Mäuse sonst das Garn zerbeißen, so fürchete man (Seeheim). Am Heiligabend band man während des Abendläutens Strohseile um die Bäume, um sie fruchtbar zu machen. In Jugenheim wird das vom Silvesterabend erwähnt. Sowohl in Seeheim als auch in Jugenheim haben die Kinder, oft von der Großmutter dazu ermuntert, beim Nachtläuten Heubüschel zusammengebunden und für den Esel des Christkinds auf den Mist gelegt. [...]

Gegen die Dämonen in der Natur glaubte man sich durch Abwehrzauber schützen zu können, durch lärmvolle Umzüge scheußlich Vermummter, durch Räuchern der Wohnungen und durch Aufstecken grüner Zweige und Lichter. In seiner einbildungsreichen Gemütskraft sah das Volk die unheimlichen Geister und Sturmgespenster in Form schreckhafter Gestalten, an die noch heute in manchen Gegenden Deutschlands die Schwarmzüge seltsam Vermummter und lärmendes Maskentreiben der Nikolaus-, Weihnachts- und Neujahrszeit erinnern. Bei uns ist kaum noch etwas von all dem übrig geblieben.

Auf den ersten Adventssonntag, bestimmt aber ab dem Nikolaustag kam früher der *kleine Benznickel*, manchmal mit dem *kleinen Christkind*. Zu Weihnachten erschienen dann der große Benznickel und das große Christkind. Die kleinen Gestalten wurden nicht etwa von Kindern dargestellt. Man nannte sie klein, weil sie schon vor dem Fest kamen und den Kindern wenig oder garnichts mitbrachten. Helfrich (Balkhausen) erinnerte sich, daß sie sogar Gaben heischten. Aus Ober-Beerbach wurde vermeldet, daß der „Sohn des Benznickels" am Nikolaustag die „Bestellschein abholte" (vermutlich die Wunschzettel der Kinder). Die Seeheimer berichteten, daß der *Benznickel* vor Weihnachten ohne Christkind erschien. Gelegentlich traten aber auch kleine Gruppen von Benznickelgestalten auf. In Jugenheim soll der Nickel nur am Nikolausabend erschienen sein und zwar immer nur als Einzelgänger.

Die Nickelsgestalt wurde aus allen Gemeinden weitgehend übereinstimmend beschrieben. Seine Heimat sei der Wald, sagte man den Kindern. Er trug einen alten Mantel, der manchmal links gewendet war und gern zerrissen und zerlumpt gewählt wurde. Auf dem Kopf hatte er einen alten Schlapphut (oder Zylinder!) oder eine Pelzmütze, weswegen er auch manchmal „Belznickel" genannt wurde. Er trug einen langen Bart, hatte das Gesicht entweder geschwärzt oder durch ein „Schlaraffengesicht" (Larve, Maske) verdeckt und war meist durch einen mit Heu ausgestopften Buckel oder Bauch erschrecklich anzusehen. Über den Rükken hatte er einen Sack geworfen, in den er die bösen Kinder zu stecken drohte. In ihm befanden sich aber auch die Gaben, Gebäck, Äpfel und Nüsse, die er auf den Boden warf oder auch austeilte. Außerdem führte er eine Kette mit sich, mit der er die Kinder ans Tischbein fesselte oder bis auf die Straße zerrte. Nie war er ohne Prügel oder Rute aus mehreren zusammengedrehten Weiden oder Birkenreisern, die oben mit Kordel (Bindfaden) zusammengebunden waren. Gelegentlich trug er auch eine Laterne mit sich.

Auf der Straße benahm er sich zunächst still, fing aber vor dem Haus, das er besuchen wollte, zu lärmen und mit der Kette zu klirren an. An seinem Körper hatte er auch Schellen befestigt. Dann pochte er laut an die Tür und stampfte in die Stube, wo er seine Zeremonie abwickelte. Wenn die Kinder die ausgeleerten Gaben auflesen wollten, schlug er mit der Rute auf sie ein. In Balkhausen wurde auch gelegentlich ein ganz böser Bub, der sich allzu keck benahm, in den Sack gesteckt.

Mit dem Benznickel drohten Mutter und Großmutter den Kindern gerade vor Weihnachten, wenn sie sich nicht manierlich benahmen. Es darf angenommen werden, daß der vermummte Kinderschreck mit dem heiligen Nikolaus wenig zu tun hatte.

Das *Christkind* war stets weiblich gekleidet und zwar in weiß, trug einen Schleier vorm Gesicht, ein Band mit Stern im Haar und eine Kerze in der Hand. Es brachte meistens den Kindern den Weihnachtsbaum.

Die Aussagen über Flügel, die es getragen haben soll, über eine Rute und ein Körbchen, auch über Schellen und selbst die Kerze sind von Dorf zu Dorf so unterschiedlich, daß nur schwerlich genauere Angaben darüber zu machen sind. Ich habe als Kind das Christkindchen nie gesehen, es immer nur gehört, wenn ich an Heiligabend auf das Bäumchen und die Gaben darunter wartete.

Wenn überhaupt, so trat es meist zusammen mit dem Benznickel nur an Weihnachten auf, schlug die Kinder nicht und stellte das gütige Element im Brauchtum um Weihnachten dar. Die Ober-Beerbacher Gewährsleute, allerdings erst 1924 und 1925 geboren, berichteten 1943, der Nickel hätte mit dem Christkind auch getanzt (Walzer!). Seine Betuchtheit im Auftreten hat sicher auch zu der heute noch im Volkston üblichen etwas abfälligen Bezeichnung für einen übertrieben empfindsamen Menschen geführt: „Des is vielleicht e Kriskinche!"

ELISABETH LANGGÄSSER

Das Krippenlied Pans

In diesem starken Scheine,
entwallend einem Kind,
knie' dunkel ich am Raine,
bei Esel und bei Rind.
O klare Augen, heute
uns Tieren aufgetan,
es grüßt euch voller Freude
der arme Pan.

Noch einmal tönet leise
die trunkene Schalmei
uralte Hirtenweise,
daß still die Erde sei,
und während, zart errötet,
mein braunes Volk sich eint,
verklingt sie, endgeflötet
und ausgeweint.

Hoch über mir und andern
brennt schön der Wüstenstern,
und meine Schafe wandern
zu ihrem guten Herrn.
Der jede Kraft will flößen
zu Hügel, Tal und Hohl,
er wird auch mich erlösen.
Ich weiß es wohl.

KARL THYLMANN
Maria und Kind

O süße Mutter,
Die Nacht ist schwer.
Gestöber saust
Vom Meere her.

Ich irre bitter
Von Stein zu Baum.
Laß mich verziehn
Im sanften Raum.

Du tränkst den Knaben
Und blickst ins Licht
Der stummen Kerze,
Du neigst dich dicht

Dem kleinen Atem. –
Der Engel sprach,
Die Magier knieten.
Dem sinnst du nach,

Durch deinen Schooß
Ging in die Welt
Der Ein-Geborne,
Der alles erhellt,

Den schon vor alters
Auf großem Thron
Propheten sahn, –
Das Wort, der Sohn,

Die lichte Nabe,
Vom Weltenrad,
In Fleisches Dunkel
Getaucht aus Gnad.

Kindlein, es schlummert
Unbewußt.
Bald wachts und tastet
Nach deiner Brust.

Laß mich ins Auge
Dem Kindlein schaun,
Ehe ich aufbreche
In Tod und Graun.
Maria, süße Mutter!

ARNOLD KRIEGER

Maria im Schnee

Maria du im Schnee,
Marie, tu ab dein Weh!
Denn wer so einsam irrt,
dem ist's gesagt:
es tagt noch einmal, tagt!
Der süße Heiland wird
wiedergeboren.

Maria du im Schnee,
geründet wie ein Reh,
erheb dich, arme Magd.
Es ist vorbei.
Du wirst nun wieder frei
von Darbsal, Menschenjagd,
gehst nicht verloren.

Maria du im Schnee,
ist dir auch wund und schleh,
schling fest dein blau Gewand.
Du weißt ja nicht,
wer in dir drängt zum Licht.
Der Heiland ist's imstand,
hat dich erkoren.

HANS SCHIEBELHUTH

Was bringt die Zeit den Kindern all?

Was bringt die Zeit den Kindern all?
Das Jettchen kriegt ein Kettchen,
Mit einem feinen Ührchen dran.
Das Lorchen kriegt ein Mohrchen,
Das zappelt wie ein Hampelmann.
Der Peter kriegt 'ne Feder,
Damit er fleißig schreiben kann.
Das Lenchen kriegt ein Puppenhaus
Mit lauter Rauch zum Schornstein 'raus.
Der Paul kriegt einen Schaukelgaul
Mit einem goldnen Zaum im Maul.
's Mariechen kriegt ein Kämmchen,
Ein Lämmchen,
'ne Kuh und drei Paar Schuh.
Das bringt die Zeit und den Kindern all
Und den Mut dazu.

Was bringt die Zeit den Kindern all?
Dem Franz 'ne Mühl samt Wasserfall,
Dem Hannjer einen Pferdestall
Und sieben schöne Schimmel,
Das Ännchen kriegt ein Ringelein
Mit einem echten Edelstein,
Blitzeblau wie der Himmel.
Das Fritzchen kriegt ein Spitzchen,
Daß er sich nachts nicht fürchten tut.
Das Lottchen kriegt 'nen Federhut
Auf seinen Lockenkopf,
Dazu 'nen ellenlangen Zopf
Und Truhn voll Siebensachen.
Das bringt die Zeit den Kinder all,
Da haben Sie zu lachen.

Was bringt die Zeit den Kindern all?
Der Kaspar kriegt ein Horn mit Schall,
Samt Postillon und Wagen.
Der Gustav kriegt ein Kegelspiel,
Dazu ein Schiff und Segel viel,
Das Bärbelchen ein Lesebuch,
Ein wunderschönes Spitzentuch,
Und ein brokaten Band.
Der Ferdinand kriegt zwölf Morgen Land,
Drauf kann er Hasen jagen.
Das Röschen kriegt ein rot Gewand
Aus Samt, das darf sie sonntags tragen.
Der Schambs darf ins Schlaraffenland,
Und kriegt 'nen zweiten Magen;
Den braucht er dort auf jeden Fall.

Was bringt die Zeit den Kindern all?
Es ist ja nicht zu sagen!
Ein Fellchen fürs Babettchen,
Ein Schnällchen fürs Lisettchen,
Ein Bällchen für den Hannibal
Und ein seidnes Bettchen.
Und jeder kriegt 'nen schönen Schatz,
Der hat in seinem Herzen Platz.
Lirum, lautrum, leisrum,
Dreht euch all im Kreis rum!

KARL WOLFSKEHL

An Anna Wolfskehl, Kiechlinsbergen

München, den 22. Dezember 1932

L. H.,

[...] Zu irgendwelchen Weihnachtseinkäufen komm ich nicht, auch finde ich alles sehr traurig – gestern mußte ich durch die Kaufinger Straße und war fast so entsetzt wie neulich in Freiburg, als ich die Scharen und Gruppen der Arbeitslosen gierig und bedrückt zugleich vor den Schaufenstern sich sammeln oder durch die Reihen der Passanten trotten sah. Städte sind jetzt dumpfe beklemmende Höhlen. Vielleich explodiert gar nichts, aber die Ungewißheit lastet. Ich kann gar nicht sagen, wie ich aufatme, wenn ich dran denke, daß Ihr in Kiech seid. Für Euch aufatme – und für mich selbst. [...]

ERNST HOLTZMANN

Tochter Zion

Der Satz aus dem Programm der NSDAP, daß „die Partei als solche den Standpunkt eines positiven Christentums" verträte, „ohne sich konfessionell an ein bestimmtes Bekenntnis zu binden", ließ manchen Darmstädter Bürger in den Wirren und Nöten der zwanziger Jahre glauben, daß er bei den Wahlen durch Abgabe seiner Stimme für die Nationalsozialisten mit dazu beitragen könne, unserem zerstrittenen Volk ein auf christlichen Glaubens- und Sittlichkeitsvorstellungen ruhendes neues Fundament zu geben. Doch spätestens im Februar 1934, als der allseits beliebte und hochverdiente Mitbürger, der Prälat der Evangelischen

Landeskirche D. Wilhelm Diehl, von einem Tag auf den anderen seinen Posten verlor und „in Urlaub" gehen mußte, wurde deutlich, daß Dinge im Gang waren, die in keiner Weise den Vorstellungen entsprachen, die solche Wähler sich von der Zukunft ihres Landes unter einer nationalsozialistischen Regierung gemacht hatten.

In dieser Zeit war es, daß der Reichsstatthalter von Hessen für Darmstadt einen neuen Oberbürgermeister berief. Dies war Otto Wamboldt, ein alter Darmstädter, der bisher im Dienste der Post in Frankfurt tätig war. Im Herbst fiel dem Oberbürgermeister die Aufgabe zu, zu dem damals in dieser Jahreszeit stattfindenden städtischen Grenzgang mit anschließendem Hirschessen einzuladen. Mit dieser Veranstaltung stattete die Stadt jährlich ihren Dank allen denen ab, die in Stadt und Land, in Behörden und Wirtschaft die Stadtverwaltung unterstützt und in verantwortlicher Stelle zum Nutzen des Gemeinwesens sich betätigt hatten. Wamboldt legte persönlich Wert darauf, daß auch der vom Dienst zwangsweise beurlaubte Prälat Diehl eine Einladung erhielt. Diehl sagte zu. Vor Beginn des Festmahls auf der Ludwigshöhe ergriff Wamboldt das Wort zur Begrüßung der Gäste. In seiner Ansprache kam er ausführlich auf Prälat Diehl zu sprechen. Er betonte, daß es für ihn eine besondere Freude sei, den Religionslehrer seiner Schulzeit, dem er so viel zu verdanken habe, hier begrüßen zu können. Das waren in einer Zeit, wo Zivilcourage schwer fiel, bemerkenswerte Worte eines alten Parteigenossen für einen von seinem Posten verjagten Mann.

Nach dem Grenzgang kam der Winter. Die Not im Volke war noch keineswegs beseitigt. Eine das ganze Deutsche Reich umfassende Hilfsorganisation, das „Winterhilfswerk", wurde ins Leben gerufen. Mit einer großen weihnachtlichen Feier, zu der alles, was Beine hatte, in die große Festhalle an der unteren Rheinstraße eingeladen wurde, sollte das Winterhilfswerk für Hessen eröffnet werden. Der höchste Mann des Hessenlandes, Gauleiter und Reichsstatthalter Jakob Sprenger, hatte sein Erscheinen zugesagt. Alles war bestens vorbereitet. Chordirigent Karl Grim, im beruflichen Leben Bediensteter der Stadt, hatte seine Chöre sorgfältig eingeübt. Er hatte dem Oberbürgermeister versichert, daß er nur einwandfreie, nicht zu beanstandende Chöre einstudiert habe und war seiner Sache auch ganz sicher.

Es kam aber eben dann doch anders. Der große Raum der Festhalle war dicht gefüllt mit Menschen. Der Anfang der Feier verzögerte sich. Der Gauleiter mußte sich wohl verspätet haben. Schließlich glaubte der Oberbürgermeister, den Beginn der Veranstaltung nicht weiter hinauszögern zu können. Er gab dem Chorleiter das Zeichen zum Beginn. Gerade als die Töne eines alten Chores durch den Raum brausten, wurden die Türen aufgerissen. Der Gauleiter betrat mit Gefolge die Festhalle und die Chöre sangen: „Tochter Zion freue dich; sieh dein König kommt zu dir."

Humor war nie die Stärke nationalsozialistischer Größen. Der finstere Blick des erbosten Mannes war nicht zu verkennen. Für den Oberbürgermeister war die Sache natürlich peinlich. Grim war sehr bedrückt. Er hatte gewiß sein Bestes hergeben wollen. Daß ein so berühmter Chor aus Händels „Judas Makkabäus" Anstoß erregen würde, hatte er nicht für möglich gehalten. Bei einer späteren Gelegenheit sagte Wamboldt zu ihm: „...daß Sie mir aber nicht wieder solche Unannehmlichkeiten machen wie damals."

Was das Weihnachtsfest anbelangte, so brauchten beide keine Sorgen zu haben. Die nationalsozialistischen Organisationen hatten späterhin ihre eigenen Feiern. Es waren Sonnenwendfeiern, bei denen sie das Lied von der „hohen Nacht der klaren Sterne" sangen. Vom „Standpunkt eines positiven Christentums", wie es im Parteiprogramm gestanden hatte, war da kaum noch die Rede.

ARNULF ZITELMANN
Tagebucheintrag: 24. Dezember 1943

Mitte 1943 wurde unsere Schule aus dem zerbombten Ruhrgebiet nach Zürs am Arlberg in den sicheren Süden des ehemaligen Reiches ausgelagert. Der Schulbetrieb verwandelte sich in ein halbmilitärisches Ausbildungsunternehmen. Unter dem Datum vom 24. Dezember schreibe ich, damals 14 Jahre alt, in mein Tagebuch:

Heiligabend! Einen Tag vor Heiligabend hatten wir keine Schule. Um 17.30 fand das Abendessen statt. Es gab französischen Salat, Wiener Schnitzel und zum Nachtisch Apfel im Schlafrock. *Das Fiasko:* Um 18.30 begann die Feier. Im Laufe des ,Festes' sangen wir die Lieder: ,Hohe Nacht der klaren Sterne' und ,O Tannenbaum'. Dann trug einer der Unterführer die Gedichte vor: ,Soldatenweihnacht' und ,Deutsche Weihnacht'. Unser Hauptlagerleiter und Oberstudiendirektor Dr. Zeichner hielt eine Ansprache, in der es nur so von ,blutiger Rache gegen die Engländer, Fratzen des Bolschewismus, Lichterbäumen, Sonnenwendfeuer und Sieg des Lichtes' hagelte. Jeder erhielt eine Flasche Sprudel, zehn Nüsse, zehn Zuckerpralinen und fünf Plätzchen. An diesem Abend gab es keinen Zapfenstreich."

THEODOR HAUBACH
Weihnachtsbriefe aus der Todeszelle

Theodor Haubach, geboren am 15. September 1896 in Frankfurt, wuchs in Darmstadt auf, besuchte als Klassenkamerad Carlo Mierendorffs das Ludwig-Georgs-Gymnasium, war Mitarbeiter und Mitstreiter in der 1915 begründeten „Dachstube" wie im „Tribunal" der ersten Nachkriegsjahre. Bei Karl Jaspers in Heidelberg zum Dr. phil. promoviert, war er schon vor 1933 als Führer des so-

zialdemokratischen „Reichsbanner" aktiv im Kampf gegen den aufkommenden NS-Staat engagiert. 1934-1936 im KZ, wurde er nach dem 20. Juli 1944 als Mitglied des sogenannten „Kreisauer Kreises" erneut verhaftet. Aus dem Gestapo-Gefängnis Lehrterstraße in Berlin schrieb er in den Vorweihnachtstagen 1944 an seine Verlobte Annelies Schellhase:

7. Dezember 1944

[...] Mit welcher Fülle von Freundschaft bin ich gesegnet! Womit habe ich das verdient? Auch das die über alles Begreifen waltende Gnade Gottes! [...] Diese Wochen und Monate sind für mich eine heilige Zeit! Ich lerne und erfahre, wer Er ist, der über allen Himmeln thront. „Denn also spricht der Hohe und Erhabene, der ewiglich wohnt, des Name heilig ist: Ich wohne in der Höhe und im Heiligtum und bei denen, so zerschlagen und demütigen Herzens sind, auf daß ich erquicke den Geist der Gedemütigten und das Herz der Zerschlagenen" (Jesaja 57, 15) [...]

14. Dezember 1944

Sieh, es ist doch sehr Nacht um mich, aber der Stern von Bethlehem ist aufgegangen, und ganz leise dringt auch zu mir die Verheißung der Engel „Fürchtet euch nicht!" [...]

Kurz vor Weihnachten

[...] Eine Zeit der Not und Wunder! Der Herrgott geht wieder über die Erde, abzuschlagen was faul ist, zu retten, was bereit ist! Wir kennen die Gedanken seines Gerichts nicht. Darum müssen wir warten – das ist schwer, sehr schwer!

Theodor Haubach starb am 23. Januar 1945 durch den Strang der NS-Henker in Berlin-Plötzensee, nachdem ihn der Volksgerichtshof Roland Freislers wegen „Hochverrats" zum Tode verurteilt hatte. (Auswahl und Erläuterung von Eckhart G. Franz)

MARIANNE D'HOOGHE
Weihnachtstag 1944

Am Weihnachtstag 1944 mußten wir mittags in den Keller. Es war ein strahlender Wintertag. Nächtliche Einflüge waren seltener geworden, aber Tagesangriffe oder wenigstens Alarm gab es häufig. Alle waren bereits im Keller. Ich hatte noch den Topf mit dem Mittagessen und sonstige Vorräte hinuntergetragen, da ich seit dem Septemberangriff vorsichtig geworden war. So kam es, daß ich mich noch im Hof befand, als die riesigen Leiber der Flugzeuge am Himmel aufstrahlten. Silberne Riesenfische im Blau. Ich stand regungslos und fasziniert. Dann kam ich zu mir, Rauchzeichen wurden gesetzt, die Bomber änderten ihren Kurs, sie kamen direkt in Richtung auf unser Haus, auf mich zu, so schien es mir. Ich habe selten während der Angriffe Todesfurcht empfunden, aber jetzt verlor ich die Nerven. Darum ist mir dieser 24. Dezember wohl so deutlich in Erinnerung geblieben. Erschreckt wischte ich Schweißtropfen von meiner Stirn und riß mich zusammen. Um die Menschen im Keller nicht in Unruhe zu versetzen, lehnte ich mich abseits an eine Wand. Das Luftschutzgepäck zwischen die Füße gestellt, den Kragen der Windjacke hochgeschlagen, die Fäuste in den Taschen vergraben. Niemand durfte sehen, daß ich zitterte, es wäre sofort eine Panik ausgebrochen. Ich hatte mechanisch zu zählen begonnen. Der Entfernung nach mußte alles überstanden sein, bevor ich noch bis 500 hatte zählen können. Ich war bereits an 400, hatte die 500 überschritten und zählte stumm weiter. Als ich kurz vor 1000 war und noch nicht das Fallen der Bomben hörte, hielt ich es nicht mehr aus. Ich lief die Kellertreppe zum Hof hinauf und sah – doch wollte ich nicht glauben, was ich sah. Die Flugzeuge hatten abermals den Kurs geändert, stolz und glänzend verschwanden sie nach Westen hin. Sie waren längst verschwunden, als ein einsamer deutscher Jäger hinterherkam, und das fand ich so komisch, daß ich in ein nicht endenwollendes krampfhaftes Gelächter ausbrach.

Irgendwann einmal wird die Grenze des menschlichen Fassungsvermögens erreicht. Das Grauen schlägt um in die Groteske, in die Fratze. Der Schrecken ist nur in einem Unmaß der Reaktion zu ertragen. Dem Geschütteltwerden vom Grauen entspricht irres Lachen, nicht Distanz. Wir sind am Ende nicht befreit, sondern wir bleiben eingewickelt in den Schrecken.

Zwei Stunden später putzte ich vergnügt vor mich hin singend ein winziges Weihnachtsbäumchen, ich hatte sogar fünf Weihnachtskerzen organisieren können. Ein Kartoffelkuchen nach einem köstlichen Kriegsrezept stand auf dem Tisch. Wir feierten das Fest. Fröhliche Weihnachten. Es war ein glücklicher Tag.

An dieses Erleben habe ich später oft denken müssen. Was geschieht dem Menschen, wenn ihn die Schwinge des Todes streift? Kein Weihnachtsfest steht mir so gesegnet vor Augen wie dieses. Ist es so, daß wir an der Oberfläche treibenden Wesen von Zeit zu Zeit an unsere Tiefen erinnert werden müssen? Oder kommen wir gar erst durch die Überwindung der Todesangst zu einem neuen Selbstverständnis und zu einer Selbstgewißheit, die das Leben strahlend erhellt? Wenn wir von einem Krankenlager aufgestanden sind, hat das Leben tiefere Farben angenommen. Unsere Intensität muß geschärft werden am Schleifrad des Todes. Sonst sind wir wie die Augustfliegen, nichts als Fisch- und Vogelfutter, und die Larven waren umsonst räuberische Wassertiere. Denn um nur Futter zu sein, dafür lohnt sich der Kampf des Menschen nicht.

KURT KRÜGER-LORENZEN
Redensart

Der Christbaum brennt: feindliche Flieger greifen an. Die
Wendung entstand im 2. Weltkrieg. Alliierte Flieger schos-
sen bei nächtlichen Angriffen hell und lang brennende
Leuchtkugeln in Bündeln ab, um das Bombenziel zu kenn-
zeichnen. Diese Leuchtzeichen erweckten den Eindruck
eines an den Himmel projizierten überdimensionalen Lich-
terbaums. Der mit beißendem Spott von der Bevölkerung
geprägte Ausdruck verbindet den Christbaum als Symbol
des Weihnachtsfestes und der Nächstenliebe mit dem Ver-
nichtungswerk eines Bombenangriffs.

ALMA LEVIGION
Weihnachten 1944 in der alten
Schloßmühle von Nieder-Modau

Warum sind die schlimmen Kriegswinter auch noch ex-
trem kälter als sonst? – Es ist bitter kalt. Der Schnee liegt fast
einen halben Meter hoch. Der kalte Nordwind weht und zer-
zaust die schöne große Fichte vor dem Haus, der Mühle in
Nieder-Modau. Die alte Schloßmühle. Allein gelegen, abseits vom Dorf. An der Südseite des Hauses läuft das große
Wasserrad, Tag und Nacht. Der Müller hat nicht mehr viel
zu tun. Die Bauern kommen mit Ochsenkarren oder Hand-
wägelchen, um Frucht zu Mehl mahlen zu lassen.
 Heute ist alles still. Die Mühle ist abgestellt. Es ist Heiligabend. Heiligabend 1944. Im Wald habe ich ein Bäumchen
geschlagen. Fichtenzapfen und Schalen der Eßkastanien ha-

114

be ich auf dem Schloßberg zusammengelesen und etwas vergoldet. Das soll nun der Christbaumschmuck werden. Wir haben ja nichts mehr. Am 11. September, als unsere geliebte Stadt in Schutt und Asche ging, haben wir alles verloren. Mama, Anna, Tilli und ich mit dem Buben sitzen in der winzigen Küche, dem einzigen Raum, den wir heizen können. Für beide Zimmer zusammen reicht das Brennmaterial nicht aus.

Wir Ausgebombten werden immer schlecht bedient bei der Zuteilung. Im Schnee mußten wir unsere Reiser sammeln. Es wurde ja auch gleichzeitig gekocht auf dem Öfchen. Gekocht, wenn wir etwas hatten! Nun zünden wird die Kerze an, Heiligabend.

Wir sitzen stumm beieinander und halten uns an den Händen. Es war zuviel, was über uns kam. Vor einem Jahr war Papa gestorben, nun waren wir ausgebombt; von Paul, meinem Mann, schon über ein Jahr kein Lebenszeichen mehr. Er kennt unser Kind kaum. Nur bei der Taufe in der schönen Schloßkirche war er auf Sonderurlaub da. Armin war gerade acht Wochen alt. Nun fängt er an zu laufen und ist unser ganzes Glück und Trost in all unserem Elend.

Die Augen des Kindes strahlen bei dem Glanz der Weihnachtskerzen. Singen und musizieren können wir an diesem Abend nicht. Zutiefst sind wir getroffen von der Bürde und der Sinnlosigkeit des Krieges. Aber wir leben.

Und in mir der unerschütterliche Glaube, daß auch mein Paul noch am Leben ist! Ich trete hinaus auf unseren großen Balkon, hinaus in die Nacht. Der Himmel ist jetzt voller Sterne. Und ich stehe da, alleine mit meinem Himmel voller Sterne und denke an Paul und weiß, er wird in dieser Stunde, in dieser Minute mit seinen Gedanken bei uns sein. Mit dieser Zuversicht trete ich zurück zu meinen Lieben und schließe mein Kind fest in die Arme. Wir werden durchstehen! Wir müssen es! Wir wollen leben!

WOLFGANG WEYRAUCH

Weihnachten 1945

Die Männer sind elend, die Männer sind matt,
sie sehen die Trümmer und weinen,
sie wandern von Steinen zu Steinen,
dann kommen sie endlich zur großen Stadt.

Die Stadt, die ist groß, und die Not, die ist groß,
der Winter, der hat sie gefangen,
er hält sie mit Zangen, mit Zangen,
und die Herzen sind leer, und die Herzen sind bloß.

Und der Friede ist wo? Und das Lichtchen ist wo?
Das Lichtchen des Stalls mit dem Kinde?
Sie frieren im Winde, im Winde,
denn sie haben kein Licht, und sie haben kein Stroh.

Da stecken sie's an, das winzige Licht,
und haben den Frieden im Traume,
und träumen vom Baume, vom Baume,
doch der Ochs und der Esel, den haben sie nicht.

Und wie sie so träumen, die armen Drei,
drei Könige ohne die Krone,
da rührt sich's beim ewigen Throne,
da kommen der Ochs und der Esel herbei,

da lächelt das Kind, da funkelt der Stall,
da wandern die Tiere, die Tiere,
der Tiger erscheint mit dem Stiere,
und von den Vögeln kommt lieblicher Hall,

sie fliegen zum Baum in der Mitte des Stalls,
und endlich ist Friede auf Erden,
und zum Frieden strömen die Herden
vom Grunde des Meers und vom Ende des Alls.

Die Weihnacht ist da, und das Christkind ist da,
und jedermann wünschet dem Jahre:
zur Grube, zur Grube es fahre,
daß niemals geschehe, was heute geschah.

WOLFGANG WEYRAUCH

Die Hirten

Einer steht immer noch dort,
zweitausend Jahre, der Hirt,
Schafe und Hunde verdorrt,
wartet und fragt sich, was wird.

Weiß es nicht, sieht nach dem Stern,
Stern, der ist uralt, verging,
Hirt ist allein, ohne Herrn,
hat nicht ein einziges Ding.

Hat er nicht? Törichter Hirt,
hat den Gedanken so nah.
Hat es nicht eben geklirrt?
Sieh mal, Dein Hirtenstock da

klirrte. Warum tat er das?
Weil etwas gegen ihn stieß,
etwas, ein klimmendes Gras,
Gras ists, ein Halm, und nur dies.

Wenn nur ein Einziges steigt
hoch aus dem uralten Lehm,
denkt er, der Hirt, und er zeigt
stotternd auf Beth-Bethlehem.

Wandert solang durch das Gras,
bis er den anderen trifft.
Beide erzählen sich was,
schreiben die uralte Schrift.

Anderntags sind sie zu viert,
hundert und tausend ziehn quer,
kreuz durch die Erde, der Hirt
ist keiner mehr, und viel mehr.

Keiner weiß, wer sie sind,
und das Geheimnis im Zahn,
raunt es vom winzigen Kind,
wisperts vom Fels und vom Hahn?

Doch wo sie gehn, wächst das Gras,
wie unterm Stock, seinerzeit,
winselnd darunter das Aas:
siehe, da ist es soweit.

HEINZ FRIEDRICH

Weihnachten 1945

Ja, wie war das, Weihnachten 1945? Die Erinnerung, sol-
cherart befragt, reagiert nicht spontan; im Gegenteil: sie
hüllt sich in Dämmer. Keine gemütvollen Signale, kein tröst-
licher Lichtschimmer, sondern schlicht: partieller blackout.
Das ist merkwürdig und beunruhigend. Warum hinterließ
Weihnachten 45 keine Spuren in mir? Gab es nichts, was des
Erinnerns, des Behaltens und Bewahrens wert gewesen wäre? Immerhin: 1945 nach sechs Kriegsweihnachten das erste
„Friedens"-Weihnachten, das erste Weihnachten, an dem
nicht geschossen, gesprengt, gebombt, an dem nicht getötet
wurde; die frohe Botschaft „Friede auf Erden und allen Menschen ein Wohlgefallen", wann sollte, wann konnte sie mehr
Sinn ausstrahlen als in einem solchen Augenblick, in einer
solchen Konstellation? Aber, wie gesagt: statt froher Bot-
schaften klaffen in der Erinnerung Lücken. Sie klaffen, obwohl ich das Glück hatte, nach sechs Jahren, an Weihnachten wieder zu Hause zu sein, zwar abgemagert auf 90 Pfund
und ziemlich zerfetzt und auch noch nicht ganz über den
Berg, was das Überleben anging – aber immerhin: ich war
zu Hause, und das bedeutete sehr viel. Also hätte dieses
Weihnachtsfest doch eigentlich wie ein helles Hoffnungs-
feuer in mein Leben hineinleuchten müssen. Aber das tat es
nicht.

Nur mit Anstrengung lassen sich Erinnerungsfetzen
abrufen. Weihnachten 1945: Sehr unterschied es sich von
dem letzten Weihnachtsfest nicht, das ich in meiner Familie
verbracht hatte, sechs Jahre zuvor. Nur die Geschenke fehlten: kein Buch, kein Hemd, keine neuen Schuhe. Nur ein
Stück Speck, nicht sehr groß, das ein benachbarter Bauer
spendiert hatte. Doch üppig war es bei uns nie zugegangen
an Weihnachten: der Vater 1932 an seiner Kriegsverletzung

aus dem Ersten Weltkrieg mit 40 Jahren gestorben, die Mutter mit sehr kleiner Rente für Haus und zwei Buben sorgend – da stand Sparsamkeit obenan, auch an Weihnachten.

Aber der Weihnachtsbaum, bunt aufgeputzt und mit Lametta behängt (wir nannten es Engelshaar), spendete mit vielen Kerzen freundliches Licht, und wie seit frühesten Jugendtagen schaukelte ein lustiger Zwerg am untersten Astkranz des Tannenbaumes auf der Schaukel. Für mich war der Weihnachtsbaum mit seinem jahrmarktbunten Flitter der Inbegriff dessen, was man „Stimmung" nennt; wenn ich in die Stube trat und ihn sah in seinem reinen, stillen Glanz, überströmte mich jedesmal ein unsägliches Gefühl, gemischt aus Rührung und Erhebung; ich war „entrückt". Man mag das romantisch nennen (was es sicher war) oder sentimental (was es vielleicht auch war) – aber immerhin, so will mir scheinen, war jenes „Weihnachtsgefühl" letztlich doch auch ein Teil jenes Schauders, von dem Goethe meinte, er sei der Menschheit bester Teil. Zumindest gehört er zu deren besserem Teil: „Friede auf Erden…"

Nun brannten, für meinen um zehn Jahre jüngeren Bruder und für mich, den Heimkehrer, also die Kerzen wieder. Es waren weniger als damals, und die meisten bestanden aus Stummeln. Wahrscheinlich hatten sie schon in den Jahren zuvor ihren Weihnachts-Dienst getan; denn Kerzen waren rar. Woher wir den Weihnachtsbaum hatten, weiß ich nicht mehr. Aber Wald gab's reichlich ringsum; eine Tanne ließ sich leichter beschaffen als eine Kerze. Unbeschadet hatten die Kugeln, die prächtig geblasene Christbaumspitze und auch der schaukelnde Zwerg den Krieg überstanden; nur das Lametta war unansehnlich geworden. Aber besser ein zerknittertes Lametta als gar keins. Sogar der Ofen im „Eßzimmer", das nur zu besonderen Gelegenheiten benutzt wurde, war geheizt. Das große Büffet mit dem rührend kleinen Bestand an Sammeltassen im Vitrinenaufsatz stand ebenso noch am gleichen Platz wie die dunkle Kredenz und der große Ausziehtisch in der Mitte, mit einer großen Häkeldecke über dunkel polierter Platte.

Es war alles, wie es sechs Jahre zuvor gewesen war – und doch war nichts mehr so „wie früher". Die romantischen Gefühle, wo waren sie geblieben? Konnte man denn nicht wieder anknüpfen, wo man 1939 aufgehört hatte – zumal doch unser Dorf von den Schrecken des Krieges verschont geblieben war und unser Haus auch. Aber war heil, was übrig blieb? Wirkte das Gerettete nicht wie ein Relikt aus einer anderen Zeit – als Besitz antiquiert und fast ein wenig sinnlos? Gewiß: man hatte ein Dach über dem Kopf – aber auch dieses Dach, obwohl das vertraute, eigene, war nur ein Notdach. Es schützte vor Regen und Kälte, aber konnte es den verlorenen Sohn noch bergen?

Nur acht Kilometer entfernt war die Stadt, der ich ein halbes Jahrzehnt zuvor noch meine ersten und entscheidenden Bildungserlebnisse verdankte und deren Flair und Ambiente ich in mich eingesogen hatte – nur acht Kilometer entfernt war Darmstadt nur noch an den Rändern bewohnbar; die Innenstadt hatte Bomber-Harris, um ein Parade-Exempel für die Total-Vernichtung einer Stadt zu statuieren, im September 1944 in eine Trümmerwüste verwandeln lassen. Mein Gymnasium, über 300 Jahre alt, war ebenso ausradiert wie das Museum, in dem ich fast täglich in der Mittagsstunde, bevor der Zug in mein Dorf abging, vor den Rembrandts, van Dycks und Bruegels stand, – vor Bildern an denen ich mich nicht satt sehen konnte. Ausgebrannt war das Theater, ein nobler klassizistischer Bau, für mich in des Wortes unmittelbarster Bedeutung ein „Musentempel", mit dem sich mir unvergeßliche Kunsteindrücke verbanden. Aus der Erinnerung taucht jener letzte Abend auf, den ich dort im – trotz seiner Größe – wunderbar intimen Zuschauerraum verbrachte. Anfang März 1940. Beim Fallen des rotsamtenen Vorhangs schoß mir die beklommene Frage durch den Kopf: Wann wirst du ihn wieder aufgehen sehen? Für mich senkte er sich damals für immer. Ich hatte schon, für den 5. März, den Gestellungsbefehl in der Tasche. Bis zwölf Uhr an diesem Tag mußte ich mich in einer bestimmten Kaserne in Mainz gemeldet haben. Ein anderes Theater, das Große Welttheater der Geschichte, erwartete mich.

Als ich fünf Jahre später wiederkam, halbtot auf einem amerikanischen Truck zwischen Schicksalsgenossen einge-klemmt, und die Trümmer Darmstadts links und rechts auf-getürmt sah, empfand ich weniger als damals im Theater. Keine Tränen, keine Wut, keine Wehmut – nichts. Ich nahm die Trümmer meiner Heimatstadt wahr wie ich die Trüm-mer Warschaus oder Dünaburgs, Königsbergs oder von Smolensk wahrgenommen hatte: als ramponierte Kulissen einer Bühne, für die es kein Stück mehr gab. Europa, an dem ich mit allen Bildungsfasern hing, war tot. Ich hatte es ster-ben sehen. An Auferstehung zu glauben, fehlte mir die Vor-stellungskraft.

1939, unterm Weihnachtsbaum, hatte mich eine seltsa-me, bange Vorahnung beschlichen. Deutschland hatte Polen besiegt und besetzt; aber der Krieg ging weiter. Zwar herrschte Ruhe; im Wunschkonzert des Deutschlandsen-ders grüßten sie sogar die Soldaten der Maginot-Linie – so, als sei der Konflikt mit Frankreich und England nur eine Art martialischen Augenzwinkerns. An Weltkrieg mochte nie-mand denken. Aber insgeheim sah man ihn doch auf Europa zukommen. Der Bogen war überspannt – das spürte man deutlich.

In unserer Klasse hatten sich bereits im Sommer 1939 alle freiwillig zum Wehrdienst gemeldet, ich auch. Aber wir hat-ten das nicht getan, um in den Krieg ziehen zu dürfen, son-dern um gleich nach dem Abitur besagten Wehrdienst ableisten zu können, vor dem Studium. Jetzt waren wir dran.

Wir wußten das, und das heißt: ich wußte es auch. Ich genoß Weihnachten 1939 noch einmal in vollen romantischen, sentimentalen Zügen und mit jenem Gefühl der Wehmut, das der Abschied uns aufnötigt: „Friede auf Erden..."

Es war ein Abschied ohne Wiederkehr. Als ich nun anno 45 wieder vor dem Weihnachtsbaum stand, der wie früher aufgeputzt war, empfand ich überdeutlich (und dieses Erinnerungsfragment ist das eigentlich vorherrschende): Du kommst nie wieder heim. Du bist ein Augestoßener, der seine Heimat für immer verlor. Vielleicht hast du einen Weg vor dir, aber es wird keiner von den Wegen sein, die dir vertraut waren – mögen an deren Rand auch noch so tröstliche Weihnachtsbäume winken. Sie werfen kein Licht mehr auf deine Zukunft.

Als ich am 5. März 1940 mit einem Pappkoffer (einfache Behältnisse zum Zurücksenden der Zivilkleidung seien mitzubringen, war auf dem Einberufungsschreiben vermerkt) nach Mainz zog, war ich seit drei Wochen 18 Jahre alt. Das Abitur hatte ich nur zur Hälfte gemacht; angesichts meiner Einberufung war mir nach Ablegen der schriftlichen Prüfung die mündliche (bei Zuerkennung der „Reife") geschenkt worden. Im Griechischen mußten wir ein Stück aus dem „Peleponnesischen Krieg" des Thukydides, im Lateinischen eine Passage aus den „Annalen" des Tacitus übersetzen. Und ein Thema der deutschen Abitur-Aufsätze lautete: „Gedanken zu Nietzsches unzeitgemäßer Betrachtung ‚Vom Nutzen und Nachteil der Historie für das Leben'". Wir hatten das Werk mit Hilfe unseres verehrten Deutschlehrers in den Monaten zuvor in der Klasse gelesen, und ich war sehr ergriffen von Nietzsches Gedanken. Ob ich allerdings auch begriff, was der Philosoph meinte, als er schrieb, die Griechen hätten gelernt, „das Chaos zu organisieren"? Jedenfalls: Ich war der einzige in der Klasse, der sich im Abitur an das Thema heranwagte, und ich erhielt dafür, wie ich 25 Jahre später erfuhr, die Note „Sehr gut mit Auszeichnung". (Die Arbeiten hatten, gebündelt, den Darmstädter Feuersturm im Keller der Schule überstanden. Zwar waren die Blätter angesengt, aber es gab sie noch.)

Nun bekam ich also Gelegenheit, meine deskriptiv durch historische Reflexion gewonnene „Reife" an den Taten der Gegenwart zu erproben, die sich der Geschichte empfahlen – zu wessen Nutzen, zu wessen Nachteil?

In Mainz wurden wir in Uniform gesteckt und drei Tage und zwei Nächte lang quer durch Deutschland und Polen nach Modlin bei Warschau verfrachtet, in Personenwagen zwar, aber doch ein wenig wie Nutzvieh. Hier wurde mir zum ersten Mal bewußt, wie große und erhabene Gedanken angesichts der Realität verblassen. Der „Zarathustra", den ich vorsorglich als Marschgepäck eingesteckt hatte, kam mir, übernächtigt und verdreckt, wie ich war, ziemlich deplaciert vor...

Dann Drill auf dem ehemals polnischen Festungs- und Kasernengelände. Ausgang bekamen wir erst nach drei Wochen, nach der Vereidigung; vorher wäre Entfernung von der Truppe noch eine vergleichsweise harmlose Sache gewesen, und dazu sollte keine Gelegenheit geboten werden. Später in Warschau: Trümmer, Elend, Haß. Das jüdische Ghetto durften wir nicht betreten, aber man konnte mit der Straßenbahn hindurchfahren. Mit Entsetzen nahm der „Gereifte" wahr, daß „vae victis" mehr bedeutete als eine Sentenz aus dem Märchenbuch der Weltgeschichte. Mit seinen hochgespannten geistigen Zukunftsträumen ließ sich diese brutale Wirklichkeit kaum in Einklang bringen. Und seine friedfertige, kontemplative Natur begann sich aufzulehnen: das war nicht seine Welt und würde nie seine Welt sein können. Ein wenig schämte er sich dieser Haltung, denn sie kam ihm sehr unsoldatisch vor. Und das war sie ja wohl auch... Aber ob Soldat oder nicht, mich fragte niemand, ob ich bereit sei, Geschichte mitzuschreiben oder nicht. Man drückte mir ein Gewehr in die Hand und leitete mich an, es zu bedienen. Zu mehr als zum Obergefreiten brachte ich es allerdings nicht in den fünf Jahren meiner Soldatenzeit. Nutzen und Nachteil der Geschichte jedoch, die lernte ich bis zur Neige kennen auf den Schlachtfeldern des Ostens und zuletzt in Ostpreußen, in der Endphase des Krieges – damals, am 12. Januar 1945 in der Nähe von Schloßberg. Nach wahnwitzigem Trommelfeuer der Russen brach die Abwehrfront auseinander, als risse die gespannte Sehne eines Flitzebogens. Innerhalb von wenigen Minuten herrschte totales Chaos, durch das, wild um sich feuernd, russische Panzer preschten. Kompagnie, Bataillon – an militärische Ordnung war nicht mehr zu denken. Jeder rannte für sich los. Rette sich, wer kann! Aber wer konnte sich noch retten? Links und rechts und von hinten das Feuer der Panzer, von oben stießen die Tiefflieger wie Habichte herab und jagten uns über die weiten, verschneiten Ackerflächen. So muß es dem Wild zu Mute sein, das in eine Treibjagd gerät: nur noch Panik. Aber auch das war wie bei einer Treibjagd: nicht jeder Schuß traf, und nicht jede Lücke war geschlossen. Inmitten des infernalischen Durcheinanders gelang es größeren und kleineren Gruppen deutscher Soldaten, nach Westen, Richtung Königsberg, weiterzukommen. Sogar LKWs waren dabei. Der Fahrer eines solchen erbot sich, mich ein Stück mitzunehmen. Ich warf mein Gewehr in den Laderaum und wollte selbst nachhechten, als Panzerbeschuß einsetzte. Mit einem gewaltigen Ruck schoß das Fahrzeug los, und ich stand allein in der ostpreußischen Schneewüste – ohne Gewehr, ohne Helm (den hatte ich schon früher verloren), ein Sinnbild der Wehr- und Sinnlosigkeit, eine Vogelscheuche des Krieges, die noch nicht einmal mehr abzuknallen sich lohnte. Aber die Russen verfügten wohl über Munition genug, um sich den Spaß erlauben zu können, auch auf Vogelscheuchen zu schießen. Ein Tiefflieger nahm die einsame, vor Kälte bibbernde Zielscheibe aufs Korn und verfehlte sie nur um Zentimeter. Ich sprang entsetzt in einen Graben vor mir, während neben mir der Schnee aufspritzte. Unter mir brach Eis, und ich stand bis zu den Oberschenkeln im drekkigen, kalten Wasser. Als ich mich wieder herausgerappelt hatte, fror mir sofort die Hose an die Beine. Aber ich lief und stolperte weiter, von Angst, Entsetzen und animalischem Selbsterhaltungstrieb vorangepeitscht.

Am Abend erschien am Horizont die Silhouette einer von Pappeln gesäumten Straße. Beim Näherkommen gewahrte ich Wagen darauf, auch Pferde, aber seltsamerweise keine menschliche Bewegung: Ein Flüchtlingstreck, erstarrt in der Kälte. Dann entrollte sich ein apokalyptisches Bild. Die meisten Wagen waren umgestürzt, eingedrückt, zersplittert. Pferde hingen tot oder verendend in den Deichseln, andere, unversehrt, wieherten erbärmlich. Und überall tote, zermalmte, zerquetschte, zerschossene und zerfetzte Menschen, alte Frauen und junge, Kinder und Greise: eine blutige Walstatt des Wahnsinns. Russische Panzer waren auf dieser Straße rücksichtslos mitten durch den Elendszug gefahren.

Wer noch fliehen konnte, war geflohen. Kein lebendes menschliches Wesen war weit und breit.

Ich stand allein vor diesem schrecklich stillen, nur von Pferde-Wehgeschrei widerhallenden Inferno, über das sich die Abenddämmerung bleigrau herabsenkte. Kein Dante hätte sich je ausdenken können, was sich hier als Wirklichkeit darbot.

Aber merkwürdig: die Schauer dieser Apokalypse erreichten mich damals nur wie der eisige Wind, der über das Schneefeld strich. Heute, in der Erinnerung, sind sie stärker gegenwärtig als damals. Ich nahm sie als etwas Ungewöhnliches, Entsetzliches gleichsam nur zur fühllosen Kenntnis, registrierte sie. Der Leidenspegel des Menschen hat offenbar (und gottlob) Grenzen; werden sie überschritten, so nimmt man nur noch Wahrnehmungen auf, aber man verarbeitet sie nicht mehr... [...]

So begann das Jahr 1945. Drei Monate später, am 6. April, vormittags 11.36 Uhr, endete mein Beitrag zum Zweiten Weltkrieg in der Tragheimer Pulverstraße, unmittelbar hinter der Universität in Königsberg, wo ich vier Jahre zuvor noch einige Vorlesungen hatte hören können. Am Morgen hatten uns die Russen aus unserer Stellung im Festungsgürtel bei Ponarth durch einen Feuerhagel ohnegleichen hinausgeworfen und in der Stadtmitte zusammengedrängt. Wir waren, wie drei Monate zuvor über die Schneefelder, erbarmungslos über die Trümmer der Stadt gejagt worden, während es vom frühlingsheiteren Himmel Eisen hagelte.

Hinter der Universität geschah es dann: Es tat einen dumpfen Schlag, ich fühlte mich hochgehoben und in ein dunkles unendlich tiefes Loch geschleudert. „So ist es also, wenn man stirbt...", dachte ich noch, völlig absurder- und überflüssigerweise. Aber ich war nicht gestorben. Ich kam wieder zu mir, vor mir ragte ein riesiger Erdwall auf, links und rechts brannten die Häuser, und immer dichter schlugen die Granaten ein. Um mich herum: die zerfetzten Leiber der Kameraden. „Und du lebst?" dachte ich verwundert und wollte mich aufrappeln. Aber es ging nicht. Auch hören konnte ich nichts mehr. Die Außenwelt war verstummt. Statt dessen war in meinen Ohren die Hölle los: es rauschte und pfiff infernalisch. Das Gehör kam später, wenn auch nur zum Teil, wieder; das Gepfeife hielt sich bis heute. Es ist erstaunlich, mit welchen Gebrechen der Mensch leben kann. Ein paar Landser hasteten heran, hoben mich auf und schleppten mich durch einen Keller, in dem Bücher in Regalen lichterloh brannten. Es war der Keller der Universitätsbibliothek. Vielleicht loderten hier auch Nietzsches „Unzeitgemäße Betrachtungen"...

Damit endete das, was man dem Lebensalter nach meine „Jugend" hätte nennen können. Ich war dreiundzwanzig Jahre alte. Vor fünf Jahren war mir das Zeugnis der Reife verliehen worden. Jetzt lag ich, von Granatsplittern gespickt, in einem Kellergewölbe mit Frauen und Kindern, mit wimmernden und sterbenden Soldaten, und ich erlebte in Fieberträumen den „Endkampf" um die Stadt Königsberg wie ein verendender Maulwurf in seinem Bau. Die Erde bebte zwei Tage, dann wurde es still – bis mit Triumph-Geschrei und wild um sich schießend die betrunkenen Sieger in das unterirdische Elendsquartier eindrangen – plündernd, mordend, vergewaltigend. Sie nahmen schrecklich Rache. „Vae victis"... Ein für allemal schien die Welt aus den Fugen. Nutzen der Historie? Für wen? Hier ging es nur noch um das kreatürliche Überleben.

Ich habe überlebt. Warum der russische Soldat den Kameraden, der neben mir stöhnte, erschoß und nicht mich – ich weiß es nicht. Sowohl die Schrecken der russischen Gefangenschaft als Schwerverwundeter als auch die abenteuerliche Heimkehr und die Operationen hinterher habe ich überstanden. Ich habe überlebt in einer Art Niemandsland der Seele, ohne Gedanken an die Zukunft, ohne Klage über das Verlorene. Es schlug die Stunde Null. Jedes „höhere" Gefühl war ausgelöscht. Nur der Tag, nur die Stunde zählte, die man durchstand. Nicht aufgeben, nicht aufgeben – hundertmal am Tag hämmerte ich mir diese Devise in's Bewußtsein.

Daheim, Ende Oktober 1945, sah ich die Männer in der Zeitung wieder, für die ich in fünf Jahren meines Lebens Geschichte geschrieben hatte. Sie saßen auf der Anklagebank in Nürnberg. Seltsam: auch bei ihrem Anblick empfand ich weder Bitterkeit noch Haß, aber auch kein Mitleid – eher naive Verwunderung darüber, wie elend sich Mächtige ausnehmen, wenn sie ihrer Macht beraubt sind. Was ist Macht?

Der Aberwitz der Weltgeschichte enthüllte sich mir immer makabrer. Darum mochte ich auch nicht nachdenken über das, was jetzt werden sollte. Mit 90 Pfund Lebendgewicht sind dem Denken ohnehin Grenzen gesetzt...

Politik, was war das? Aufbau einer neuen Welt? Es fiel mir schwer, an die schönen Sprüche zu glauben. Ich hatte die Menschen in tiefster Erniedrigung und in menschenunwürdigsten Verhaltensweisen erlebt, auf allen Seiten, bei Freund und Feind. Mir war klar geworden, daß in fast jedem Menschen ein potentieller Mörder auf der Lauer liegt, und mir graust vor dieser Erkenntnis bis heute. Sie ist der Alptraum meines Lebens.

Hinter jeder politischen Gewalttätigkeit (und dem Aufruf dazu) sehe ich seither das Medusenhaupt der Unmenschlichkeit seine schrecklichen Züge enthüllen, und ein anderes Wort Nietzsches kommt mir in den Sinn: „Kultur ist nur ein dünnes Apfelhäutchen über einem glühenden Chaos." Ein kleiner Riß genügt, und das Apfelhäutchen platzt. [...]

Weihnachten 1945? Die Welt stand damals still für mich. Ich hing im Stacheldraht zwischen zwei Fronten, zwischen zwei Zeiten. Das zwanzigste Jahrhundert begann sich zu teilen: das neunzehnte war endgültig liquidiert, das einundzwanzigste begann sich zu formieren. Vielleicht fand das 20. Jahrhundert überhaupt nicht statt, war nur Übergang? Damals wußte ich nur, daß ich selbst nicht stattgefunden hatte.

Ich wußte aber auch, daß ich mich selbst nicht aufzugeben bereit war – so wie ich mich in fünf schweren Kriegsjahren, in Königsberg und in den bitteren Monaten danach nicht aufgegeben hatte. Wahrscheinlich war es dieser unbändige Überlebenswille, der meine grausam dezimierte, gequälte und mißbrauchte Generation befähigte, vor dem riesigen Schuttberg, den die Weltgeschichte hinterlassen hatte, nicht zu verzweifeln, sondern das Unmögliche zu wagen: den Wiederaufbau.

Aber dem Aufbau- und Wirtschaftswunder – folgten ihm, begleiteten es auch Wunder der geistigen Regeneration? Die Generation, die damals, 1945, wo auch immer und wie auch immer, ihr erstes „Friedensweihnachten" nach der Katastrophe feierte, war eine zutiefst verstörte. Sie ist seitdem auf der Suche nach ihrer Identität. Das Chaos zu ordnen, gelang ihr nicht, konnte ihr vielleicht auch gar nicht gelingen. Was sie verlautbar ist, ist Betroffenheit; mit sich im reinen ist sie noch lange nicht. Dennoch gibt sie sich nicht verloren. Selten war eine geschlagene Generation so lebensoptimistisch wie diese, mag dieser Optimismus auch tragische Züge haben: Sisiphos läßt grüßen...

Zuteilung

Für die Weihnachtswoche 1945 wurden zugeteilt:

2000 Gramm Brot
1000 Gramm Mehl
$\frac{1}{8}$ Liter entrahmte Frischmilch
62,5 Gramm Butter oder Margarine
200 Gramm Fleisch
3000 Gramm Kartoffeln

An den Feiertagen blieb der Strom angeschaltet, der sonst tagsüber bis in die Dunkelheit hinein abgeschaltet wurde.

JULIUS REIBER

Weihnachtsgruß an die Darmstädter Bürger 1945

Die bevorstehenden Feiertage laden zur Rückschau auf die seit der Besetzung Darmstadts verflossenen Monate ein.

Das Ergebnis einer solchen Betrachtung vermag nicht allzu heiter zu stimmen. Die Trümmer der Stadt sind noch nicht verschwunden. Wohnung, Kleidung, Nahrung, Arbeitsbeschaffung, Flüchtlingselend und vieles andere machen uns große Sorgen, und dazu sind unsere Lieben aus der Gefangenschaft zum großen Teil noch nicht zurückgekehrt.

In solcher Lage, die manches schwache Herz entmutigen könnte, sollen wir Weihnachten feiern. Aber wir dürfen nicht vergessen: Es ist nach 6 Jahren Weihnachten im Kriege das erste Weihnachtsfest, seitdem die Waffen ruhen. Unbedroht vor Luftangriffen werden wir dieses Jahr die heiligen Tage begehen. Ohne den reich besetzten Gabentisch, ohne die weihnachtliche Festspeise werden wir in der stillen Besinnlichkeit, zu der uns die Arbeitsruhe die Möglichkeit gibt, nach alle dem schweren, was wir ertrugen, nach all den Opfern, die wir gebracht, uns des neuen Anfangs bewußt werden.

Denn wenn auch die Umstände, unter denen wir leben, im Augenblick noch düster sind wie die jetzigen Dezembertage, so darf uns das nicht den Blick dafür trüben, daß wir schon einiges erreicht haben und daß wir hoffen können, über den Berg aller Schwierigkeiten hinwegzukommen. Wir werden nicht nur die Trümmer beseitigen, wir werden unser Darmstadt aufbauen.

Angesichts der bevorstehenden Feiertage und des Jahreswechsels richte ich an alle Bürger unserer Stadt die Bitte, die Stadtverwaltung in diesem Entschluß nach besten Kräften zu unterstützen, damit wir im neuen Jahr auf dem begonnenen Weg ein gutes Stück weiterkommen.

MARGARETE DIERKS
Die Spur des Sternes

Der Sekretärin war es ein Ärgernis, daß sie das Zimmer von Direktor Kellermann nicht mit adventlichem Schmuck versehen durfte. Jahr für Jahr brachte stattdessen der Chef selbst pünktlich am ersten Dezember einen dünnen Tannenzweig mit, befestigte ihn mit Reißzwecken an der Wand, von der her der Schreibtisch schräg ins Zimmer ragte, und hängte diesem Zweig Jahr für Jahr denselben armseligen, gelblich schmuddeligen Strohstern an, dessen Ecken bereits sperrig gespalten waren. Während der Wochen bis Weihnachten krampfte sich dann jedesmal das Herz der Sekretärin, wenn Besucher ins Chefzimmer eingelassen wurden. Sicher dachten sie bei diesem Anblick drin: wie lieblos von der Vorzimmerdame, soll das etwa Adventsschmuck sein?

Bei dem etwa sechzehnjährigen Buben, der kam, um sich als Bewerber für die Lehrstelle im neuen Jahr vorzustellen, war es ihr freilich gleichgültig. „Hans-Hermann Gruber", der Chef ließ bitten.

Mit seinen langen Beinen brauchte Hans-Hermann nicht viele Schritte zu machen, bis er an dem Schreibtisch stand. Dort aber übersah er beinahe, daß ihm die Hand zur Begrüßung geboten wurde, sein Blick war auf Zweig und Stern an der Wand gefallen. „Oh", sagte er verlegen auffahrend, „Verzeihung. Guten Tag, Herr Direktor."

Kellermann warf die Akte, die er noch in der Linken gehalten hatte, etwas heftig auf die Seite. Vom Luftzug gefaßt, hob sich der Stern mit seinem grauen Fädchen ab und fiel. Kellermann war fast ebenso schnell wie Hans-Hermann in der Kniebeuge. Aber der Junge bekam das stachelige Ding zuerst zu fassen. „Da ist er, Herr Direktor", sagte er. Es war Wärme in der jungen Stimme, empfand Kellermann. Und jetzt war die Hand des Sechzehnjährigen über den Schreibtisch herübergestreckt, und in ihrer geöffneten Mulde lag der Stern – wie damals. Schattenhaft glitt es Kellermann durch den Sinn, damals, der Stern in der Mulde der großen Hand. Er sagte nichts, deutete nur mit dem Finger auf den Zweig. „Wieder dranhängen, Herr Direktor?" Mit behutsamem Eifer verrichtete der Junge die wenigen Handgriffe. Still schwang der Stern am dünnen Fädchen noch eine Weile hin und her.

„Danke", hatte Kellermann nur kurz gesagt und fuhr dann fort: „Nun, Sie schließen also Ostern mit der Mittleren Reife ab und wollen bei uns eintreten?" Aber das Programm der Lehrlingsbefragung war ihm durcheinandergeraten. Er entließ Hans-Hermann ziemlich unvermittelt. „Sie bekommen von uns Bescheid bis zum 1. Januar." Draußen war der Bub.

Telefonate, Besprechungen, Besucher, Postvorlage, Diktat, Unterschriften. Der Tag ging wie jeder andere. Erst in der Nacht, vor dem Einschlafen, im Wegtreiben vom Tagesdenken kam plötzlich die Hand wieder vor den Blick, die junge, lebensfrische Hand, die heute den Stern über den Schreibtisch hingehalten hatte, und eine andere, fremde, graue, nie mehr gesehene, die ihn damals herübergereicht hatte. Zwei Hände, die sich überlagerten, und der Stern, der riesengroß wurde und zu leuchten begann.

Am Morgen war das ausgelöscht, bis Kellermann im Büro seinen Stern erblickte, der im Luftzug von der Tür leicht erbebte. Da schlug die Frage in ihn ein: gibt es so etwas, könnte das möglich sein? Er rief sich das Gesicht des Jungen ins Gedächtnis zurück. Das andere, das zu der Hand des Heiligen Abends 1944 in der Baracke des Gefangenenlagers bei Tscherkassy gehörte, fand sein Erinnerungsbemühen nicht wieder. Er saß an seinem Schreibtisch, den Kopf in den aufgestützten Händen und hörte die halbflüsternde Stimme von damals in den Ohren dröhnen: „Da, Kamerad, Weihnacht" – Ich war fertig damals, sagte sich Kellermann, ich wollte nicht mehr, wußte, daß der Betrieb zerbombt, daß die Frau auf der Straße verbrannt war – und ich lag da, verwundet, in russischer Gefangenschaft, fiebernd. Sie schleppten mich rein in die Baracke auf eine strohige Pritsche, von der sie gerade einen anderen erstarrten wegholten. Ich war am Ende, jawohl, ich habe geheult und gewimmert. Und da kam diese große graue Hand von der Nachbarpritsche. Sie bot den Stern, selbst gemacht, vom Stroh, auf dem der Mann lag, und schwer und brüchig war die Stimme: „Da, Kamerad, Weihnacht."

So war der Stern an ihn gekommen und war sein Talisman geworden, durch alle bitteren Stationen mitgeschmuggelt, verborgen und gehütet bis zur Heimkehr 1951. Seitdem hing er in jeder Weihnachtszeit neben seinem Arbeitsplatz. Er wollte nicht vergessen, auch da es wieder aufwärts ging. Es kümmerte ihn nicht, was die Leute von solch einem Stern hielten. Aber der Junge, was hatte der gedacht oder vielleicht sogar empfunden – seinem Blick und Griff schien solch ein alter Stern nicht fremd.

Er wollte sich das Bewerbungsschreiben des Jungen geben lassen, kam aber erst am Morgen des 24. Dezember dazu, als alle Festverpflichtungen in Betrieb und Kundenkreis erfüllt waren. Im handgeschriebenen Lebenslauf las er: „Mein Vater, Hans-Joachim Gruber, ist Dreher. Er ist seit Dezember 1944 im Osten vermißt."

Kellermann verweilt mit geschlossenen Augen über Namen und Angabe. Hatte jemand später gesagt, daß er Gruber geheißen habe, der auf der Pritsche neben ihm? War da nicht von einem Achim die Rede gewesen, der so verrückt war, daß er noch Sterne machte, Weihnachtssterne? Und es waren ihm doch beide Unterschenkel weggerissen, und in den Stümpfen fraß der Brand, daß es faulig stank. Ach, das aufmerklose Hindämmern damals, Tage, Wochen am Rande des eigenen Elends, blind für den anderen, nur den Stern in der Hand wie zum Festhalten, um nicht abzustürzen. Und er war nicht abgestürzt. Aber der andere, wo war der?

Horngasse 36. Gruber. Kellermann klingelt, etwas zaghaft. Es ist eine ungewöhnliche Zeit, am Weihnachtsmittag Besuch zu machen. Aber Ungewöhnliches treibt. Drinnen ruft es, von Lachen frisch: „Mutter, der Weihnachtsmann!" Hans-Hermann öffnet, steht und schaut fast erschreckt. „Herr Direktor Kellermann? Das ist doch nicht..." „Doch, doch, Junge, ich möchte deine Mutter sprechen..." –

Zwei Stuben und die Kochnische. Sie treten in das Zimmer, in dem ein kleiner Baum bereitsteht mit weißen Kerzen, die den Abend erwarten. Sonst trägt er nur Staniolfäden, und in der Spitze hängt ein Stern, ein gelblichschmuddeliger Strohstern an einem armseligen, feldgrauen Tuchfaden.

Kellermann war mitten in einem Satz verstummt. In sein langsam erfassendes Schweigen hinein sagt Frau Gruber: „Sie sehen den Stern an, mein Mann hat ihn noch 1943 im Dezember aus Rußland geschickt. Er hatte immer Sinn für sowas. Aber 1944 ist keiner mehr gekommen, und wir wissen gar nichts weiter." Kellermann sagt behutsam: „Ich bringe ihn, den von 1944, den letzten", und er greift in die Tasche und hängt seinen kleinen Strohstern unter den anderen an einen Zweig. –

MANFRED KNODT

Nachkriegsweihnacht in der Stadtkirche

Die alte Stadtkirche war schon drei Wochen vor der großen Zerstörung Darmstadts in Trümmer gesunken. Wie
man sich erzählte, soll aus der brennenden Kirche noch Or-
gelspiel zu hören gewesen sein, und man vermutete, daß der
langjährige Organist sich von seiner Orgel nicht hätte tren-
nen wollen.

Einige Jahre stand das Gotteshaus als Ruine; Birken
wuchsen im Kirchenschiff – ein Zeichen dafür, daß die Natur
vor der Zerstörung durch Menschenhand nicht kapituliert.
Als der Krieg zu Ende war, wurde aufgeräumt. Mit Spar-
buchgeldern der Schloßgemeinde, der immer wertloser werdenden Reichsmark, wurde ein hölzernes Notdach über
dem Netzgewölbe des Chorraumes der Kirche errichtet.
Dieser Maßnahme ist es zu verdanken, daß der kunsthisto-
risch wertvollste Teil der Kirche aus dem 15. Jahrhundert erhalten blieb. Der Triumphbogen zum Kirchenschiff wurde
zugemauert; so entstand im Chorraum eine Notkirche. In ihr
konnte am 1. April 1949 wieder mit der kirchlichen Arbeit in
der Innenstadt begonnen werden; die Sakristei wurde viel-
fältig genutzt als Pfarramt, Büro und Raum für Konfirman-
denstunden und Jugendtreffen. Mit dem Chorsatz „Kommt,
Seelen, dieser Tag muß heilig sein besungen" eröffnete der
Stadtkirchenchor, der sich unter Wilhelm Borngässer wieder zusammengefunden hat, am Pfingstsonntag 1949 den
ersten Gottesdienst nach fünf Jahren.

In der total zerstörten Innenstadt gab es 1949 noch nicht
allzu viele wiederaufgebaute Häuser; einige Geschäfte waren wiedererstanden, doch meist bestanden die Häuser nur
aus einem Keller mit dem Erdgeschoß und einer Holz- oder
Betondecke als Notdach. So umfaßte damals die Stadtkir-
chengemeinde die gesamte Innenstadt zwischen Gerauer

Allee und Ostbahnhof, zwischen Rheinstraße und Heinrich-
straße.

Es kam der erste Weihnachtsgottesdienst. Zwar fehlten
Glockengeläute und Posaunenblasen vom Turm, doch das
minderte die Freude nicht. Waren auch die äußeren Voraus-
setzungen bescheiden, so war doch das Wesentliche vorhan-
den: Die Botschaft von dem Heiland der Welt und eine
christliche Gemeinde, die darüber jubiliert und daraus leben will. Ein großer Christbaum stand vor dem geretteten
Epitaph für den ersten Landgrafen von Hessen-Darmstadt,
und unter dem Gesang des alten Weihnachtsliedes „Es
kommt ein Schiff geladen" zogen die Kinder ein und entzün-
deten die Kerzen. Die Weissagungen vom Kommen des
Weltenheilands aus dem Alten Testament beantwortete
der Chor: „Der Tag ist so freudenreich aller Kreature". Die
Gemeinde hörte wieder die vertrauten Verse der Weihnachtsgeschichte aus dem Lukasevangelium, unterbrochen
und ausgelegt durch die Gesänge von Chor und Gemeinde.

Zu diesem ersten Weihnachtsgottesdienst kamen auch
ehemalige Bewohner der Innenstadt; die meisten hatten
nach der Zerstörung ihrer Wohnungen außerhalbs Darmstadts eine Bleibe gefunden. Die Anhänglichkeit und die
Treue, die sich in der Heimkehr zur Stadtkirche ausdrückte,
war stärkend für den jungen Pfarrverwalter, dem der äußere
und der innere Aufbau der neuen Innenstadtgemeinde
übertragen war.

Daß viele in den Trümmern Angehörige verloren hatten,
schmerzte und wurde an einem solchen Tag wie dem Heiligen Abend notvoll bewußt. So bekam die Botschaft vom
Frieden auf Erden eine besondere Bedeutung über die „fröhliche, selige, gnadenbringende Weihnachtszeit" hinaus.

Vier Jahre später stand zur Feier des Christfestes wieder
die gesamte Stadtkirche zur Verfügung – aus heutiger Sicht
erscheint dies wie ein großes Wunder.

Der Weihnachtsbaum auf dem Marktplatz
Anfang der Dreißiger Jahre

Brunnen auf der „Insèl" mit dem „Laabche" in der Altstadt

Schlittschuhbahn Großer Woog mit Segelschlitten vor 1914

*Lebensmittelnot 1916. Metzgerei Scherer in der früheren
Mühlstraße, der heutigen Merckstraße*

Der Weihnachtsmarkt in den Dreißiger Jahren

Die Stadtkapelle vor der Zerstörung

Schneeabfuhr auf dem Luisenplatz ca. 1940

Blick vom Schloß zum Museumsturm 1945

Die Russische Kapelle auf der Mathildenhöhe 1982

HERBERT FRIEDMANN
Die Weihnachtsfeier

In der Kantine sind alle Plätze besetzt. Auf den sonst kahlen Tischen strahlen weiße Papiertischdecken. Pro Mitarbeiter gibt es zwei Stück firmeneigenen Christstollen. In bauchigen Kaffeekannen dampft aromatischer Weihnachtskaffee. Die in der Hausdruckerei gedruckten Texte zweier Weihnachtslieder liegen aus: O du fröhliche und Stille Nacht, heilige Nacht.

Fröhlich geht es zu im Angesicht der bevorstehenden arbeitsfreien Tage. Geschenkgeheimnisse werden verraten und Tips zum besseren Gelingen des Weihnachtsbratens ausgetauscht.

Die vorweihnachtliche Fröhlichkeit wird von einem Herrrn von der Geschäftsleitung unterbrochen. Gemessenen Schrittes schreitet er zum Rednerpult. Weihnachtsgnädig schaut er in die Runde der lieben Mitarbeiter. Er spitzt den Mund wie ein Kunstpfeifer, legt den rechten Zeigefinger auf die Lippen und bittet sanftmütig um einen Augenblick Aufmerksamkeit.

In knappen, lyrisch vorgetragenen Worten läßt er das vergangene Geschäftsjahr Revue passieren. Als er von der nach wie vor ernsten Lage in der Branche spricht, breitet er die Arme aus, als sei er das Christkind persönlich. Weinerlich lenkt er auf die zu erwartenden Wettbwerbsverschärfungen. Und in einem imposanten Finale beschwört er den Gemeinschaftsgeist, der notwendig sei, um die bevorstehenden Aufgaben zu meistern.

Der Beifall ist pflichtgemäß. Aber die Zugabe bleibt nicht aus. Trotz der prekären Situation, sagt er mit gehobener Stimme, war es unserer Firma wieder möglich, jedem Mitarbeiter ein Weihnachtsgeld in Höhe von 100 Mark zu zahlen. Noch wissen wir nicht, fährt er fort, und schaut flehentlich

147

auf die Silberspitze der zwei Meter Edeltanne neben ihm, ob nächstes Jahr Gleiches wieder möglich sein wird. Nach einer Besinnungspause stimmt er Stille Nacht, heilige Nacht an.

Jedes Jahr der selbe Schmus, raunt Elke, eine junge Arbeiterin, ihrer Nachbarin zu.

Nach dem ergreifenden Gesang ist die Bühne frei für den Chef der Verkaufsabteilung. Er trägt das schöne selbstverfaßte Gleichnis von den beiden Tannen vor. Die eine, groß und stolz, schaute im finstern Wald verächtlich auf die anderen Bäumchen. Die andere, klein und häßlich, wünschte sich sehnsüchtig, in einer guten Stube als Weihnachtsbaum glänzen zu dürfen. Aber während die große und stolze Tanne schon am ersten Verkaufstag einen reichen Käufer fand, konnte die kleine, häßliche nur mit Mühe und zum halben Preis wenige Stunden vor Weihnachten einem armen Schlucker verkauft werden. Nach dem Fest trafen sich die beiden auf der Müllkippe wieder. – Der Chef der Verkaufsabteilung verbeugt sich mehrmals und kassiert gierig den spärlichen Applaus.

Lassen wir uns also zu Bescheidenheit gemahnen, sagte der betagte Seniorchef. Dann erzählt er mit anderen Worten noch einmal die gleiche Leier wie der Herr von der Geschäftsleitung.

Plötzlich bekommt seine Stimme einen herzzerreißenden Klang. Alle schauen auf... einige wenige unter ihnen, klagt er, sind im vergangenen Jahr in die Gewerkschaft eingetreten. Glauben Sie mir, das war eine herbe Enttäuschung für mich.

In der Kantine herrscht eine Stille, daß man den Zucker im Kaffee knistern hören kann.

Ich hoffe, flüstert er, daß es sich um einen einmaligen Ausrutscher gehandelt hat. Ich verspreche jedem, der nicht in die Gewerkschaft eintritt, zweihundert Mark Weihnachtsgeld extra.

Es knackt. Die Spannung löst sich schließlich in Beifall und vereinzelte Buh-Rufe auf.

Hunderttausend, hunderttausend, sagte Elke aufgeregt zu ihrer Nachbarin.

Wieso?

Ist doch logisch. Wenn wir fünfhundert sind und das mal zweihundert.

Während der Feiertage denkt Elke oft an das großzügige Angebot des Seniorchefs. Nach dem Fest diskutiert sie es vielemale mit den Kolleginnen.

Bis zur nächsten Feier hat sie der Firma etliche Tausender gespart...

URSULA SIGISMUND
Ein ziemlich erfolgloser Versuch

Daß die Anfangsbuchstaben unserer Vornamen sich alphabetisch aneinanderreihen, haben wir erst nach langem Zusammenleben gemerkt, und zwar beim Unterschreiben der Weihnachtspost. Ich habe mir das zunutze gemacht: Bitte, hier der Kugelschreiber, alles Notwendige steht schon da – jetzt seid ihr dran – V und W.

U, V, W, alle drei mögen wir die Weihnachtsbotschaften nicht – unsre. Ja, sogar ich, die Initiatorin, weiß nicht wirklich, warum ich darauf bestehe. Sind denn die beiden anderen, sind V und W ehrlicher als ich? moderner? oder einfach faul? Bin ich heuchlerisch oder konventionell? V ist ein Mann. W ist jung, sie ist Studentin, und sie findet das Weihnachtsgetue schlicht lächerlich. Sie braucht ein Mofa.

Natürlich bekommt sie ein Mofa, sagt V. Schließlich hat das mit dem Heiligen Christ überhaupt nichts zu tun.

Irgendwann nach einer gewissen Zeit, wurden die von mir verfaßten Festtagswünsche immer seltener unterschrieben, jedenfalls nicht mehr in der alphabethischen Reihenfolge, sondern ausschließlich von mir: Alles Liebe, Eure U.

Dann der Adventssonntag, ein müder, verregneter, keine Spur von Weihnachtseuphorie oder Geheimniskrämerei, die wir früher mal betrieben und gemocht haben. Der Frühstückstee war bitter, keiner hatte eine Idee, was zu tun sei, um soetwas wie Stimmung zu erzeugen. Musik? Da fürchteten wir, uns nicht einigen zu können. Eine Kerze stand zwischen Quittengelee und Pyrenäenkäse und flackerte unsicher. Es war zehn Uhr fünf, als V, der morgens vor zehn grundsätzlich nicht redet, unvermittelt sagte: Ich finde, wir sollten das alles unterlassen.

Was alles? fragte ich, obwohl ich schon wußte, was er meinte. W sah aus, als wäre sie im Begriff, sich mit dem Tee zu vergiften. Seid mal ganz ehrlich, sagte V, haben wir das nötig? All das mitzumachen, weils andere machen? Mit einer Kerze fängt es an. Dann schreiben wir Postkarten, packen Päckchen, dann bekommen wir Postkarten und Päckchen, von denen wir im Voraus wissen, daß wir sie nicht brauchen, ärgern uns, weil wir uns bedanken müssen – wir stellen einen Baum auf, der in der Heizungsluft vertrocknet, behängen ihn mit Süßigkeiten, die nachher nicht mehr schmecken – also bitte, gebt doch zu, daß es euch auch zum Halse raushängt. Ich schlage vor, wir hören damit auf, es ist ganz leicht.

Für dich, sagte ich erschrocken.

Nein, auch für euch, erwiderte er von oben herab. Ihr wißt es nur noch nicht. Ihr bekommt, was ihr braucht – das Mofa, die Lederjacke, den Vierfarbenstift, den Bildband über Ägypten. Ich kriege auch etwas, dafür sorge ich schon. Alles andre lassen wir die andren machen. Sie machen es sowieso.

Wir lachten ein bißchen, wir atmeten auf. Also ja, möglicherweise hast du recht. Wir könnten es versuchen.

Nein, nicht versuchen, sagte er, dies ist eine Abmachung. Ich leg Wert drauf, daß sie eingehalten wird.

W sagte: Okay, ich bin dabei. Der Vorschlag ist auf meiner Linie.

Ich wußte nicht, wie meine Linie war oder sein würde. Widersprochen habe ich nicht.

Nach dem Mittagessen ging ich allein durch die Stadt, am Schloß vorbei über die Mathildenhöhe, vorbei am Löwentor und hinaus aufs Oberfeld – das mache ich, wenn ich Luft brauche, auch im Gehirn. Hier draußen ist es so vertrauenswürdig unvollkommen, so freiräumlich in sichtbaren Grenzen, ich bin oberhalb der Stadt und doch nicht weit von ihr, habe den Wind im Rücken und den Wald vor Augen. Der steht jetzt, gegen drei Uhr nachmittags, schon düster vor dem Horizont. Im Westen, wo der Himmel hell ist, gibt es noch Farben, ein schwaches Rotbraun, ein Mattgelb. Am

Wege saftige Grasbüschel – ich wundere mich, daß sie so grün sind – und irgendetwas Hohes, diagonal wehendes mit vergilbten Dolden. Pfützen, lehmbraun und tief, die mich reizen, wie ein bockiges Kind hineinzutreten – das könnte mich für ein paar Sekunden befriedigen und dann beschämen. Die Ungestalt der nächsten vier Wochen plagt und verunsichert mich, die Aufgabe, mich dauernd anders fühlen zu sollen als alle (alle?). Schon morgen, am Montag früh mit der Post kann das beginnen.

Dünne, grasgrüne Linien, schön gekämmt, stehen auf der erdfarbigen Kopfhaut des Hügels über meinen Weg, daneben, das abgeerntete Maisfeld ist noch unaufgeräumt – Strunke, Blätterhaufen, Erdklumpen, Zerstampftes. Was ich hier mag, das ist das Vielerlei: die Wintersaat, das Stoppelfeld, die Schrebergärten mit primitiven Wasserbecken und leuchtenden Vogelbeerbäumen, das Treibhaus mit kaputten Scheiben, hinter denen irgendetwas wuchert. Ein Autowrack. Eine Wäscheleine, auf der Putzlumpen flattern. Oben, am Waldrand kehre ich um. Hier ist ein Baum entwurzelt, ein großer, und das Loch mit den Resten der Zerrissenheit, vom Sturm verursacht, sieht wie eine Höhle aus. Leute begegnen mir, von denen ich meine, daß sie mir ähnlich sind – sie lüften ihre Gemüter. Jetzt habe ich die Stadt im Blickfeld – wie idyllisch und wie klein. Ich weiß, so ist es nicht. Wie bescheiden die Kirchtürme. Der Hochzeitsturm überragt Baumgruppen und Dächer; eng beisammen scheint das alles zu sein und sonntäglich aufgebaut, dem Spaziergänger zur Freude. Baldiger Schneefall nicht ausgeschlossen. Und sonst? Nervenaufreibende Weihnachtsgeschäfte totsicher.

V hat recht. Was ersparen wir uns alles. Wie gemütlich wird es bei uns sein, still und bescheiden in unsrer Stadt dort drüben im vermeintlichen Abendfrieden, mitten im Trubel der anderen, die, um ein strahlendes Fest zu erleben, zunächst einmal ihre Gesundheit ruinieren müssen. Ja, wer jetzt eine schneehaarige Großmutter hätte (keine Senorin), die ihre Plätzchen nach uralten Rezepten bäckt, an der Seite des weißbärtigen Gatten mit verhalten zur Schau getragener Würde – aber sowas haben wir nicht und können uns auch nicht dahin entwickeln. Ehe ich anfange, sentimental zu werden, gehe ich jetzt lieber nach Hause und gieße den Tee auf.

Dennoch konnte ich in der Folgezeit nicht unterlassen, gespannt auf Post zu lauern, zwischen neun und zehn den Türöffner eilig zu bedienen und dem heiser-freundlichen Ruf des Briefträgers (der bedeutet, er habe etwas Besonderes) achtundvierzig Stufen entgegenzugehen, um Verdächtiges, Weihnachtsträchtiges auszusortieren, es zu horten, ja, horten auf jeden Fall, es verschwinden zu lassen, rechts unten.

Zugegeben, es lebte sich leichter in diesen Dezemberwochen ohne das, was alle zu machen schienen – die anderen. Wann arbeiteten die eigentlich? War ich früher, im Dezember je so unbehelligt gewesen, so ruhevoll an meinem Schreibtisch? Zwischendurch mal einen kurzen Brief getippt, das erlaubte ich mir schon, ganz unverkrampft und natürlich ohne die alphabetische Unterschriftenreihe, die sich durch unsere Abmachung von selbst erledigt hatte. Gelegentlich eine Ansichtskarte gekritzelt, die nicht mit dem Christbaum für alle bestückt war – die Russische Kapelle im Schneekleid tats auch. Kompromisse? jadoch. Die Babuschka fiel mir ein, das russische Mütterchen, bei dem eines Nachts die Weisen aus dem Morgenlande anklopften, zu fragen, ob es mit ihnen zum Jesuskind nach Bethlehem wandern wollte. Babuschka wollte nicht, sie war so müde, hat das aber später bereut und ist mit einem Korb voller Geschenke losgezogen. Zu spät. Irgendwann kam mir auch Dickens in den Sinn, seine Weihnachts-Geistergeschichte, spärlich zunächst, nur mit zwei Sätzen – der erste oder einer

der ersten hieß: „Der alte Marley war so tot wie ein Türna-
gel." Und ein späterer: „Nie hat es eine solche Gans gegeben." Ziemlich wenig für einen ernsthaft lesenden Kultur-
menschen und diese so wunderbare Geschichte, der ich
nachdenkend mich allerdings deutlicher erinnerte, daß sie
gut ausging nämlich, weil in ihrem Verlauf aus einem mie-
sen Typ ein hilfreicher Mensch geworden war und der kranke Tiny Tim nicht sterben mußte. Ich werde, dachte ich,
demnächst an einer unsrer Bücherwände den Band finden
und in der Nacht vom 24. zum 25. Dezember darin lesen.

Apropos Gans – mit ihr ist bei Dickens natürlich die
Weihnachtsgans gemeint. Wir mögen keine, und doch erhob
sich die Frage: Was essen wir denn am Heiligabend? Was am
ersten Feiertag und was am zweiten? Die Frage erhob sich
nicht einfach von selbst sondern wurde vom Hausherrn gestellt, und ich antwortete: Wieso Heiligabend? Der 24. und
25. sind zwei Alltage, Freitag und Samstag, sieh in den Ka-
lender. Was wir Sonntag, den 26., essen, das werde ich mir
noch einfallen lassen.

Er begriff das überhaupt nicht. Schließlich haben wir immer zu den Feiertagen etwas Besonderes gegessen. Das ist
Tradition! Ich bestehe auf: es folgte ausführlich, worauf er
bestand. Es folgten häusliche Machtkämpfe, unumgänglich,
lächerlich, aufreibend – Weihnachten ohne Kleinkrieg gibt
es also doch nicht, auch nicht, wenn man versucht, alles zu
ignorieren, irdisch oder übersinnlich, in irgendeiner Rolle
finden wir uns wieder. Kompromisse? jadoch.

Die Weihnachtsangebote, die bereits nach dem Toten-
sonntag mit der Post ins Haus kommen, in den Papierkorb
zu werfen, war schon immer leicht gewesen. Ein bißchen leid
taten mir ab und zu die wunderschönen Papiere, die phanta-
sievollen Abbildungen in kostbaren Farben, alles schöner als
die Wirklichkeit, dennoch: wir brauchen sie nicht. Jetzt aber
brauchten wir was Gutes zu essen, und ich versuchte, mir

einzureden, das habe etwas mit dem Heiligen Christ zu tun. Hat es aber nicht. Was aßen Maria und Joseph im Stall zu Bethlehem? Den von den Hirten gespendeten Schafskäse. Oliven und Datteln. Was haben sie getrunken? Wein? Vielleicht. Die Hirten brachten ihn in Lederschläuchen.

Dieser Abend des 24. Dezember ist sehr dunkel. Kein Mond, sehr wenig Schnee, ein bißchen Frost. Man könnte spazieren gehen. Der Toast mit Gänseleberpastete, der Weihnachtssalat, das Käsegebäck, alles hat uns geschmeckt, und sonst haben wir ja nichts Spezifisches zu verrichten. Wir machen uns auf den Weg, Mutter und Tochter; der Hausherr zieht seine Bequemlichkeit vor. Gar nicht unerfreulich, so ein Spaziergang durch die fast leere Stadt, während die Menschheit o du fröhliche singt oder singen läßt. W verblüfft mich mit dem Vorschlag: Wir hätten ja auch in die Kirche gehen können.

Das können wir immer noch tun, erwidre ich. Es gibt ja den Mitternachtsgottesdienst. Früher sind wir dahin gegangen, wenn die Kinder eingeschlafen waren, damals, als es dich noch nicht gab (das hört sie nicht gern, ich weiß) – das war zu der Zeit, als wir wie die Armen in Rußland gegessen haben: Reis und im Herbst gesammelte getrocknete Pilze und Trockenfrüchte. Eine Flasche Rum für den Tee hatten wir lange aufbewahrt, und einen großen Topf Erbsensuppe hatten wir, der war gut bei der Kälte. Ich glaube, es war kälter als jetzt, fast wie in Rußland, im alten, meine ich. Jemand hatte uns eine kleine Fichte geschenkt, die war so dünn wir wir alle, und ihre Kerzengradigkeit ersetzte uns die Kerzen.

Und sonst, sagt W (und es klingt gespannt), – gab es Geschenke? Weiß ich nicht mehr, antworte ich, ohne zu schwindeln. Ich glaube Nützliches und Selbstgemachtes, ja, das gab es.

Da war also auch das Essen die Hauptsache, sagt sie enttäuscht, nur daß es ärmlich gewesen ist. Und heute ist es reichlich. Ach so, und die kleine Fichte. Hattet ihr nichts dranzuhängen?

Doch, Selbstgemachtes, auch da. Aus bunten Fäden oder Stroh oder Glanzpapier. Alles andere hatten wir dort lassen müssen (was mit ‚dort' gemeint ist, brauche ich W nicht zu erklären). Aber dann: die Krippe: Die war das Beste. Schließlich, im Grunde, wie in alter Zeit. Die Krippe ist ja viel älter als der Weihnachtsbaum und all' die späteren Bräuche!

Weiß ich, sagt W ungeduldig. Was für eine Krippe?

Ich erzähle, daß wir sie gebastelt haben, ganz kleine, armselige Figuren aus Garnrollen, Wollfäden, Buntpapier, Glasperlen, ein bißchen Wachs, ein bißchen Blumendraht, lauter Kostbarkeiten, die wir gesammelt und aufbewahrt hatten. Zuletzt wurden die kleinen Gestalten mit Wasserfarben aus Peters Schulfarbenkasten bemalt. Aus einem Schuhkarton machten wir den Stall. Einen Stern aus Stanniol hatten wir geschenkt bekommen, er war das Glanzstück.

Wo sind die Figuren, sagt W, und sie kehrt auf dem Absatz um und will sie sehen.

Ich bin verwundert. Ich weiß nicht, wo sie sind.

Die müssen doch noch da sein, sagt sie streng, sowas wirft man ja nicht weg.

Wahrhaftig, wird sind auf dem Heimweg. Ich kann kaum Schritt halten mit meiner Tochter, und nur mit Mühe kann ich sie auf die Schönheit der Bäume im Schloßgarten aufmerksam machen, deren Zweige vom gefrorenen Schnee wie versilbert sind und vergoldet, weil der Nachthimmel über ihnen so festlich angestrahlt ist, alles Licht unserer Stadt versammelt sich dort, ganz in Ruhe, und auf einmal – aber das sage ich nur mir – glaube ich doch wieder an die Heilige Nacht und daran, daß wir etwas für sie tun sollen. Und für uns. Am Ende gehen wir zuhause gleich auf den Dachboden, kramen dort in alten Kisten und versuchen, die Krippenfiguren von damals zu finden.

MARGARETE KUBELKA

Die Geburt des Kindes

Yussuf war in die deutsche Stadt gekommen, um sich schätzen zu lassen. Bei einem der wenigen Betriebe, die noch Fremdarbeiter beschäftigten. Bei ihm war seine Frau Miriam, die war schwanger.

„Was hast du für einen Beruf?" fragte der Mann, der die Schätzung vornahm, und Yussuf hatte gar keine Zeit, sich über das Du der Anrede zu wundern, denn er mußte aufpassen, daß er das Richtige sagte.

„Ich bin Zimmermann", antwortete er, das konnte er ganz gut aussprechen, das hatte er vorher geübt.

„Zimmermann", wiederholte der Schätzer, „das ist nicht gut. Zimmerleute brauchen wir nicht."

„Ich mache jede Arbeit", beteuerte Yussuf, und er ließ seine kräftigen Muskeln spielen und zeigte seine zehn geschickten Finger.

„Ist o.k.", sagte der Schätzer, „wir wollen es mit dir probieren. Ein Quartier mußt du dir selbst suchen."

So wanderten Yussuf und Miriam durch die Stadt, um eine Bleibe zu finden. Es war eine schöne Stadt, und alles war sehr gepflegt und ordentlich und die Menschen hatten schöne Kleider an. In der Mitte der Stadt stand eine hohe Säule mit einer in Erz gegossenen Herrscherfigur, und Miriam sagte: „Das wird der Kaiser sein." In der Nähe der Kaisersäule stand ein weißer Turm, der schien ihnen vertraut, und sie dachten an die weißen Türme und Minarette der Stadt, aus der sie gekommen waren, und fühlten sich ein ganz klein wenig zu Hause. Auf den unteren Teil des Turms waren Schriften angeklebt, und Yussuf dachte, daß es gewiß gottgefällige Sprüche wären, aber da stand nur: „Wäscheweiß wäscht die Wäsche weiß" oder „Citronara macht einen neuen Menschen aus dir."

Auch ein Schloß war da, da wohnte wohl der Kaiser, und nicht weit davon ein großer Park mit schönen alten Bäumen, „aber kein Feigenbäume und Zedern", sagte Yussuf bedauernd, „keine Zedern."

In den Herbergen war kein Platz für sie, der Mann am Hoteleingang sagte: „Wir sind vollbesetzt, bei uns wird heute ein Fest gefeiert."

„Was für ein Fest?" fragte Yussuf.

„Das Fest der Geburt des Kindes", erklärte der Mann.

Yussuf blickte Miriam an, und Miriam lächelte. Sie dachten beide das Gleiche. Die Geburt eines Kindes – das war ein gutes Vorzeichen, und Miriam blickte auf ihren hochgewölbten Leib und nickte Yussuf zu.

Aber es mußte wohl nicht das richtige Kind sein, das Miriam erwartete, denn alle Türen schlossen sich schneller vor ihnen zu, als sie geöffnet worden waren. „Wir haben keinen Platz." „Bei uns sind Verwandte zu Besuch, die Eltern, die Kinder, die Geschwister –" „Es macht zuviel Umstände, das Haus ist für das Fest geschmückt."

Inzwischen war es dunkel geworden, und in der Stadt gingen die Lichter an. Nicht nur in den Häusern, über die Straßen spannten sich Lichterketten, „es sieht aus wie ein kleiner Sternenhimmel", sagte Miriam. „Das ist gut", sagte Yussuf, „Sternen kann man vertrauen."

Sie hatten gar nicht bemerkt, daß ein struppiger Hund unbestimmter Rasse sich ihnen angeschlossen hatte. Erst als er vor einem kleinen Anwesen zu bellen begann, nahmen sie ihn wahr, und Yussuf strich ihm über das Fell. Die Gegend war ländlicher geworden, die Häuser niedriger, die Gärten zahlreicher. „Wo sind wir hier?" fragte Yussuf einen Mann auf der Straße und der Mann nannte einen Namen, in dem das Wort Heilige vorkam. Das schien ihnen tröstlich, und sie läuteten an einer Tür des Hauses, zu dem der Hund sie geführt hatte.

„Platz habe ich eigentlich nicht", sagte die Frau, die im Lichtschein des Hauses stand. „Aber wir haben einen leeren Stall, die Landwirtschaft haben wir aufgegeben, und dort haben wir ein paar alte Möbel abgestellt, eine Liege und zwei Stühle. Decken habe ich genug."

Das war besser als nichts, und Miriam legte sich auf die Liege, und Yussuf setzte sich in einen der beiden Stühle und paßte auf, daß das kaputte Stuhlbein nicht abbrach.

Um Mitternacht wurde das Kind geboren, und es war ein sehr schönes Kind. Yussuf ging hinüber in das Haus, um Tücher und heißes Wasser zu erbitten, und als die Frau und ihr Mann herein in den Stall kamen, schlüpfte eine graue Katze durch die Tür und rollte sich auf dem zweiten Stuhl zusammen. Sie waren nun eine richtige Familie – Vater, Mutter und Kind, und neben dem alten Weidenkorb, den sie im Stall gefunden hatten und in dem das Kind lag, saßen Hund und Katze und schauten ihnen zu.

Am nächsten Tag hatte es sich in der Stadt herumgesprochen, daß in einem Stall des Vororts, der mit Heiligen zu tun hatte, ein Kind geboren war, und am Nachmittag kamen drei Männer, festtäglich gekleidet, um der jungen Familie ihre Aufwartung zu machen. Der eine war der Bürgermeister und brachte ein Papier, das er einen Scheck nannte, der zweite sagte: „Ich komme vom Wohnungsamt und werde dafür sorgen, daß Sie eine Wohnung bekommen", und der dritte war ein Student aus Nigeria, der von dieser Sache gehört hatte und das Kind anschauen wollte.

So waren sie nun ihre ärgsten Sorgen los, und Yussuf dachte an die vielen Sterne in der Stadt, die ihnen wohl geholfen hatten, auch wenn sie nur künstlich waren.

„Es ist wie ein Wunder", sagte Miriam dankbar, „daß man uns doch noch geholfen hat."

„Ein Wunder, ja", bekräftigte Yussuf. „Für mich beginnt heute eine neue Zeitrechnung."

DOROTHEA HOLLATZ
Der Esel Juffah
Eine Weihnachtslegende

Nicht der strenge Duft des Thymians war es, noch das verführerische Blau der Distelblüte am Wegrand, die den Staub auffing, den die Kamelhufe hochwirbelten, sondern ein rätselhafter Befehl von weither, ein Ruf, der alle Wände durchdrang, Lehm, Schilf und Mauerwerk, ein Lockruf, der über Flüsse, Hügel und Dächer hinwegschwang mit dem Flügelschlag der Taube Noahs und der im gespitzten Ohr des kleinen Esels hängenblieb und eine prickelnde, nicht zu zähmende Wanderlust erzeugte.

Der Tag brach an. Leuchtfanfaren vom Feuerrot der Berberitzen flatterten der Sonne voraus und mischten sich in die Farben der himmlischen Palette, der die betriebsamen Menschen nur einen flüchtigen Blick gönnten, aus Furcht, sie könnten darüber etwas Irdisches versäumen; nur um eine knappe Kopflänge tauchten sie aus ihrem Alltag auf, dem neuen Tag ihren Gruß zu entbieten. Die Teppichweberinnen begaben sich an ihre Arbeit, um das gestern unterbrochene Muster fortzusetzen; sie sortierten Garne und Farben und griffen das Gespräch vom Abend zuvor wieder auf. Die Männer standen an den Ecken beisammen und erregten sich wegen dunkler Geschäfte und wichtiger Entscheidungen.

Der Tuchhändler wußte von einem Raubüberfall zu berichten, begangen im Morgengrauen an der Witwe des Goldschmieds. Entsetzen ließ die Gesichter erblassen. Verdacht und Mutmaßungen machten die Lippen beweglich. Die Mädchen verriegelten ihre Türen, da Tag und Nacht solche und ähnliche Dinge geschehen konnten. Nahmen Roheit und Grausamkeit nie ein Ende, oder war gar die Welt seit ihrem Bestehen dem Bösen ausgeliefert, das sich wie Aussatz verbreitete? Aus dem Morgenland trafen die wildesten Gerüchte ein um Krieg, Pestilenz und Aufruhr. Das Geschäft der rührigen Weissagungen blühte wie nie zuvor.

Durch die Flut der Ängst und Schmähungen wie durch ein ausgetrocknetes Bachbett trabte der kleine Esel Juffah aus dem Stall des reichen Gewürzhändlers Ismael. Seine bescheidene Existenz brach sich kampflos eine Bahn durch wildes Streiten und aufgeregtes Armschwenken; er schaute sich weder nach den gesattelten Kamelen vor den Toren der Stadt um, noch wandte er seinen Kopf den Rössern zu, die ungeduldig den Sand aufscharrten und ihrer Dienste harrten. Juffah verließ Jerusalem in südlicher Richtung, und wäre er kein Esel gewesen, so hätte man sagen dürfen: Mit schelmischem Lachen.

Seine Ohren, elastische Horchschalen mit zarter Innenfütterung, silbergrau, standen aufrecht. Dunkle Wimpern beschatteten seine sanften Augen, und die zitternden Lippen, weich wie die Daunen der Wildschwäne, gierten nicht wie sonst dem Morgenfutter entgegen, sondern fingen den Südwind auf und atmeten die fremde Lockung ein: Wohin, wohin? Wer hat gerufen? Wer treibt mir diese wunderbare und nicht zu zähmende Neugier ins Blut?

Juffah war allein, zum erstenmal ohne die schützende Stallwand, ohne den zerlöcherten Jutesack, der die Sicht nach außen nur spärlich ermöglichte, zum erstenmal ohne die Körpernähe seiner Mutter, die bei Nachteinbruch erschöpft aus den Steinbrüchen zurückkehrte und ihre rauhe Zunge über Juffahs Nacken gleiten ließ, pausenlos, in dumpfer Zärtlichkeit.

Einen langen Weg trabte der kleine Esel so vor sich hin. Die Zeit lief neben ihm her und fraß die Stunden.

Als es zu dunkeln begann und die Fledermäuse ihn durch ihren blitzschnellen und lautlosen Flug erschreckten, beschleunigte Juffah seinen Schritt, als gälte es, etwas einzuholen, das ihm verlorengehen könnte, etwas Einmaliges und Unwiederbringliches. Er, dem die Furcht so oft das Herz zusammengezogen und der sich beim rauhen Gelächter trunkener Männer und beim Geschrei aufgebrachter Weiber zitternd zwischen Mutterleib und Stallwand gedrängt hatte, er überwand die Angst vor der Dunkelheit und lief seinen Weg, angehaucht von tanzenden Geistern, die sich an Gebüsch und Feldrain emporschwangen. Nachtvögel warfen ihre spitzen Schreie von Baum zu Baum. Zwischen zwei Felsen glaubte er sich festgehalten und umklammert – laut schrie er auf.

Er erschrak bis in sein Eselherz, als der tote Stein ihm mit leise verhauchendem Doppelklang den Schrei zurückwarf. Sein Traben wurde zum Galopp, der Atem flog, die kalte Angst jagte ihn vorwärts, und erst der beruhigende Zuruf eines südwärts ziehenden Entenschwarms, vorschriftsmäßig im Dreieck ausgerichtet, vermochte sein wildklopfendes Herz zu besänftigen.

Plötzlich tauchte vor seinem Auge ein massiger Berg auf, der sich in gleicher Richtung langsam fortbewegte und beim genauen Hinschauen die Gestalt eines Ochsen verriet. Da sich seine Beine nur schleppend bewegten, hatte Juffah ihn bald eingeholt. Er bekämpfte die ihm angeborene Schüchternheit und gesellte sich dem großen Tierbruder zu, glücklich, nicht mehr allein zu sein, und mit einer Selbstverständlichkeit, als hätten sie beide sich genau zu dieser Stunde und an dieser Stelle zwischen Jerusalem und Bethlehem auf freiem Feld zu einem nächtlichen Spaziergang verabredet. Der Ochse schien mit seinen eigenen Gedanken viel zu beschäftigt, als daß er von der Begleitung eines kleinen Esels Notiz genommen hätte. Solch ein perlgraues Anhängsel war ihm weder lieb noch lästig, und er schnaubte nur manchmal den Schmerz aus den Nüstern, den das Doppeljoch seinem Nacken seit zehn arbeitsreichen Jahren zugefügt hatte.

Gemeinsam schritten sie dem schönen Frieden der Nacht entgegen. In der Stille schienen nur ihre Herzen lebendig. Himmel und Erde hatten sich in grenzenloser Lautlosigkeit miteinander verschwistert, nirgends wagte ein Mäuslein ein noch so bescheidenes Piepsen, kein Holzwurm setzte den Bohrer an im morschen Gebälk der Zäune, und keine Ratte sprang pfeifend über den Graben. Uhu und Waldkauz schienen wie die Eule verstummt, und die wilden Tiere, vor deren blutdürstiger Mordlust Juffah vom ersten Atemzug an durch mütterliche Weisheit gewarnt worden war, hielten sich in den Höhlen verborgen.

Es erschien den einsamen Nachtgängern fast wie eine Erlösung, als von fern das beruhigende Geräusch weicher Trippelschritte vernehmbar wurde, ein Schleifen über das Gras hin, das Schnuppern hungriger Mäuler. Näher kam das geheimnisvolle Wogen, und ein warmer Duft nach Schafwolle teilte sich den gespannt witternden Nüstern mit. In das klägliche Blöken junger Lämmer mischten sich menschliche Stimmen, und bald sahen sich Ochs und Esel umringt von einer Schafherde, die gehorsam den voranschreitenden Hirten folgte. Im Gegensatz zu Juffah, der aufs Geradewohl aufgebrochen und einer ihm fremden Lockung erlegen war, schien die Herde auf ein festes Ziel loszusteuern. Juffah vernahm die Worte, die der alte Hirte seinem jüngeren Gefährten zuraunte: „Laßt uns nun gehen nach Bethlehem und die Geschichte sehen, die da geschehen ist."

Juffah verstand ihren Sinn natürlich nicht wörtlich, spürte aber das Drängen und die Wißbegier der Menschen, so wie jedes Geschöpf Todesangst und Geborgenheit, Liebe und Grausamkeit bis ins Innerste spürt. Eilig schlüpfte er in den Wolkenmantel aus Milchdunst und Wolkenstaub. Der Ochse ließ sich nicht aus der ihm eigenen Ruhe bringen und blieb seinem Schritt treu. Als letzter beschloß er den seltsamen Zug.

Das war alles sehr wundersam. Doch das Merkwürdigste war, daß die Nacht sich aufzuhellen begann und die Augen sich gegenseitig erkennen konnten. Über die gleichmäßig wogenden Rücken der Schafe lief ein goldenes Flimmern; ein Lichtstrahl traf das Augenweiß des Ochsen, Leuchten von oben ließ das Fell des kleinen Esels wie sanftgeripptes Wasser glänzen. In der Unmenge kleiner Sterne, die dem Himmelsrund entsprangen, tat sich einer besonders hervor, ein gleißender Richtpfeil, der den dunkelblauen Teppich durchstieß und zu dem die Hirten immer wieder aufschauten, als könnten sie sich nur nach ihm allein orientieren.

Eigentlich, so kam es dem kleinen Esel in den Sinn, wäre es wohl an der Zeit, eine Verschnaufpause einzulegen und dem leeren Magen etwas anzubieten. Zwar war der Gedanke an winterharte Lorbeerblätter wenig verlockend – immerhin, sie würden den knurrenden Nerv beruhigen. Hanf und Raps schrumpften zu Erinnerungen zusammen, ganz zu schweigen von reifen Maiskolben, deren mehlige Körner sich zwischen den Kiefern zu einem wohlschmeckenden Brei verwandelten. Ach, dachte denn nur er allein an solch leibliche Genüsse? Weder der Ochse noch die Schafe verloren sich im Besinnen auf Trank oder Speise. Wie von unsichtbaren Fäden gezogen, strebten sie dem nahen Bethlehem zu, vor dessen Mauern sich ein weites Feld mit einigen armseligen Hütten ausbreitete.

Das Dach einer dieser Hütten traf die goldene Spitze des Sternenpfeils und besprühte es mit magisch ansaugendem Licht. Eine wachsende Unruhe bemächtigte sich der Herde, und selbst der behäbige Ochse schien von jenem fieberhaften Verlangen erfaßt zu sein, das den kleinen Esel durch Tag und Nacht bis hierher getrieben hatte.

Sie näherten sich der Hütte und tasteten sich schrittweise ans halbgeöffnete Fenster. Das hundertfache Atmen der Tiere glich dem Wind, der das Nahen des Frühlings ankündigt.

Die Hirten schoben sich in den Vordergrund, reckten die Hälse und schauten Schulter an Schulter auf das Bild, das sich ihren Blicken bot, ein von oben erhelltes Bild rührender Schönheit und beklemmender Armut.

Ein alter Mann öffnete die Tür und gab den Blick frei für alle, die kommen und schauen wollten. Es währte nicht lange, da lagerten sich die Schafe vor den Eingang, als seien sie zur Wache bestellt, und es legte sich der Ochse als Pförtner neben den Türpfosten und ließ seine großen Augen das wunderbare Geschehnis schauen. Neben ihm, zitternd vor Bangnis und freudiger Erregung, schnupperte der Esel seiner Neugier nach: Was gab es? Was ging hier vor? Was war geschehen? Hatte er womöglich schon etwas versäumt?

Ein Kind war geboren. Auf abgeerntetem Feld, zu mitternächtlicher Stunde begann ein Kind zu atmen. Es lag eingebettet, notdürftig vor Kühle und Zugwind geschützt, zwischen den hölzernen Stäben einer Futterkrippe. Hin und wieder strich die Hand seiner Mutter über das rauhe Holz hin, als sei es ein Schmuck aus Elfenbein. Der alte Mann, auf den Stock gestützt, blickte in tiefem Nachdenken auf dieses Kind nieder, wie auch der Hirten Blick sich nicht von ihm wegzuheben vermochte. Schon manch ein Neugeborenes hatte der Ältere begrüßt, aber solch einem Auge war er noch nie begegnet. Als wäre dieses winzige Leben schon jetzt aller Weisheit, aller Trübnis, aller Tröstung inne. Langsam zwang es ihn in die Knie.

Das Herz des kleinen Esels zerschmolz im Glück des Augenblicks. Weltfern erschien ihm der dunkle Stall des Gewürzkrämers Ismael, vergessen waren die Plagen der Wanderung, Wetterunbill und Gespensterfurcht. Dieses hier war das Unfaßliche: An der Seite des großen, ihm an Kraft weit überlegenen Tierbruders durfte er in eine Menschenhütte schauen, in der Schweigen und andächtiges Staunen das Verlangen nach leiblicher Nahrung auslöschten. Kein Laut aus rauhen Kehlen zerriß die heilige Stille, weder Fluch noch Schreckensschrei. So ruhig, als hielte das Herz der Welt im Schlag inne, schauten Menschen und Tiere am Licht entlang auf das Neugeborene, dessen Erscheinen durch den Stern angezeigt worden war, dem nachzufolgen sich drei gekrönte Häupter aus dem Orient unverzüglich anschickten, um dem Ankömmling ihre Ehrerbietung zu bezeugen.

Daß diese Stunde ewig währen möge, war des kleinen Esels inbrünstiger Wunsch, und einen Augenblick glaubte er auch an diese Möglichkeit, jung und unerfahren wie er war.

Aber was war Ewigkeit? Dieser Augenblick war das Leben schlechthin, dieser eine Herzschlag der Gegenwart tauchte das Dasein in Freude. Taumelig im Übermut der unerwarteten Glücksfülle warf Juffah seinen unmelodischen Eselsschrei in die Weihe der stillstehenden Zeit und brachte dadurch das Räderwerk wieder in Bewegung. Er erschrak fast zu Tode über den rauhen häßlichen Ton seiner Kehle und blickte ängstlich zur Seite, wer von den Anwesenden sich wohl über diesen Ausbruch entrüstete. Doch niemand nahm von seinem vorlauten Glück Notiz. Nur über das Antlitz der Mutter glitt ein winziges, fast belustigtes Lächeln, das sich zwischen zwei Tränen hindurchzwängte und auf den Wangen in süßer Erstarrung liegen blieb.

Mehr konnte der kleine Esel wirklich nicht verlangen. Dankbar senkte er die langbewimperten Augenlider und ließ sich mit einem tiefen Seufzer der Erleichterung nieder zwischen Krippe und Gebälk.

JOHANNES JOURDAN
Die Nachricht

Mitten in ihre Angst
platzt die Nachricht:
Der Retter ist da!

Ausgerechnet nachts,
wo zwischen Steinen und Disteln
nur Hirten ansprechbar sind,

ausgerechnet in einem Stall
ist es soweit,
wo nicht das Geringste
von sorgenden Händen
vorbereitet wurde,

ausgerechnet im neunten Monat
diese erzwungene Reise,
hinter der
die verhaßte Besatzungsmacht steht

und ausgerechnet
so bald nach der Hochzeit.
Wer nimmt einem schon ab,
daß das Werdende
göttlichen Ursprungs ist?
Ausgerechnet!

Ja, von Gott ausgerechnet,
denn nur inmitten der Angst
ist die rettende Nachricht
erfahrbar:
„Euch ist der Heiland geboren!"

FRITZ PRATZ
Bescherung

Peterchen hat ein
Pänzerchen bekommen
zu Weihnachten das
Pänzerchen von Peterchen
hat im Türmchen
ein Funkleitgerätchen
mit dem Funkleitgerätchen wird
das Pänzerchen
ferngesteuert
dann schießt
das Kanönchen
von Peterchens
Pänzerchen
wer
hat Angst
vor Peterchen

WILHELM RIEDEL
Weihnachtsglück

Kerzen am Baum,
Spiegel in stechenden Augen.

Warmer Klang von Glocken
um unvertraute Ohren.

Festlich gekleidet schreiten sie vorbei,
verstummende Fragen.

Orgelrausch, Silberglanz,
ein Kind im Stall,

ein fremder Junge auf der Straße,
abgespeist
mit Kuchenherz und Marzipan.

KARL KROLOW

Weihnachtliche Strophen

Warst du dezemberallein,
Begraben von Regen und Schnee,
      Herz, tief verloren und weh: –
    Fühl dich gerufen vom Schein
         Inmitten der Winternacht. Licht
            Aus Dunkel und Schwärze bricht!

    Lasse dich führen. Gib acht!
Dezember, aus Trauer gemacht,
      Wird schön in der Heiligen Nacht,
     Leicht wie die Kugel aus Traum
        Und Buntglas am Weihnachtsbaum.

    Und über den Wolken sind
Die Engelstimmen im Wind,
      Die Kinderstimmen der Zeit,
     Ganze nahe der Ewigkeit
        Beim wehenden, süßen Licht
          Im menschlichen Angesicht.

    Die Krähenschwinge, der Frost,
Vergangen im Glanze, im Glost
      Der duftenden Christnachtkerzen.
    Und über dem Dunkel der Herzen
        Immerfort dieses Raunen, dies Singen
         Bei Kerzen, die himmelwärts dringen.

KARL KROLOW
Weihnachts-Stanze

Die weiße Beere, die am Strauch sich hält,
der Schlitten leichte Spur und leise Schelle,
das kurze Licht, das durch den Nebel fällt,
der Kerzen Heimlichkeit und zarte Helle,
tritt aus des Zimmers still-begrenzter Welt
und wage dich vor deines Hauses Schwelle.
Verwehe in dem weihnachtlichen Dunkel, schwinde
in Nacht und lausche dem Geräusch der Winde.

Silvester und Neujahr

WERNER RÜHL

Zwische de Johrn

Des alte Johr is bald vorbei,
es dauert net mehr lang.
Mit Sekt un Rieseknallerei
un aach mit Glockeklang
beginnt des neie Johr, ihr Leit.
So mancher denkt ganz sacht
zurick an die Vergangenheit,
was sie ihm hot gebracht.

Es war net immer Sunnescheu
in dem verfloss'ne Johr.
Mer konnt net immer freehlich seu,
es kam aach leider vor,
daß mer vor Kummer un vor Leid,
kaan Ausweg hot gewußt.
Mer hatt' jedoch aach Grund zur Freid
un war voll Lewenslust.

Es ist nun mol so eugericht'
uff uns'rer runden Welt,
mol ha'mer Schatte un mol Licht,
aach wenn's uns net gefällt.
Doch geht vorbei des greeßte Leid,
aach wenn's oft net so scheint,
es brauch ner halt es bißje Zeit,
die Zeit ist unser Freund.

175

Im neue Johr werd's eweso,
des waaß der Mensch schun jetzt.
Drum ist mer aach vun Herze froh,
wenn schließlich un zuletzt,
die Stunde voller Freid und Glick
warn in de Iwwerzahl,
un wenn der Weg – guckt mer zurick –
net nur verlief im Tal.

GEORG BENZ

Zwische de Johrn!

Ach, es sin die schennste Dage
in de letzte Johreswoch,
wann an Weihnacht du kannst sage:
herrlich, ich hab Urlaab noch.
Zichdag Urlaab, un zusamme
bist fast värzeh Dag dehaam,
Vadder, Kinner samt de Mame
lieje morjends lang im Traam.

Biste rauskimmst werds halbzehje,
steihst gemietlich in deu Kluft,
friehstickst un dhust Brand noochsehje,
machst en Gang mol dorch die Luft.
Un dann werd zumiddaggesse
ganz in Ruh un Harmonie –
Wann die Fraa spiehlt unnerdesse
blanzte dich schon widder hie...!

176

Is es Wedder klar un trocke,
net so schmeerich, net zu kalt,
dhut vielleicht dich dann velocke
en Spaziergang dorch de Wald...
Ach, de Wald ist jetzt so kestlich,
Ruh un Friede um die Zeit...
wann dann noch de Bodden fröstlich,
un wanns noch womeeglich schneit...

Wahrlich, des hilft dir gesunde
manchmol mehr wie'n Arztbesuch...
Owends sitztde in de Runde,
trinkst e Gläsje, liest e Buch...
Kinner spiele noch zusamme –
hengst dich mol an Fernseh dro,
hälst es Schwätzje mit de Mame,
steekst geschenkte Siggaa oo.

Un des alles ohne Renne,
ohne Plan, Uhr, Zeit un Ziel,
waaßt: Kannst morje widder penne,
Kinner, is des e Gefiehl...
Ja, mer kann waaß Gott schon sage
Urlaab mache, des is klor...
doch die schennste Urlaabsdage
des sin die „Zwische de Johr"!!

„Zwischen den Jahren"

„Zwischen den Jahren" nennt man die Zeit zwischen Weihnachten und Neujahr und legt dieser Zeit Inhalte zu wie ursprünglich den Zwölfen, den zwölf Rauchnächten zwischen dem 25. Dezember und dem 6. Januar: Geister gehen um und müssen abgewehrt oder beschwichtigt werden. So werden Orakel gestellt, das schützende C + M + B (Caspar, Melchior, Balthasar) über den Eingangstüren wird erneuert (mit dem Kommen der heiligen drei Könige endet ja auch die Geisterzeit), Trinkwasser darf in dieser Zeit nicht offen stehen bleiben, Wäsche darf nicht gewaschen werden.

Auch die Neujahrsbräuche haben damit zu tun; man beschwört das Gute: durch Essen und Trinken stärkt man sich gegen das Üble und versucht, Reichtum und Gesundheit herbeizurufen, mit dem Fischessen, dem Neujahrskarpfen soll auch ein Vorwärtsschwimmen in das eigene Leben kommen. Wer jetzt Geld hat, hat es das ganze Jahr, und was man träumt, geht in Erfüllung. Mit Bleigießen und Apfelschalenwerfen soll die Zunkunft ergründet werden und Glückwünsche sollen in der schicksalsbestimmenden Silvesternacht das Glück beschwören helfen. Wenn wir Feuerwerk abbrennen, geschieht es in der Nachfolge alten Aberglaubens: mit Feuer, Licht und Lärm sollen die Geister vertrieben werden, zugleich soll der Lärm Fruchtbarkeit bringen – man schoß in Bäume und über Felder und glaubte, sie würden gute Frucht tragen, so weit man den Schall hören könnte. Die Neujahrsbrezel, die wir immer noch an Neujahr backen oder kaufen, deutet wohl auf die Wiederkehr der Sonne.

Nebenbei bemerkt, unser europäisches Neujahr wurde erst 1691 fest auf den 1. Januar gelegt.

ELISABETH LANGGÄSSER

Zwischen den Jahren

Hört ihr das Klaffen der luftigen Meute?
Sausender Pfeile entzücktes Gezisch?
Duckt euch,
nicht muckt euch!
Orion trifft heute,
was nicht versteckt wie der Fledermaus Wisch.

Seht ihr im Äther das Heer von Geschossen,
welches beim Aufsprung wie Vögel schilp-schalpt?
Duckt euch,
nicht muckt euch!
Sie suchen den Sprossen,
den schon das fließende Baumharz gesalbt.

Hört ihr das Splittern der gläsernen Helle?
Seht ihr Titania, den Falter aus Eis?
Duckt euch,
nicht muckt euch!
Es hütet die Schwelle
jener, der blind um den Kommenden weiß.

Saht ihr es gaukeln? Den Täuferstab lüstern
hascht und verfehlt Gesell um Gesell...
Duckt euch,
nicht muckt euch!
Die Elbischen flüstern,
und aus der Tiefe her donnert ein Quell.

WILHELM STRUBE

Knallsilber

Justus Liebig hatte sich viel vorgenommen, denn in diesem Wintersemester 1821/22 wollte er den Lehrstoff des gesamten Studiums bewältigen. Dann konnte er sich das nächste Semester zu Hause in Darmstadt auf die Abschlußprüfung vorbereiten. Das hatte mehrere Vorzüge. Sein Vater sparte die Vorlesungsgebühren und Logiskosten, und er konnte nach Herzenslust experimentieren. Es drängte Justus, fertig zu werden, um auf eigenen Füßen stehen und etwas Eigenes aufbauen zu können. In ihm war der Entschluß gereift, Hochschullehrer für Chemie zu werden. Er hatte gehört, daß der Apotheker und Chemiker J.B. Trommsdorff in Erfurt eine Lehranstalt unterhielt, in der Apotheker, Fabrikanten und Volkswirtschaftler in Chemie unterrichtet wurden. Ein ähnliches Institut in Darmstadt aufzubauen, erschien Justus als eine Lebensaufgabe, für die man sich begeistern konnte und die ihm eine selbständige Existenz als Chemiker ermöglichte.

Trotz der vielen Arbeit, die Justus auf sich nahm, setzte er seine Tätigkeit in der Burschenschaft fort. Er blieb Kassierer und hielt die Unterlagen sorgfältig in seinem Schreibtisch verschlossen.

Aber nicht nur Liebig hatte sich für das Wintersemester viel vorgenommen. Regierungsrat Frödel wollte jetzt endlich die Lorbeeren seiner Wühlarbeit ernten und die geheimen Verbindungen der Studenten aufdecken, sie zerschlagen und die Rädelsführer verhaften lassen. […]

Als am Silversterabend des Jahres 1821/22 Justus Liebig sich mit seinen Freunden im Wirtshaus „Zum Lämmle" – ihrem Stammlokal – traf, fand sich gegen Mitternacht eine stärkere Gruppe von Gesellen des Metzger- und Bäckerhandwerks ein. Sie hatten sich wie Studenten angezogen und äfften die Studenten in herausfordernder Weise nach. Dabei tranken und lärmten sie, als wären sie die einzigen in der Gaststätte.

Auch die Studenten hatten getrunken und ließen sich herausfordern. Sie beantworteten die höhnischen Zurufe mit spitzen Worten. An der Theke gab es die ersten Rempeleien, und bald standen sich etwa zwanzig Studenten und dreißig Handwerksburschen drohend gegenüber. Dem Wirt wurde es himmelangst. Er schickte seine Tochter zur Polizeiwache, und wenige Minuten später betraten der Polizeiwächter Schramm und der Rechtsrat Heim das Gastzimmer, in dem nun schon Stühle und Tische durcheinandergeflogen waren.

Die Studenten verlangten, daß ihre Gaststätte von den Handwerksgesellen verlassen werden sollte, diese aber erklärten, Silvester feiern zu können, wo es ihnen beliebte.

Wie abgesprochen, ergriffen die Hüter des Rechts Partei für die Handwerksgesellen. Die Studenten hätten kein verbrieftes Recht auf eine Erlanger Gaststätte. Diese stünden im Gegenteil zuerst den Erlanger Bürgern zu. Daraufhin rief Justus empört: „Der Herr Polizeiwächter und der Herr Rechtsrat verdrehen die Tatsachen. Das Lämmle war seit eh und je Treffpunkt der Studenten. Ihr tragt Eure Hüte zu Unrecht." Und während er sich an die Spitze der Studenten stellte und den Raum verließ, stieß er den am Eingang stehenden Herren der Obrigkeit die Hüte vom Kopf.

Auf eine solche Ausschreitung hatten die städtischen Behörden nur gewartet. Am Neujahrsmorgen wurde Justus Liebig verhaftet und wegen groben Unfugs und beleidigender Äußerungen mit drei Tagen Karzer bestraft.

Während dieser Zeit durchsuchte man sein Zimmer, um diesen evangelischen Ketzer und naturwissenschaftlichen Aufklärer stärker belasten zu können, ohne indes etwas zu finden.

31. 12. 1899 / 1. 1. 1900

Die Post stellt ihre Stempel auf 00 um.
Hessen hat sich der preußischen Klassenlotterie angeschlossen.
Fahrräder müssen ein Nummernschild haben und zahlen 5 Mark
Jahressteuer.
Im Hoftheater gibt es „Mignon", im Kaiserpanorama „Eine Reise
nach dem Libanon" und im Orpheum erst Kunstradfahren, dann
singen Soubretten.
Mageres Ochsenfleisch kostet 76 Pfennige, fettes 66, Leberwurst
60 Pfennige das Pfund, Schinken eine Mark, der Liter Bier 24 Pfenni-
ge. Ein Lehrer verdient als Anfangsgehalt 90 und als Endgehalt 266
Mark. 150 Wohnungen und 80 möblierte Zimmer stehen leer.
37 Gastwirtschaften und 306 Schankwirte, darunter 18 Weinlo-
kale und 13 sogar mit Kellnerinnenbedienung, dazu 155 Brannt-
wein- und 192 Flaschenbierverkaufsstellen sind bereit, 60 000
Darmstädter zu versorgen.
Oberbürgermeister Morneweg lädt 140 prominente Bürger in die
„Traube". Das Festessen besteht aus 9 Gängen:

Verschiedene Vorspeisen auf schwedische Art
Mockturtlesuppe
Ostender Steinbutte mit holländer Sauce und Kartoffeln
Rostbeaf mit verschiedenen Gemüsen
Salmy von Birkwild in Madeirasauce und Edelpilzen
Straßburger Gänseleberpastete in Aspic
Brüsseler Poularde, Dürrobst und Salat
Verschiedenes Gefrorenes
Waffeln, Obst, Nachtisch

Das neue Jahrhundert wird auf dem Exert mit 101 Kanonenschüs-
sen begrüßt. Die Glocken läuten. In der Neujahrsnacht gibt es 83
Strafanzeigen, so gegen 27 Scharfschützen und gegen 50 „Unfug-
stifter", die verbotenerweise Feuerwerk abgebrannt haben.
Das war die Jahrhundertwende in Darmstadt.

Und wie wird die Jahrtausendwende aussehen?
Die Glocken werden wieder läuten. Aber Feuerwerk wird verboten
sein wegen des Sauerstoffmangels in der Industriezone Rhein-
Main. Weihnachtsbäume werden nur in Wohnungen der Großver-
diener stehn, und sie werden aus Treibhäusern kommen, weil der
Wald um Darmstadt weitgehend verschwunden ist. Auch der vor-
dere Odenwald ist im sauren Regen eingegangen, die Landschaft ist
versteppt. Die meisten Bürger vermissen die öffentlichen Feste und
die Spaziergänge nicht, weil das Kabelfernsehen soviele Sendungen
ins Haus schickt, daß sie oft nicht wissen, auf welchen der Bild-
schirme sie zuerst sehen sollen. Nur ein sonntäglicher Weg zur Be-
sichtigung der neuesten Abwehrraketen am Griesheimer Sand lockt
sie manchmal noch aus der Stadt.
So könnte das im Jahr 2000 sein, oder?

FRITZ DEPPERT

Das Geheimnis des Bleigießens

Schon die alten Griechen haben auch das Bleigießen als
Orakel betrieben. Bis heute gilt es als Möglichkeit, in der Silvesternacht in die Zukunft schauen zu können.

Man braucht einen Blechlöffel, Blei, eine Flamme und
eine mit Wasser gefüllte Schale. Das Blei wird im Löffel zum
Beispiel über einer Kerze geschmolzen. Wenn es flüssig ist,
muß man sich mit Gedanken auf das konzentrieren, was
man gerne wissen oder haben möchte – das gehört zum Ho-
kuspokus und darf nicht unterbleiben, sonst wird's nichts –,
dann gießt man das Blei in die Schale. Die erkaltete Bleifigur
wird herausgenommen und im abgedunkelten Zimmer zwischen Kerze und einen etwa 20 cm entfernten weißen Kar-
ton, oder was man sonst als weiße Fläche zur Verfügung hat,

gehalten, so daß sie einen deutlichen Schatten wirft. Man darf dabei das Bleistück drehen und wenden, bis es eine deutbare Schattenfigur hervorbringt, diese kleine Mogelei ist beim Schicksalsspiel erlaubt. Der Schatten bringt die Vorhersage. Hier ein paar Anregungen zur Deutung des Schattens:

Adler = nahe Hochzeit

Auto = langes Leben

Angel = Betrug droht

Anker = Wünsche erfüllen sich

Apfel = treue Freundschaft

Baum = Wünsche erfüllen sich

Blatt = neue Bekanntschaften

Blumen = Freude am Leben

Boot = neue Liebe

Dolch = Gefahr

Ei = Familienzuwachs

Fackel = langes Leben

Fuß = Wohlstand, Behaglichkeit

Fisch = Neid, üble Gerüchte

Flasche = Freundschaft

Geldmünze = besonderes Glück

Geweih = Unglück in der Liebe

Halbmond = Träume erfüllen sich

Haus = Unternehmen glücken

Herz = Glück, Harmonie

Igel = Eifersucht

Kamm = Ärger

Kegel = Vorsicht vor unklaren Geschäften

Kleeblatt = Riesenglück

Krone = hohes Amt

Löffel = schlechte Nachrede

Messer = Zwiespalt

Orden = Ansehen

Peitsche = Enttäuschungen

Pfeife = Wohlbehagen

Pilz = auf Gesundheit achten

Pistole = Feindschaft

Ring = Verlobung oder Heirat

Sarg = Trauerfall

Spinne = Glück durch Fleiß

Schirm = Maßhalten

Schlüssel = Erfolg

Schmetterling = Untreue

Schuh = heiteres Leben

Stern = Glück in der Liebe

Stock = Änderungen stehen bevor

Tanne = Erfolg

Tor = viele Einladungen

Trichter = Vorsicht vor Erschöpfung

Vase = Verliebtsein

Vogel = überraschendes Glück

Wiege = baldige Kindtaufe

Wolken = ungewisse Zukunft

Würfel = Lottogewinn

Wurm = kein Erfolg

Zeppelin = Wohnungswechsel

Zylinder = gutes Zeichen für Hausbau

FRITZ EBNER

Silvesterabend 1779/80 in Dieburg –
mit Goethe

Der Bürgersohn Johann Wolfgang Goethe mußte einst lange suchen, bis er endlich seinen Platz in dieser Welt gefunden hatte. Wer als Bürgerlicher damals in einer vom Adel geprägten Gesellschaft ein zufriedenstellendes Auskommen und auch ein entsprechendes Einkommen erlangen wollte, brauchte viel Verstand, aber unbedingt auch ein bißchen Glück. Für Goethe war das doppelt schwer, denn er wollte das Leben eines Dichters führen und gleichzeitig an den Geschäften dieser Welt teilnehmen. Nachdem er – wie er an seinen Darmstädter Freund Merck schrieb – dabei mehrmals „scheißig gestrandet" war, hatte sein literarischer Ruhm, den er sich durch sein Schauspiel „Götz von Berlichingen" und seinen Roman „Die Leiden des jungen Werthers" erringen konnte, in Frankfurt zu einer Begegnung mit dem jungen August von Sachsen-Weimar geführt. Diese Verbindung riß diesmal nicht wieder ab: Carl August heiratete bald darauf Prinzessin Luise von Hessen-Darmstadt, eine Tochter der „Großen Landgräfin", und beide luden Goethe schließlich ein, zu ihnen an den Weimarer Hof zu kommen.

Luise hatte wohl bald Grund, diese Berufung des berühmten Dichters nach Weimar ein bißchen zu bereuen, denn Goethe und der Herzog Carl August wurden enge Freunde und stürzten sich gemeinsam in das Getümmel dieser Welt. Über das ungestüme Leben der beiden Männer gab es schon bald mancherlei Gerüchte, sie ließen ihrem jugendlichen Temperament zuweilen ziemlich freien Lauf und erregten dadurch den Neid und die Mißgunst ihrer Umgebung. Kein Wunder, daß sie unter diesen Umständen jede Gelegenheit wahrnahmen, die sie von Weimar wegführte – und Anlässe dazu fanden sich oft.

Im September 1779 war es wieder einmal so weit: der
Herzog, Goethe – er war gerade dreißigjährig zum Wirkli-
chen Geheimen Rat ernannt worden – und der Oberforst-
meister und Kammerherr Joachim von Wedel reisten in die
Schweiz, wegen einer Anleihe, aber doch wohl nicht nur deshalb.

In Kassel treffen sie den Weltreisenden Georg Forster. In
Frankfurt sind sie bei Goethes Eltern. Johann Heinrich
Merck kommt hinzu, und sie verleben dort alle gemeinsam
drei angenehme Tage. Dann geht's weiter an Darmstadt vorbei bis Eberstadt, wo Merck sie in einem Garten am Fuße des
Frankenstein bewirtet. In Sesenheim im Elsaß besuchen sie
die Pfarrersfamilie Brion. Goethe hatte deren Tochter Friederike einige Jahre zuvor kurzerhand verlassen und fühlte
sich noch immer schuldig. In Straßburg besuchen sie die
Frankfurter Bankierstochter Lili Schönemann, mit der Goethe sogar einmal verlobt war und die inzwischen einen Graf
Türckheim geheiratet hatte. In Emmendingen stehen sie am
Grab von Goethes jung verstorbener Schwester Cornelia,
die dort mit dem Amtmann Schlosser aus Frankfurt verhei-
ratet gewesen war. In der Schweiz besuchen sie den Dichter
Johann Jacob Bodmer und Johann Kaspar Lavater, auch
Mercks Schwiegereltern in Morges am Genfer See – und
dann geht's wieder heimwärts, nachdem Goethe zuvor noch
von den Gipfeln des Jura sehnsuchtsvoll gen Italien geblickt
hatte.

Vom 11. bis 18 Dezember sind die reisenden „voyageurs"
dann in Stuttgart, wo sie auch die Karlsschule besuchen, jene halbmilitärische Erziehungsanstalt, in der damals Friedrich Schiller zum nützlichen Glied einer noch geschlossenen
Gesellschaft geformt werden sollte. Der Herzog Karl Eugen
von Württemberg hatte diese Schule gegründet, sie war eine
seiner Lieblingsideen, und er zeigte sie fast immer seinen
Gästen. So auch jetzt.

Am Abend des 13. Dezember erschienen die aus der Schweiz kommenden Reisenden im Speisesaal der Akademie, wo der Herzog Karl Eugen nach einem festlichen Abendessen eine Rede zum Abschluß der gerade vorgenommenen Prüfungen hielt. Dabei ging er auch auf die Herkunft seiner Gäste ein, so daß Schiller, der Goethe bis dahin noch nicht kannte, nun wußte, wen er da vor sich hatte. Am folgenden Abend fand die Preisverleihung an die Schüler statt. Man war nicht allzu sparsam mit solchen Auszeichnungen, manch einer erhielt Preise in drei oder gar vier Fächern, denn es sollte ja der Eindruck außergewöhnlichen Fleißes und ebensolcher Tüchtigkeit erweckt werden.

Was sich dann abspielte, war eine höchst sonderbare Szene: Herzog Karl Eugen, Landesvater, Gründer und Förderer der nach ihm selbst benannten Anstalt, stand neben dem Katheder unter einem Thronhimmel. Rechts von ihm stand Goethe und in angemessener Entfernung weitere Ehrengäste, darunter Herr von Wedel und Herr von Dalberg aus Mannheim. Nach einer Rede über den „Einfluß der physikalischen Erziehung der Jugend auf die Seelenkräfte" erfolgte die Preisverleihung. Die Schüler wurden aufgerufen, mußten einzeln vortreten und erhielten aus der Hand Karl Eugens als dem rector magnificentissimus ihre Auszeichnungen. Dabei durften die adeligen Schüler ihrem Landesherrn zum Dank die Hand, die bürgerlichen dagegen nur den Rockzipfel küssen. Auch Friedrich Schiller wurde aufgerufen, trat vor, erhielt seinen Preis und bekundete dem Landesvater seinen Dank als Bürgerlicher. Über die Vergabe eines Preises für „Deutsche Sprache und Schreibart", für den sich neben Schiller noch andere Schüler qualifiziert hatten, entschied das Los – und es entschied gegen Schiller.

Auch Goethe sah damals zum erstenmal den langen, rothaarigen, etwas nachlässig gekleideten Schiller, der mit seinem Schauspiel „Die Räuber" die Welt bald zum Aufhorchen bringen sollte. Der hier anwesende Heribert von Dalberg war es, der das Wagnis einging, dieses gefährliche Stück in Mannheim aufzuführen: am 13. Januar 1782.

Doch so weit war es noch nicht. Dalberg, der auch das Vertrauen Karl Eugens besaß, hatte gerade zuvor, im Oktober 1779, mit einer Handvoll tüchtiger Kräfte das Mannheimer Nationaltheater eröffnet, und jetzt sollte Goethes „Clavigo" mit August Wilhelm Iffland in der Rolle von Clavigos Freund Carlos aufgeführt werden.

„Clavigo" war ein rasch hingeworfenes Werk Goethes, eigentlich das Resultat einer Wette, mitten in der Arbeit am „Werther", in acht Tagen zu Papier gebracht. Im Charakter des Carlos wollte man später Merck wiedererkennen. In dem Stück warnt Carlos den Freund vor der Heirat eines schwindsüchtigen und vermögenslosen Mädchens. Er ist ein ebenso unbequemer wie umsichtiger Ratgeber, ein Feind von allzu viel Gefühl zur unrechten Zeit, ein Antreiber auf dem Weg zu höheren Zielen. Ob Merck sich selbst erkannt hat? Wir wissen es nicht. Jedenfalls aber hielt er nicht viel von dem Stück und schrieb dem Freund: „Solch einen Quark mußt du mir künftig nicht mehr schreiben, das können die anderen auch." Und Goethe hat sich diesen Rat wohl auch zu Herzen genommen. Dem Herrn von Dalberg muß das Stück jedoch besser gefallen haben, sonst hätte er es nicht aufführen lassen. Vom 21. bis 23. Dezember sind Carl August, Goethe und Wedel in Mannheim, um an der Aufführung teilzunehmen.

Nach den freien und ungebundenen Reisemonaten galt es nun, sich wieder an die strenge Etikette zu halten, denn hier in Mannheim traf sich in den Wintermonaten die feine Gesellschaft. Es waren Familien, die meist in kurpfälzischen oder kurmainzischen Diensten standen, darunter auch die Familie von Groschlag, Besitzer des Schlosses Stockau bei Dieburg. Hier waren sie schon seit Jahrhunderten ansässig

als Mitbesitzer oder Verwalter von Lehen und Gütern. Drei
von ihnen waren Mainzer Domherren, einer von ihnen
Wahlbotschafter bei der Krönung Kaiser Karls VII. 1742 in
Frankfurt. Bei diesem Ereignis hatte sich übrigens Goethes
Vater einst den Titel „Kayserlicher Rath" erworben. 1764
bekleidete Karl Friedrich von Groschlag das gleiche hohe
Amt bei der Wahl Josephs II. und der sich anschließenden
Krönung, die Goethe als Sechzehnjähriger mit Hilfe seines
Großvaters miterleben durfte und die er später in „Dichtung
und Wahrheit" so anschaulich beschrieben hat. Seine Gemahlin war die Tochter von Friedrich Graf Stadion, des
mächtigen Ministers in Mainz und Besitzer des Schlosses
Warthausen bei Biberach, einem „Musenhof", der schließlich das Vorbild für Weimar werden sollte. Um ihre hohe ge-
sellschaftliche Stellung auch nach außenhin kundzutun, hat
die Familie keine Kosten gescheut, Schloß und Park Stockau
herrschaftlich auszustatten. Man hatte häufig Gäste, und
man pflegte die schönen Künste, vor allem die Musik. Kein
Wunder also, wenn der Herr von Groschlag nach der Aufführung des „Clavigo" in Mannheim auch den jungen Herzog Carl August, den er schon kannte, und seine Begleiter zu
einer bereits verabredeten Silvesterfeier nach Schloß Stok-
kau bei Dieburg einlud.

Am Freitag, den 24. Dezember, reisen Carl August, Goethe und Wedel von Mannheim über Weinheim, Bensheim
und Darmstadt nach Frankfurt. Am nächsten Tag nehmen
sie dort an einem Konzert im „Roten Haus" teil. Auch Merck
ist jetzt dabei: „Er hat uns vor Lachen platzen gemacht",
schreibt der Herzog damals an seine Mutter. In Frankfurt ist
Goethe dann die nächsten Tage damit beschäftigt, den
Komponisten Philipp Christoph Kayser mit dem Text eines
Singspiels „Jery und Bätely" bekanntzumachen, das er unterwegs auf der Reise geschrieben hatte. Er trifft aber Kayser
nicht an und gibt ihm ausführliche briefliche Hinweise und

Anregungen. Am 26. Dezember ist er mit Wedel in Offen-
bach. Zwei Tage danach treffen Carl August und Wedel in
Darmstadt ein. Am Donnerstag, den 30. Dezember, kommt
Goethe mit Merck von Frankfurt her nach, und am 31. sind
die Reisenden dann – wie verabredet – in Dieburg. Carl August hat Musiker, Diener, Boten und Kutscher dazu in
Darmstadt angemietet, wie aus seinem Ausgabenbuch zu
entnehmen ist.

Zu der kleinen, aber sehr vornehmen Gesellschaft in Dieburg gehört auch aus Mannheim die Frau des Intendanten
Heribert von Dalberg, eine geborene Ulner aus Dieburg, fer-
ner ihr Schwager Karl Theodor von Dalberg, weiterhin ein
Frankfurter Gast, Graf Nesselrode, der sich gerade mit Louise Gontard verlobt hatte. Auch der Freiherr Diede zum Für-
stenstein, Besitzer des Schlosses Ziegenberg bei Mörlen in
Oberhessen, den Carl August zuvor schon in Frankfurt getroffen hatte, mit seiner hübschen Gemahlin, einer geboren-
nen Gräfin Callenberg aus Muskau in Schlesien, finden sich
ein sowie ein durchreisender Graf Goloffkin mit seinem Hofmeister.

Karl Theodor von Dalberg dürfte in diesem Kreise wohl
der ranghöchste Gast gewesen sein, er war erzbischöflich-
kurmainzischer Statthalter in Erfurt. Unter Napoleon sollte
er noch Fürstprimas des Rheinbundes und Großherzog von
Frankfurt werden. Er hatte durch Groschlags Vermittlung
einst Wieland eine Professur in Erfurt verschafft, wo dieser
sich aber gar nicht wohlfühlte und daher umso lieber nach
Weimar gegangen war. Auch Herr von Diede, einst Gesand-
ter des Königs von Dänemark in Berlin am Hofe Friedrichs
des Großen, dann in London, später am Reichstag zu Regen-
burg, gab sich sehr standesbewußt. Er scheint überhaupt –
im Gegensatz zu dem Dieburger Hausherrn – ein recht
schwieriger Herr gewesen zu sein. Goethe war ihm zuvor
schon einmal in Weimar begegnet, wo es aber zu keiner per-

sönlichen Annäherung gekommen zu sein scheint. Für Diede war der bürgerliche Doktor Goethe aus Frankfurt ein sehr zweifelhafter Freund des jungen Herzogs, ein Eindringling, der Amt und Titel nur als Deckmantel benutzte, um sich umso mehr an den Herzog festzuklammern. Das Gebaren des Herzogs, sich nach Werther, einem Romanhelden Goethes, zu kleiden und mit dem Freund Studentenstreiche zu verüben, erschien ihm unpassend und als eine hoffentlich bald vorübergehende Laune.

Goethe dürfte sich an diesem Abend in Dieburg – offenbar der einzige Bürgerliche außer dem fremden Hofmeister – in einer höchst beengenden Nebenrolle gefühlt haben. In einem Brief an Frau von Stein heißt es dann auch: „Alle Gemeinschaft, die man erzwingen will, macht was halbes, indes führ ich mich so leidlich auf als möglich." Und fährt fort: „Es ist unglaublich, was der Umgang mit Menschen, die nicht unser sind, den armen Reisenden abzehrt. Adieu und ein glückliches neues Jahr. Ich muß aufhören, meine Feder ist zu elend..." Als dann schließlich alles vorüber ist, schreibt er an Frau von Stein: „Das schöne Jahr haben wir in Dieburg mit kleinen Spielen angefangen... Der Herzog ist munter, beträgt sich vortrefflich und macht köstliche Anmerkungen. Von mir kann ich das nicht rühmen."

Von Diedes weiß man, daß sie eine ganze Woche bei ihren Freunden in Dieburg blieben. Der Herzog Carl August aber kehrte mit seinen Begleitern bereits am 1. Januar 1780 nach Darmstadt zurück. „Heute sind wir hier", schreibt Goethe am nächsten Tag an Frau von Stein, „morgen in Homburg, Dienstag wieder hier, wo die Erbprinzeß das Melodram geben wird." Gemeint ist – wie Carl August seiner Mutter mitteilt – von Abt Vogler „das schreckliche Schauspiel ‚Lampedo' ", das vom siegreichen Kampf einer Amazonenkönigin gegen die Skythen handelt. Und dann heißt es in dem Brief weiter: „Die Frau Erbprinzeß, welche besser aussieht als spielt, macht die Hauptrolle. Mein Schwager ist Konzertmeister und spielt die erste Geige. Das Theater ist nicht ganz so groß wie das Leipziger, aber sonst sehr brav gebaut..."

Und Goethe? Er wohnt auf dem Glockenbau und hat einen Lakai, der ihm aufwartet. Im weißen Saal wird an der fürstlichen Tafel gespeist. Die Wandleuchter sind mit Unschlittlichtern besteckt worden und „unten und oben auf jedem Gang haben nebst denen Laternen zwei Unschlittlichter gebrannt, sodann in dem weißen Saal wegen dem Durchgang drei."

Der Silvesterabend in Dieburg scheint für Goethe eine lehrreiche Erfahrung gewesen zu sein. „Den sogenannten Weltleuten", vertraut er Frau von Stein an, „such ich nun abzupassen, was sie guten Ton heißen, worum sich ihre Ideen drehen, und was sie wollen."

Nun, der „gute Ton" war 1779 noch von der alten Zeit bestimmt. In zehn Jahren, mit Beginn der großen Französichen Revolution, sollte dann alles anders werden, und was davon übrig blieb, zertrümmerte Napoleon 1803 bei der Auflösung des alten Reiches. Doch in den Köpfen kündigte sich das Neue bereits an: Rousseau mit seinen Schriften, Goethe mit seinem „Götz" und seinem „Werther". Auch der hagere Schiller mit seinen „Räubern" und mit „Kabale und Liebe" gehörte zu den Wegbereitern. Und natürlich auch Merck, der Goethe damals mit unerbetenen Ratschlägen das Leben zuweilen schwer machte...

Doch die Gesellschaft in Dieburg hatte einstweilen noch andere Sorgen: Der Herr von Diede hatte sich in Ziegenberg gleichfalls einen Park angelegt und sich dazu einen Hauptmann aus Hanau geholt, der ihm das Gelände vermessen sollte. Wir begegnen ihm später wieder in Goethes Roman „Die Wahlverwandtschaften".

Wie so oft suchte Goethe sich auch jetzt innerlich durch seine Dichtung zu befreien. „Bewegung und frische Luft tun

das ihrige, und die Sorglosigkeit ist eine nährende Tugend",
schreibt er in jenen Tagen an Frau von Stein. Und er fügt hinzu, er wolle das alles zu einem Drama verarbeiten, doch er
bitte, diese Mitteilung als ein Geheimnis zu verwahren,
„denn es könnte mir ein anderer den Braten vorm Maul wegnehmen." Der Brief schließt mit dem Satz: „Bald wird's von
uns nicht mehr heißen, sie kommen, sondern sie sind da!"
Ehe die „voyageurs" jedoch am 10. Januar 1780 über Hanau, Gelnhausen, Fulda endgültig die Rückreise nach Weimar antreten, verbringen sie zuvor mit Merck in Goethes Elternhaus am Hirschgraben in Frankfurt noch drei frohe
Tage.

Was das angekündigte Drama angeht, so würde ihm wohl
schwerlich einer diesen Braten vorm Maul weggenommen
haben, denn er hat aus seinen damaligen Erfahrungen etwas
sehr Persönliches gemacht. Er begann damit, wie man seinem Tagebuch entnehmen kann, am 30. März 1780. Er verlegt die Handlung an den Hof von Ferrara. Das Stück behandelt die Stellung eines Dichters, indem man unschwer Goethe erkennt, zwischen Weltleuten. Aus dem Munde seines
Gegenspielers Antonio hört man wiederum Freund Merck
reden. Doch das Werk wird erst spät, erst nach der großen
italienischen Reise, erst 1789 im Jahr der Französischen Revolution vollendet. Sein Titel ist „Tasso".

WILHELM HAMM

Silvester im Darmstädter Biedermeier

Auf Silvester riefen schon am hellen Mittag die Kinder „Prosit Neujahr!" durch die schneebedeckten Straßen, an deren Reinigung keine Seele dachte; ein eigentümliches Leben und Treiben herrschte auf den Bürgersteigen. Alles war den dumpfen Gemächern entflohen, um am letzten Tage des Jahres noch einmal die Nachbarn zu begrüßen und die Häuser zu beschauen, gleich als beginne von morgen ab ein neues Leben, eine neue Welt. Die Handwerker legten schon um vier Uhr ihr Werkzeug zusammen, und der kleine Beamte wagte, sobald der Chef das Beispiel gegeben, den Rückzug aus der „Ballei", eine volle Glockenstunde vor Schluß der Amtszeit. Wenn es dämmerig zu werden begann, huschten in der Außenstadt, wo die Ackerbürger wohnten, seltsame Gestalten durch die Gassen, hinter ihnen gröhlende Schwärme der Lehrling und Schüler. Meist waren jene als Bären oder Hirschen vermummt mittelst übergehangener Schlittendecken und mächtiger Geweihe. Sie führten groteske Tänze vor den Häusern aus, hinter deren Scheiben hübsche Mädchenköpfe vorlugten, schreckten die kleinen Kinder und brachten Verwirrung in die umdrängende Menge, indem sie heimlich angezündete Schwärmer und Frösche unter sie warfen. Das gab dann ein lustiges Kreischen, Flüchten und Purzeln. Den heidnischen Mummen der Wintersonnenwende aber brachten die ehrsamen Stadtbauern süßen Honigschnaps und ihre braunarmigen Ehehälften dampfendes Warmbier zum Lohn für die ihnen erwiesene Auszeichnung. Dann ging der Zug weiter, um an dem nächstgrößten Düngerhaufen vor den Fenstern halt zu machen; denn nach deren Maß war der Besitz und demzufolge die Würdigkeit des Eigentümers leicht zu schätzen.

Ungeduldig drängten sich am späteren Abend die Kinder um den Tisch im warmen Zimmer, auf dem ungewohnte Dinge und Geräte zu erblicken waren. Schon das Nachtmahl hatte eine weihevolle Festesstimmung unter ihnen wachgerufen; es bestand aus sogenanntem „Polnischen Salat", einer Mischung von Fleisch, Äpfeln und Hering mit den üblichen Gewürzen und erschien nur einmal im Jahre zu dessen Abschied auf dem Abendtisch. Nunmehr prangte auf diesem die Sonntagsterrine in einem Kranze von Gläsern, daneben duftige Zitronen, große Zuckerbrocken und eine geheimnisvolle Flasche. Denn ein Punsch war ehedem Gesetz des Silvesterabends, und selbst der minder Wohlhabende meinte, ihn nicht entbehren zu dürfen. Damals gehörte das Verständnis des Punschbrauens unbedingt zu den unerläßlichen Kenntnissen der Familienhäupter. Ungern aber überließ die Hausfrau dem Herrn die Mischung der fünf Elemente; „er macht ihn zu stark", pflegte sie zu sagen. Wir Kinder bettelten darum, helfen zu dürfen, entweder die Zitronen auf dem Zucker abzureiben oder gar die hölzerne Zitronenquetsche zu regieren, das sonst so selten zum Vorschein kommende wunderbare Instrument. Und wie sorgsam wurde geprüft, ob die Kombination gelungen, die richtige Harmonie getroffen sei, wie wurde Rats gepflogen, ob noch etwas Arrak oder Wasser zuzusetzen sei, denn damals gab es noch keine Essenzen, und der Punsch war ein Kunstwerk, kein schnödes Gebräue, das die erste beste Köchin liefern kann. Er schmeckte aber auch weit besser als heutzutage, wo ihn wenige mehr mögen, und wir Kinder konnten nie genug bekommen von dem süßen Feuersaft, der uns am andern Tage regelmäßig Kopfweh brachte. Wer weiß es noch in der Gegenwart, daß der Punschlöffel nur aus Holz sein darf?

Bevor aber der festlich Trank kredenzt wurde, mußte noch ein Ausflug unternommen werden; wohl eingehüllt wurden die Kinder entlassen, und lustig rannten sie in den dunklen Gassen, in denen irrende Lichtlein, die Laternen der Wandelnden, ihnen den Weg zeigten; fernher und manchmal in der Nähe knallten vereinzelte Schüsse. Je näher dem Markte, um so größer das Gewühl. Dieser aber bot einen erfreulichen Anblick, sein weites Viereck war mit lichtergeschmückten Buden und Ständen umsäumt, und alle boten nur eine einzige Ware – Bretzeln, das Festgebäck des Neujahrstages. Bretzeln überall und in allen Größen, von dem riesigen vier Fuß langen Meisterstück des Hofbäckers an bis herab zu den winzigen drei Stück für einen Kreuzer. Der Duft des mürben Backwerks lagerte gleich einem Opferrauch über dem Platze.

Jeder, auch der Ärmste, kaufte sein Teil. Gruppen von Buben hatten sich zusammengetan mit Papierlaternen. Einer zog voran, auf hoher Stange das Bäckerwappen tragend; ohrenzerreißend gellte das Brüllen aus den jugendlichen Kehlen: „Prost Neujahr, Bretzeln wie ein Scheuertor!", dem sich zeitweilig noch mancher andre, minder appetitliche Reim anreihte.

Aber der Frost war hart und das Kindergewand jener Zeiten war dünn. Von Doppelsohlen wußte man auch nichts, und nur die Bevorzugten trugen Galoschen mit Mechanik. So trippelte denn das junge Volk bald wieder heim, Stück für Stück beladen mit der eingehandelten Bretzel, die weder eine von den größten noch von den kleinsten war. Da taten der warme Ofen und der heiße Punsch gar gut.

Aber mitten im Wohlsein richteten sich die kleiner werdenden Augen öfters nach dem Kuckuck an der Wand. Noch nicht zehn Uhr! Sonst kam regelmäßig schon um neun Uhr der Sandmann und streute seine Körner, heute aber mußte tapfer widerstanden werden; denn eine Schande wäre es selbst für die Kleinen, das neue Jahreskindlein nicht mit hellen Blicken zu begrüßen. Da ward denn allerlei versucht, den sonst ersehnten Schlaf zu bannen. Es gab Spiele um

Nüsse, an denen sich wunderbarerweise die ernsten Eltern beteiligten, dann wurde die Großmutter gequält, bis sie die Sage von der weißen Frau erzählte. [...]

Ein fürchterlicher Krach schreckte die ganze Gesellschaft empor, es war ein kräftiger Kanonenschlag unter dem Haustore explodiert, so daß die Neujahrssonne durch zerbrochene Fenster scheinen mußte. Allein niemand beschwerte sich darüber; denn eine solche Überraschung galt als große Ehre. Wen man nicht besonders achtete, dem versuchte man gewiß nicht das Haus zu sprengen. Von da und dort knallten ähnliche Ehrenbezeigungen, der Lärm draußen schwoll an, alle Fenster waren geöffnet, die Buben der Gasse brüllten immer frenetischer ihr „Prosit Neujahr!" Jedermann horcht hinaus auf den ersten Glockenschlag der zwölften Stunde, um den andern „das Neujahr abzugewinnen". Wie langsam rückt der große Zeiger vor – endlich hebt es aus – Totenstille im ganzen Hause und in der ganzen Stadt. Da – Bum! – und nun bricht's los gleich einem Wirbelsturm. Kein Mensch hört auf den Choral „Allein Gott in der Höh' sei Ehr'", den die Stadtzinkenisten von der Galerie des Turmes blasen, das Getöse der Donnerkästen übertäubt die frommen Töne. Jeder ruft dem andern seinen Glückwunsch zu, Familienglieder und Freunde umarmen sich, manche Wehmutsträne netzt die Augen, der Nachtwächter des Viertels aber mit der Fuchsschwanzmütze, mit Spieß und Laterne, ruft zum geöffneten Fenster hinein: „Glückseliges neues Jahr! Gesundheit, Frieden, Einigkeit und die ewige Seligkeit! Amen."

NIKOLAUS SCHWARZKOPF

Der letzte Frosch der Neujahrsnacht

Bis zur Neujahrsnacht hatte der Winter im Gebirge gestanden und nur hin und wieder einmal ein leichtes Schnee-
gestöber ins Tal gejagt.

Als das Bäuerchen Bastian vom Würfelspiel aus dem
Wirtshaus heimkehrte, knallten ringsum die Frösche, und
winzige Raketen erhoben sich bis über die Häuser hinauf.
Am Himmel aber tummelten sich die Sterne um den guten,
alten Mond wie im August, als hätten sie den irdischen
Schnickschnack nachmachen wollen. Das Bäuerchen hatte
eine überaus lange Wurst gewonnen und trug sie wie eine
Ordenskette um den Hals geschlungen. Es weckte seine
Frau, ihr das Neujahr anzuwünschen, allein die Frau warf
sich auf die andere Seite und schnarchte weiter. Da legte Bastian die Wurst auf den Küchentisch und begab sich hinaus
in den Stall zu seinem lieben Vieh.

„Prost Neujahr!" sagte er und henkelte die Tür hinter sich
zu. Der Ochs hob den Kopf und riß die Augen auf, die Kuh
ließ sich streicheln, aber sie öffnete die Augen nicht, und die
Ziege sprang auf, munter, wie die Ziege ist, und meckerte:
„Pröstchen Neujahr, Bastian!" Aber dann legte sie sich wieder und tat, als schliefe sie.

„Morgen früh, Kinder", sagte Bastian, „morgen früh wird
der Winter durch Ritzen und Fugen kriechen und euch die
Klauen kitzeln. Ich meine, ich sollte noch rasch ein paar Zöpfe flechten, he? Zöpfe, wie *sie* sich die Zöpfe einst geflochten
hat aus blonden Haaren die Fülle."

Die Kuh ließ das Untermaul hängen und wollte nicht ge-
stört sein, aber der Ochs sah seinen Herrn mit großen, vollen
Augen gutherzig an.

„Los, sag mir was", bat Bastian, „ich seh dir an, du willst
mir sagen: „Bastian, steck dir ein Pfeifchen an! Bastian, mach

deine Zöpfe so schön, wie die Zöpfe deiner lieben Frau waren, denn der lange Winter greift herein, und dann wird die Milchkuh täglich einen Liter weniger geben, wenn sie kalte Klauen hat, und der Krach ist wieder da."

Der Ochs erhob sich mühsam und stellte sich auf die vier Beine. Der Bauer nahm die Pfeife, die neben dem Spiegelscherben am Pfosten zwischen Ochs und Kuh hing, aber da er kein Streichholz hatte, sprach er: „Muß man denn den Kloben immer zwischen den Zähnen haben? Sag mir was, Öchslein, sprich dich aus, es ist Neujahrsnacht, da könnt ihr Tiere doch sprechen!"

Da begann der Ochs zu sprechen und sprach: „Ein ganz und gar versauter Kuhschwanz ist dein Bart. Aus solchem Dreck kann natürlich kein Lied mehr steigen für deine saubere Frau. Aus so verfaulten Zähnen ein Lied? Wenn wir pflügen, dann hast du die Pfeife im Maul, wenn wir Mist fahren, hast du die Pfeife im Maul, und sicher qualmst du auch, wenn du am langen Winterabend bei ihr in der Stube hockst und das Radio laufen lässest, anstatt daß du selber ihr eins singst! Los, sing eins, ich seh dirs ja an, Bastian – aber es traut sich nichts mehr aus dem Gewürzel!"

Das Bäuerchen hängte die Pfeife wieder hin, besah sich im Spiegel, strich sich den borstigen Schnauzer beiseit und lief in die Scheune, um ein Gebund langsträhniges Stroh zu holen. Er band es auf, ergriff zwei Hände voll der schlanken Halme, schüttelte sie aus, nahm sie zwischen die Knie und drehte einen Zopf daraus, dreiteilig und fest. Er pfiff dabei, er sah nach seinem Ochsen hin, hielt inne im Pfeifen und im Drehen und sprach: „Ja, mein lieber Ochsenmaulsalat und Herr von Farrenschwanz: daß ich nicht singe, das hat seinen guten Grund!"

„Welchen Grund?" fragte der Ochse.

„Frag nur, bitte", erwiderte der Bauer, „frag frei heraus, frisch von der Leber weg! Du bist erst zwei Jahre hier und weißt noch lange nicht alles. Auch deine Milchfrau weiß es nicht, kein Hase, keine Geiß, aber dir, weil du kein dummes Hornvieh bist, dir will ich es verraten: Einer deiner dummen Vorgänger hat meinen einzigen Sohn, den Karl, siebzehn Jahre damals alt, vor zehn Jahren mit den Hörnern... na ja, du wirst dirs denken können. So stand er da, der Karl (der Bauer trat zwischen Ochs und Kuh), hier an diesem Fleck, und er wollte ausnahmsweise dem anderen Ochsen, – ich hatte damals zwei Ochsen –, den Klee zuerst hinschütten, dem Kastor. Er selbst, der Wüstling, hat Pollux geheißen. Und da fuhr der Teufel in Pollux, und er spießte meinen Sohn von hinten her mit beiden Hörnern auf. Vielleicht erschrak er so über seine Tat – er war ja kein Böser nicht, nur wenns ans Fressen ging, da war nicht mit ihm zu spaßen –, vielleicht ist er so erschrocken, daß er sich losriß und aus dem Stall rannte, mit meinem Sohn quer auf den Hörnern, denk dir, mein Lieber, hinaus auf die Gasse. *Sie* hat es mit angesehen, ich nicht. Ich war im Garten hinter der Scheuer und hab Bohnen gelegt, es war mitten im Mai... Ich weiß, du meinst: das war kein Ochs, das war ein Stier? Nein, es war ein Ochs. Wenn er genug zu fressen hatte, konnte selbst meine Frau ihn um den Finger wickeln, wie man so sagt, und nun möchtest du auch wissen, was mit dem Unhold geschah? Ich hab ihn am selben Tag verkauft. Ich wills kurz machen: an der Mauer drüben hat er meinen Sohn abgestreift, wie ein Huhn sich den Schnabel abwischt, und dann ist er in seinen Stall getrottet, ob nichts zu fressen wär, und am selben Tag hab ich ihn verkauft. Mit dem Kastor hab ich meinen Sohn zur Stadt ins Krankenhaus gefahren, wo Karl nach drei Tagen starb."

Bastian hatten den Arm auf des Ochsen Schulter liegen, den Kopf an des Tieres Hals, und fuhr fort: „Drei Töchter hab ich noch, lieber Freund und Kupferstecher, drei stramme Weibsleut, aber sie kommen nicht mehr in meinen Stall;

sie kümmern sich nicht mehr um ihren klein gewordenen Vater. Damals besaß ich freilich dreißig Morgen Feld, und heute sinds nur noch sieben... Schwamm drüber! Nicht wahr: du meinst doch auch, man hätte nicht so trauern sollen, daß man vor lauter Trauer um Hab und Gut kam. Damals war man noch im Kriegerverein, da hing mein Bild mit dem aufgezwirbelten Schnurrbart über der Tür – es hängt ja heute noch – damals, o, wenn wir zum Beispiel eine Schneeballschlacht uns lieferten so im Winter, die vier Weibsleut gegen uns Mannskerle! Karl war ein Bär, sag ich dir: wenn der Pollux ihn nicht von hinten gefaßt hätte, dann wär der Ochs eher auf der Strecke geblieben, das glaub mir. Und eine Stimme hatte der! Der konnte singen! Na, das war noch was! Und Allotria konnte er treiben! Den ganzen Tag gesungen und Allotria getrieben, aber doch geschafft, das sag ich dir, wie zwei!"

Bastian sah den Ochsen an, und der Ochse sprach: „Dann hat euch alles keinen Spaß mehr gemacht, das kann ich verstehen."

„Da hast du recht", antwortete der Bauer, „keinen Spaß mehr gemacht, das Vieh nicht, das Feld nicht, die Frau nicht, nichts mehr."

Nun stopfte Bastian die Zöpfe in die Ritzen und Löcher in und neben die Tür, und auf die Fensterbank legte er ein dikkes Geflecht. „Siehst du, wie recht der Bauer hatte: hier ist schon Eis, und wenn ich recht habe, kommen auch schwere Wolken aus dem Gebirg."

Er warf das übrige Stroh neben den Ochsen, hieß ihn, sich zu legen, und faßte ihn am Unterschenkel, worauf der Ochse sich aufs Knie senkte und sich sachte auf die Seite plumpsen ließ. Der Bauer legte sich nun nebendran, daß sein Kopf auf des Tieres Flanke ruhen konnte, und sprach: „Daß ich dir das noch erzählt habe! Da mußte Neujahrsnacht werden, und *sie* mußte unfreundlich gegen mich sein! Oft erkennt man an einem verzottelten Bart, der aussieht, als hätten die Mäuse ihn zernagt, nicht, was für schlimme Dinge hinter ihm verborgen sind. Aber du hast recht: zehn Jahre sind eine lange Zeit, und den Kopf sollte man nun nicht mehr hängen lassen! Jawoll, jawoll, lieber Freund... ich hab dir noch nicht einmal einen Namen gegeben... darf ich dich Pollux nennen, Pollux... ich taufe dich auf den Namen Pollux... aber morgen früh wird ein neues Leben begonnen!"

Er begann zu singen und sang:

> „Schön ist die Jugend bei frohen Zeiten,
> schön ist die Jugend, sie kommt nicht mehr.
> Sie kommt nicht mehr, ja mehr,
> kommt auch nicht wieder,
> schön ist die Jugend, sie kommt nicht mehr."

Geweckt wurde das Bäuerchen am hellichten Tage, als seine Frau an der Schwelle die Füße abklopfte und an der Tür riß, daß der Henkel aus dem Holz brach. Sie knallte den Melkeimer hin, stemmte die Fäuste in die vollen Hüften und rief: „'s Licht hat er natürlich auch brennen lassen, der Zechbruder! Das Jahr fängt wieder mit Lotterleben an!"

Bastian schwieg und trat hinaus in den Schnee. Wie im rechten Übermut streckte sich ihm die Wagendeichsel entgegen, die dick beschneit war. Bastian raffte den Schnee und ballte ihn und setzte einen Ball neben den andern, die ganze Länge der Deichsel hin. Da die Stalltür geschlossen war, hörte er nicht, wie der Strahl der Milch in den Eimer zischte, aber auf einmal ging die Tür auf, und Bastian duckte sich hinter den Wagen. Die Frau sah ihn nicht, sondern stierte vor sich hin, um mit dem Eimer durch den Schnee zu stapfen nach der hohen Steintreppe zu. Klatsch! saß ihr ein Ball auf dem feisten linken Hinterteil, klatsch, ein zweiter auf dem Nest, das einst eine volle Garbe war. Sie schlappte aber weiter, schleuderte das Hinterteil, daß der Schnee abfalle, und daß der Bauer, wenn er Lust habe, diese gewaltige Zielscheibe beklatschen könne, soviel er wolle.

„Prost Neujahr!" rief er, „Prost Neujahr, Katherin!" und er rannte zu ihr hin und nahm ihr oben am Ende der Treppe den Eimer ab.

„Einen Kuß!" rief er, sie aber blieb stehen und sah ihn groß an.

„Noch immer nicht nüchtern?!" schrie sie, und er darauf: „Doch, doch, völlig nüchtern! Und hier (er nahm vom Fenstergriff die Schere) schneidst du mir zuerst das Sauerkraut hier am Maul ab!"

„Na, das will ich machen, Bastian!" rief nun Katherin, und er nahm sie um den Leib und riß sie mit sich in den Stall hinunter, daß das Vieh, besonders der Pollux, sehe, was es da gebe. Er nahm den Spiegelscherben in die Hand und hielt der Frau den Schnauzbart hin, daß sie ihn stutze. Sie stutzte ihn, so gut sie konnte, die Ziege meckerte, daß es eine Art hatte, und der Ochse riß die Augen sperrweit auf.

„Na, Junge", rief der Bauer ihm zu, „was hast du noch auf dem Herzen?"

Da der Ochse schwieg, sprach der Bauer zur Frau: „Ich hab ihm den Namen Pollux gegeben, und nun möchte er gern einen Kastor neben sich gespannt haben: obs noch einmal soweit kommen wird, Katherin?"

„Warum denn nicht, Bastel?" erwiderte Katherin, holte eine Handvoll Schnee, wischte dem Bastel den Mund sauber und gab ihm einen dicken Kuß drauf.

Wie der letzte Frosch der Neujahrsnacht knallte das.

ERNST KREUDER
Silvester

„Erwarte dich gegen Abend in N. bei Ursula zur Silvesterfeier. Angelika."

„Einen Augenblick", sagte Engelbrecht. Er nahm sein
Notizbuch heraus, schrieb etwas, riß das Blatt heraus und
gab es dem Briefträger

„Geben Sie das bitte gleich auf, sobald sie zurück sind,
und schicken Sie mir das Auto des Tankstellenwärters entgegen. Das ist für das Telegramm und das ist für Sie. Nichts
zu danken. Ich kann mich darauf verlassen?"

„Das können Sie", sagte der Briefträger und zog die Faust-
handschuhe an, „in einer halben Stunde ist das Auto hier.
Habe die Ehre der Herr, grüß Gott."

Engelbrecht ging durch den Wald zurück. Kein Grund
zur Aufregung, dachte er. Er packte einiges in den kleinen
Handkoffer und steckte die Schnapsflasche in den Mantel.
Auf dem Tisch ließ er alles liegen, wie es lag. Dann schrieb er
auf einen Zettel: „Kleine Reise bis nächstes Jahr" und legte
ihn auf die Bücher. Dann schloß er das Waldhaus ab und
ging fort. Unterwegs grüßte er die Bäume. „Kleine Reise!"
rief er, „auf Wiedersehn, Wiedersehn!"

„Alles Gute", hörte er die Bäume antworten, „vergessen
Sie uns nicht."

Als er um den See herum war, kam ihm das Auto entgegen. Sie bekamen den Schnellzug noch, denn er hatte eine
halbe Stunde Verspätung. Im Abteil zündete Engelbrecht
seine Pfeife an und dann nahm er einen Schluck aus der Gei-
sterflasche. Er rieb sich nicht die Hände und tanzte nicht im
Abteil herum, er saß still in der Fensterecke und schaute
über die verschneiten Felder, die sich sanft vorbeidrehten.
Erst jetzt dachte er ruhig an Angelika. Und er begann sich
langsam auf das Wiedersehen zu freuen. Angelika hatte et-

was von einem Pony an sich, sie hatte starke, junge, etwas un-
gelenke Glieder und war in den Formen etwas schwer. Aber
da sie groß war, wirkte sie eher schmal als voll. Angelika war
eine junge Frau, das war so schön wie ein junger Baum oder
ein junges Pferd, das war so schön wie unverbrüchliche
Freundschaft, wie unwandelbare Brüderschaft und Treue.

Wie Angelika es fertig gebracht hatte, zu seinem Zug an
der Sperre zu sein, verriet sie Engelbrecht nicht. Sie lächelte
ihm zu und gab ihm einen schnellen, angedeuteten Kuß,
dann hakte sie sich bei ihm unter und zog ihn zum Bahnhof
hinaus. Es dämmerte schon. Engelbrecht war still und Angelika redete. Sie erzählte reizend unwichtige, einfache Dinge
und er hörte geduldig zu und ihr Geplauder war wie ein warmer, unaufhörlich rieselnder leiser Sommerregen. Engelbrecht ging durch die von vielen, eiligen Menschen überfüll-
ten großstädtischen Straßen wie ein Mann, der lange in
einem Krankenhaus gelegen hat und zum ersten Male wieder in die Welt jenseits der stillen Mauer zurückkehrt. Er er-
kundigte sich nach Ursula.

„Ach, weißt du", sagte Angelika, „es geht ihr nicht gut.
Deshalb wollen wir jetzt einmal ordentlich einkaufen. Weißt
du, was wir machen werden?"

Sie blieb stehen und sah Engelbrecht frohlockend an.

„Wir machen einen Heringssalat, Tom."

Engelbrecht nickte. Er freute sich. Wir machen einen
Heringssalat. Das war doch einmal etwas anderes als Ex-
zerpte und Meditationen. Auf dem großen Marktplatz waren die Schätze des Landes auf Ständen ausgebreitet. Diese
bunte, frische, mannigfaltige Fülle war ein endloser Lobge-
sang auf das Land draußen, auf seine Fruchtbarkeit und den
geduldigen Fleiß seiner Bewohner. Engelbrecht ging von
Stand zu Stand und kaufte ein. Wir machen einen Heringssalat. Er kaufte dicke Sellerieköpfe, gelbe Kartoffeln, sandi-
ge Rote Rüben, kleine rote Winteräpfel, Salzgurken und ge-

putzte Heringe, Landbutter, Eier und braunes Holzofenbrot. Ursulas Markttasche, die Angelika trug, füllte sich mehr und mehr. Zuletzt besorgten sie noch Wein und Gebäck, Mistelzweige, Astern, Mimosen, Palmkätzchen und dann gute Festzigaretten.

Sie gingen den schneeglitzernden Weg zur alten Burg hinauf, in der Ursula wohnte. Engelbrecht zog den rostigen Glockengriff. Dann mußten sie noch über eine dunkle, steile Treppe. Oben stand Ursula im gelben Hausgewand.

„Das ist Tom, der Einsiedler", sagte Angelika.

„Grüß Gott, Ursula", sagte Engelbrecht, und Ursula mußte beide Arme aufhalten, um die vielen Blumen zu tragen. Dann traten sie in die niedrige Burgstube. Die schönste Stube der Welt, hatte Engelbrecht sie genannt. Durch die breiten Fenster mit den tiefen Nischen sah man weit über die verdämmernde, lichterglimmende Stadt. In der Ecke zwischen den Fenstern stand eine große Tanne. Sie trug auf ihren dunklen Zweigen weiße Kerzen. Überall in den Wandnischen standen kleine, holzgeschnitzte, bunt bemalte Engel mit großen Flügeln von Ursulas Hand. Angelika war in die Küche gegangen.

Ursula war still und schön. Blond und still und mütterlich. Sie hatte einen Knaben von elf Jahren. Früh hatte sie ihren jungen Mann verloren.

„Thomas", sagte Ursula, sie saßen sich in niedrigen Sesseln gegenüber und hielten sich noch immer bei der Hand, „kennst du dieses Schälchen noch?"

Engelbrecht nahm das blaue Schälchen aus der Nische. Es lag etwas Asche und ein Zigarettenstummel darin.

„Das ist noch von deinem ersten Besuch, vor vier Jahren", sagte Ursula.

Engelbrecht nickte. Verwunschen, dachte er, wie verwunschen ist alles hier oben. Als wären auch noch die Jahre hier geblieben. Er sah Ursula lange und stumm an.

Draußen war es dunkel geworden. Ursula hatte eine rote Kerze angezündet. Die Stadt drunten war jetzt wie eine große Lichterküste. Aus der verzauberten Stille rief ihn plötzlich Angelika heraus. Er sollte in der Küche helfen.

In der Küche sah es wunderlich aus. In einer tiefen, gewölbten Fensternische, die wie eine Schießscharte aussah, leuchtete verloren in dem dichten Wasserdampf eine Kerze. Es war hier wie in einer Zaubererhöhle, wie in einer Alchimistenküche im Turmverließ. In dem halbdunklen Gewölbe, in dem es kalt war und feucht, stand Angelika in dem weißlichen Kochdampf neben den winzigen Gasherdflammen und schälte die gekochten Kartoffeln. Engelbrecht half ihr. Er schnitt Selleriekörfe und Äpfel in die große, braune Tonschüssel, Rote Rüben und Heringe, und Angelika schnitt die Kartoffeln und Gurken darüber. Wir machen einen Heringssalat.

Dann trugen sie den Heringssalat in die Burgstube. Da waren schon alle Kerzen am Baum angezündet und leuchteten aus dem Grün wie aus einem Wald und Ursula saß still daneben. Angelika deckte den Tisch, und Engelbrecht entkorkte die Flaschen und schenkte ein.

Der Heringssalat schmeckte allen wunderbar. Engelbrecht erzählte von seinen Tagen im Waldhaus und dann krachten drunten in der Stadt schon die ersten Schüsse und am Nachthimmel stiegen feurige Raketen hoch. Die verzauberte Atmosphäre wurde in den letzten Minuten noch dichter. Sie standen jetzt vor dem leuchtenden Lichterbaum und hielten die gefüllten Gläser in den Händen. Engelbrecht war etwas blaß, die Gesichter der Frauen waren leicht gerötet, ihre Augen glänzten, um ihren Mund lag ein seltsamer Zug, als müßten sie weinen und lachen zugleich. Als der erste Glockenschlag der letzten Mitternacht vom nahen Dom fiel, hob Engelbrecht das Glas, sah die beiden Frauen an und sagte:

„Liebe Ursula, liebe Angelika, nun ist das letzte Stück Weg zurückgelegt, die letzte Stufe erstiegen, jetzt öffnet sich wieder ein neues Tor. Willkommen sei uns das Neue Jahr!" Während sie die Gläser an die Lippen führten und sich zutranken, begann es im Dom drunten dröhnend zu läuten. Sie gingen an die Fenster und sahen über die erleuchtete, raketensprühende nächtliche Stadt, in der es jetzt überall läutete.

Mit einem Mal schien es in der Burgstube noch stiller zu sein. Engelbrecht wandte sich um. Ursula war nicht mehr im Zimmer. Angelika stand schon neben ihm.

„Liebster", sagte sie, und Engelbrecht schien es, als wäre im Zimmer ein spurloser, süßer Wind, „Liebster, ich wünsche dir ein gutes Neues Jahr."

Sie sahen sich an, als stünden sie beide an Ufern, die noch weit auseinander lagen, so daß es schwer war, sich gegenseitig zu erkennen in dem ungewissen Licht, aber dann schien die Ferne zwischen ihnen plötzlich wie verweht, und sie standen nah voreinander, und erst jetzt hatten sie sich ganz wiedergesehen. Am Baum war eine Kerze niedergebrannt, das kleine, blaue Flämmchen zuckte noch einige Male auf und erlosch. Ein dünner Faden Rauch schwebte auf. Als sich ihre Gesichter berührten, lächelte Angelika, als hätte sie etwas Wunderbares, ganz und gar Unwirkliches geträumt.

Drei Tage später ging ein Mann über den tiefverschneiten Weg, der um den See in den Wald hinauf führt. Die Sonne schien aus einem meerblauen Himmel und ließ den Schnee glitzern wie Christbaumschmuck. Der Mann trug einen kleinen Handkoffer und einen festen Stock. Als er in den Wald kam, blieb er stehen. Es war eine unendliche Stille ringsum. Die Bäume hatten noch dickere weiße Pelze bekommen.

„Da wären wir also wieder", sagte der Mann und hob seine Pelzmütze vom Kopf. Und er hörte die Bäume auf ihre Weise antworten. Es sei schön, sagten sie, daß er wiederge-

kommen sei. Er nickte nach allen Seiten und stapfte weiter
durch den Schnee den Wald hinauf. Sein Gesicht sah jung
und zuversichtlich aus. Er kam an das Waldhaus, schob den
Schnee mit dem Fuß von der Schwelle, schloß die Türe auf
und verschwand drin.

RENATE AXT

31. Dezember

Im Darmstädter Hauptbahnhof zog es wie immer. Wie
immer war sie zu früh hinunter auf den Bahnsteig gegangen.
Sie überlegte, daß es sich aber auch nicht lohnen würde, die
Treppen mit dem Koffer hinaufzugehen, nur, um oben in der
Halle zu warten.

Der Sekundenzeiger auf der Uhr an der Anzeigetafel
schnellte ein Stück vor. Sie starrte ihn schon einige Zeit an.

Auf Gleis vier hatte der Zug Verspätung.

Hier auf Gleis drei würde sicher auch eine Verspätung
ausgerufen werden.

Es war ein trübsinniger 31. Dezember.

Sie hatte schlechte Laune, keine Lust zu reisen und hörte
ihre Mutter noch sagen: Ich wünsche dir das Doppelte von
dem, was Du Dir wünschst, Ann. Es war gut gemeint.

Aber sie hatte den Satz in einer Weise betont, daß es sie
ärgerte. Sie spürte einen Vorwurf darin, ohne genau zu wissen, warum.

Auch der Blick, mit dem sie sie angesehen hatte, hatte sie
nervös gemacht.

Ann bekam kalte Füße. Schubste den Koffer zur Seite
und beschloß doch oben zu warten.

In diesem Moment kam sie auf sie zu.

Eine zierliche, alte Dame, winzig wie ein zehnjähriges Mädchen. Irgendwie schoß sie hin und her, hatte Mühe mit ihrem viel zu langen Mantel und trug ein altmodisches Hütchen. Sie blieb vor Ann stehen und sagte: Ich habe meinen Zug verpaßt.

Ann nickte nur.

Ich komme aus Erfurt. Sie sah sie an und erwartete eine Antwort, aber Ann wußte nichts zu sagen. Jetzt wurde die alte Dame noch nervöser. Und ein wenig vorwurfsvoll meinte sie nun: Aus der DDR, verstehen Sie.

Wieder wartete sie auf eine Antwort.

Ann dachte, wie winzig diese alte Frau ist, wie alt sie wohl sein mag?

Die alte Dame konnte keinen Augenblick still stehen. Sie überlegte, wie sie ihr wohl behilflich sein konnte.

Meine Schwester aus Freiburg, fing die alte Dame erneut an zu erklären, wollte mich gestern auf dem Frankfurter Hauptbahnhof abholen. Aber ich war nicht auf dem Hauptbahnhof in Frankfurt. Und sie weiß nun nicht, wo ich geblieben bin. Sie war den Tränen nahe.

Ann verstand immer noch nicht.

Ich konnte meine Schwester nicht anrufen. Verstehen Sie! Ich habe keine D-Mark. Keine Mark, keine Zehner, nichts. Ich bin in diesem Jahr schon einmal in der Bundesrepublik gewesen. Nur beim ersten Besuch bekommt man 15 D-Mark. Sie werden im Paß eingetragen. Deshalb habe ich kein Westgeld.

Es war zu spät, um von Darmstadt aus zu telefonieren.

Als der Zug hielt, kletterte die alte Dame vor ihr eilig die Zugtreppe hoch. Sie konnte ihr noch nicht einmal die schwere Handtasche abnehmen.

Sie war vor ihr im Abteil.

Sie hatte sofort ein freies Abteil entdeckt und saß bereits am Fenster.

Ann setzte sich ihr gegenüber.

Wo fährt der Zug hin, fragte die alte Dame jetzt fröhlich.

Nach Basel.

Ann stand auf, um ihr notfalls so schnell wie möglich aus dem Zug zu helfen.

Fährt der über Freiburg?

Ja.

Fein. Sie war erleichtert, sie saß im richtigen Zug. Sie wurde immer lebhafter.

Ann hatte lesen wollen, aber die muntere Dame ihr gegenüber würde sie sicher nicht dazu kommen lassen!

Ich bin an der Grenze ausgestiegen, erklärte sie nun Ann. Ich wollte auf dem Grenzbahnhof auf die Toilette gehen. Im Zug kann ich das nicht. Da ist es zu schmutzig. Aber als ich wieder auf den Bahnsteig kam, war mein Zug abgefahren. Die Grenzer haben mich erst einmal mitgenommen. Sie haben meine Papiere kontrolliert, meine Tasche durchsucht und mich dann in den Wartesaal gebracht. Es war kein Mensch dort. Da saß ich nun die ganze Nacht.

Die alte Dame war also viele Stunden überfällig. Ihre Schwester wußte nicht, wo sie geblieben war. Das beste war, sie würde im Bahnhof in Freiburg gleich telefonieren. Ann holte etwas Kleingeld zum Telefonieren und reichte es ihr.

Erst wollte sie es nicht annehmen, aber die Aussicht, die Schwester zu beruhigen, gab ihr den Mut, die Hand auszustrecken. Ann legte das Kleingeld hinein, und sie steckte es in die Manteltasche.

Draußen im Zugkorridor klingelte es. Es junger ausländischer Kellner schob den Bufettwagen durch den Zug. Bot Kaffee, heiße Würstchen und Kuchen an.

Zwei Mal Kaffee, sagte Ann.

Sie klappte ihr Tischchen herunter. Der Kellner half der alten Dame, ihres herunter zu klappen. Er schenkte ihr sogar die erste Tasse voll ein.

Es roch nach Kaffee.

Wunderbar, sagte die alte Dame.

Sie freute sich sichtlich.

Da fiel ihr ein, daß sie ja kein Westgeld hatte und den Kaffee nicht bezahlen konnte.

Sie fragte, was so ein Kaffee hier koste.

Ann sagte es.

Sie rechnete um.

Sie sah Ann entsetzt an, schob die Tasse und das Plastikkännchen so weit sie konnte an den Rand des Tischchens.

So einen teuren Kaffee trinke ich nicht.

Das ist ja wie Betteln.

In der DDR haben die Leute oft genug das Gefühl, die armen Verwandten zu sein. Nein, das trinke ich nicht.

Ann schob den Kaffee wieder zurück.

Ich bin froh, wenn ich Gesellschaft habe. Und meine beiden Tassen Kaffee sind genug. Vier, da bekomme ich Herzklopfen. Die alte Dame sah den Kaffee an.

Ich trinke ihn, sagte sie und nahm ein Stückchen Zucker. Nahm noch einen Zucker und rührte bedächtig. Sie legte den Löffel so vorsichtig an den Rand des Untertellers, als sei er zerbrechlich. Dann trank sie einen Schluck. Sprang aber sofort wieder auf. Kletterte rasch auf den Zugsitz und holte ihre Tasche herunter, bevor ihr Ann helfen konnte. Sie holte eine bräunlich aussehende Wurst aus der Tasche. Sie hatte ein Messer dabei und säbelte nun ein Stück von der Wurst ab und gab es Ann.

Ann kaute.

Danach nahm sie ein in braunes Papier gepacktes Paket heraus.

Solch ein Papier, typisch DDR, dachte Ann.

Trotz ihres Protestes packte sie das Paket auf. Der Weihnachtsstollen war darin eingepackt. Sie schnitt die Cellophanhülle auf und säbelte wieder.

Sie gab Ann ein Viertel des Stollens und riß ein Stück vom Packpapier ab, damit Ann den Stollen einwickeln konnte.

Was wird ihre Schwester sagen, wenn Sie den Stollen angeschnitten haben? Es ist schade.

Sie sagte nichts.

Jetzt genoß sie ihren Kaffee und schwieg einen Moment.

Meine Schwester ist sehr tüchtig, sagte sie. Sie kann die schönsten Handarbeiten machen. Ich bin ungeschickt. Zum Beweis holte sie ein Spitzentaschentuch heraus. Eine Stola und ein kleines Deckchen. Das Deckchen legte sie unter Anns Kaffeetasse.

Sie müssen es behalten.

Es war plötzlich sehr gemütlich im Abteil.

Ann's schlechte Laune war weg. Sie lehnte sich zurück und sah die Frau ihr gegenüber an.

Ich bin 72, sagte sie. Aber jeden Morgen um vier stehe ich auf. Laufe eine Stunde zu meiner Arbeitsstelle. Und von fünf bis sechs putze ich einige Büroräume in einer Fabrik.

Abends von sechs bis sieben noch einmal. Aber in einer näher gelegenen Fabrik.

Ich gehe früh schlafen. So habe ich wenig vom Westfernsehen, meine Kolleginnen erzählen morgens, was sie gesehen haben, so höre ich doch manchmal was.

Ich bin abends müde. Und erst das DDR-Fernsehen, das mag ich nicht, das flimmert zu sehr.

Sie sind sehr tüchtig, sagte Ann.

Sie schauten ein wenig zum Fenster raus. Ann sagte, wir sind bald in Freiburg.

Schon? Sie sah Ann aufmerksam an.

Ich heiße Charlotte. Außer meiner Schwester habe ich keine Verwandten mehr. Geheiratet habe ich nie.

Ann zeigte nun ein Foto ihrer Familie. Riß ein Stück vom Packpapier ab und schrieb ihre Adresse auf.

Sie fuhren gerade in den Freiburger Bahnhof ein.

So schnell auf einmal! Charlotte hastete zur Tür. Wenig später stand sie auf dem Bahnsteig und winkte Ann noch einmal.

Aber als sie einen Schaffner in der Nähe entdeckte, rannte sie los, wieder in ihrem typischen Zick-Zack und hielt den Schaffner am Arm fest.

Gleichzeitig deutete sie auf Ann und sagte: Sie hat mir Geld zum Telefonieren gegeben.

Wo ist ein Telefon?

Hastig sprach sie weiter, und Ann dachte, sie sieht wirklich aus wie ein zehnjähriges Mädchen.

Ich muß noch weiter fahren. Ich weiß nicht wie. Ich werde nicht abgeholt. Ich habe doch Verspätung. Ich komme aus der DDR. Meine Schwester macht sich Sorgen.

Der Schaffner hob Charlottes Tasche auf und winkte Ann zu, was hieß, das geht schon in Ordnung.

Er nahm Charlotte am Arm, und sie hüpfte neben ihm her. Charlotte sah nicht mehr zurück. Sie war viel zu aufgeregt. Und Ann ging wieder in ihr Abteil zurück.

Es würde alles gut gehen mit Charlotte.

Um Mitternacht regnete es in verwischten Bewegungen die Scheibe herunter. Ann hatte sich eine kleine Flasche Sekt gekauft und kaute ein Stück Wurst.

Charlotte hatte ihr, ohne, daß sie es bemerkte, rasch noch die ganze Wurst auf den Sitz gelegt.

Ann zerbröckelte den Stollen. Er schmeckte.

Bald hatte sie Charlotte vergessen.

Charlotte sie nicht.

Ein Jahr später, genau am 24. Dezember, kam ein Paket aus Erfurt. Vielfach verschnürt. Im Paket waren mehrere kleine und große Pakete. Sie waren alle in unansehnliches DDR-Weihnachtspapier eingepackt. Aber jedes Päckchen war mit roten Bändern und großen Schleifen versehen.

Sie selbst hatte nie Lust, die Weihnachtsgeschenke mit Bändern und Schleifen zu versehen. Sie riß ein Stück Klebeband ab und klebte die Päckchen damit zu. Welch eine Mühe hatte sich Charlotte gemacht.

Ann packte aus.

Charlotte hatte einen Weihnachtsstollen geschickt. Vier Eierwärmer aus rotem Wachstuch. Einen Zauberkasten für die Kinder. Eine Klammerschürze für sie. So etwas hatte sie noch nie besessen. Und ein kleines, gesticktes Weihnachtsdeckchen. Das hatte Charlotte selbst mit großen, ungelenken Stichen gestickt.

In Charlottens zierlicher Mädchenhandschrift fand sie eine Aufstellung der Geschenke und einen Zettel: Geschenksendung, keine Handelsware.

Nichts sonst.

Im nächsten Jahr kam wieder ein Paket. Dieses Mal lag ein Zettel dabei.

Meine Schwester ist gestorben.

Nichts sonst.

Ann setzte sich hin und schrieb ihr. Liebe Tante Charlotte! Das Wort würde ihr gut tun. Charlotte gehörte nun zur Familie.

Charlotte schrieb nie. Aber sie schickte wieder an Weihnachten einen Stollen und dazu drei Baumkuchen. Sie hatte zum ersten Mal eine Weihnachtskarte dazu gelegt, und sie schrieb: Frohe Weihnacht wünscht Euch Eure Tante Charlotte.

Charlotte hatte verstanden.

Ann hatte ein wenig Furcht, daß eines Tages kein Paket mehr von Charlotte kommen würde, was gleichbedeutend mit einer Todeanzeige war.

KLAUS F. SCHMIDT-MAĈON
Jahreswechsel

was ist zeit,
was schon raum,
nur ein scheit,
im feuerschaum.

getrennt vom baum,
zum brennen bereit,
ist nur ein traum
am dunklen saum
der ewigkeit.

HEINER WILKE
Jahresübergang

Gern verharrt mer uff der Stelle
immer an des Jahres Schwelle
un mer blickt debei zurick.
Letztes Jahr war ohne Fraache,
muß mer iwwerrascht dann saache,
widder meistendahls voll Glick.

Sicher kennt mer sich noch streite
iwwer so poor Kleinigkeite,
die net, wie mer wollt, geworn,
doch des sin so klaane Sache,
die beim Inventur jetzt mache
kaum geeignet fer en Zorn.

216

Wenn mer die Bilanze ziehe,
sollt es Glick doch iwwerwieje,
daß es Lääwe aach gerät.
Will mer Haben sich verbuche,
muß mer schon es Gute suche,
un mer erntet, was mer sät.

Freehlich hatte mir's begonne,
freehlich is die Zeit verronne,
darum is es mir aach klar,
daß des Jahr, des mir erwarte,
reiht sich eu im Lääwensgarte
als e freehlich-gutes Jahr.

Drum woll'n mir mit Böllerschieße
freehlich dieses Jahr begrieße,
so wie mir's seit Jahrn geweehnt,
un so will ich widder hoffe,
daß die Winsche, die noch offe,
alle von Erfolg gekreent.

Neujahrsschießen

*Das Neujahrsschießen wurde als „welsches Tumultuiren zur
Nachtzeit" Ende des 17. Jahrhunderts verboten. Beleg für die Mei-
nung über das Schießen in der Neujahrsnacht ist eine Geschichte
aus Mörfelden. Ein Darmstäder versprach jungen Burschen ein
Trinkgeld, wenn sie einen Schuß täten.* Der Mörfelder Pfarrer Fa-
bricius schreibt dazu, „daß ein grausamer Exzeß in Schießen,
ungestümmem und wilden auff- und niederlauffen in den
Straßen vorgegangen, daß man fast in den Gedancken gera-
ten können, daß es eine unvermutete Invasion von Feinden
sei". Es seien hierdurch nicht bloß „die Leute in ihrer gebü-
renden Praeparation auf das Neujahrsfest gewaltig impedi-
ret und gestöret, sondern auch verschiedene kranke Personen höchstens incommodiret und affigiret worden." Fabri-
cius bezeichnet die Missetäter als „höllische Grassatores". Es
erging gegen sie eine schwere Untersuchung, bei der eine
Reihe von Eiden geschworen werden mußte, doch kam die
Sache nicht heraus.

*Auch die damals offensichtlich übliche Neujahrsbettelei sollte
durch eine Verordnung vom 24. Dezember 1685 verhindert werden:*
„Nachdem verschiedene Jahre hero wahrgenommen worden, daß uf die heylige Christfeyer- und darauf folgende
Neujahrs- und drey Könige Tage, nicht allein vieles Bettel
Gesind sondern auch theils Bürgers Kinder in der Statt all-
hier von Haus zu Haus herumlaufen und denen Inwohnen-
den mit Betteln und Singung einiger Lieder, deren Inhalt sie
doch nicht verstehen, umb Reichung einer Gabe, offtmahli-
ge Beschwerung verursachen, auch über das die Viehehir-
ten, Nachtwächter und andere Leuthe, in Ufhebung eines
Neuen Jahr Geld, fast eine Schuldigkeit und Gewohnheit
machen wollen; und dann solches Beginnen denen ergange-
nen Verordnungen zuwieder ist. So wird denen Beamten all-
hier hiermit nochmahls ernstlich anbefohlen, daß sie, sobald

in Gegenwartt des Statt Rhats, Viertelmeistern und sambt-
licher Bürgerschaft publiciren und anbefehlen sollen, damit
oberwehnte Betteley und Herumblaufen anitzo und künff-
tig, bey instehenden heyl. Feyertagen gäntzlich eingestelt
verbleiben, und zu solchem Ende diejenige, so deßwegen be-
stellet, ihr Ambt besser alß etwann sonst geschehen, be-
obachten mögen. Im übrigen was sonsten die gantz nothley-
dende Armen betrifft, da wird ein jeder seinem Vermögen
nach denenselben christlich beyzuspringen."

*Noch schwerer war es, die Bettelei durch die Herren Beamten
einzudämmen:* „Es sind aber noch andere Gratulanten vor-
handen, welche von besserem Schroth und Dienstes halber
dazu privilegirt zu sein vermeinen, die Brunnenmeister, die
Nachtwächter, die Statt Tambours und Pfeifer vom bürgerlichen Auschuß, der ordinaire Postbott, welcher das ganze
Jahr durch zu Fuß lauffet, auf die Neujahrs-Betteltäge aber
zu Pferd von Haus zu Haus reitet und mit einem Posthorn
seine Geber betäubt, desgleichen die Hirten und Schäfer,
welche von der alten löblichen Gewohnheit mit ihrer Aufwartung und Glückwünschen beschwerlich zu fallen, sich
biß jezo noch nicht haben abbringen lassen."

*Manche mußten sogar Gehilfen anstellen, um überall mit Neu-
jahrsgratulation sammeln gehen zu können, wo sie es für erfolgreich
hielten:* „Da der Thurnmann nur einen Lehrjungen aber keine
Gesellen auf den Dienst hat, muß derselbe zu seinen Neujahrs-
complimenten fremde Spielleute zur Hülfe nehmen, diese mit
Essen und Trinken reichlich versorgen, noch besonders beloh-
nen und, wann derselbe mit seinen Gehülfen 6 und mehrere
Wochen lang in der Statt und auf den Dorfschaften des Amts
herumgezogen und jedermänniglich beschwerlich gefallen ist,
bleibt ihme nach Abzug des Aufwandes außer dem genosse-
nen Wohlleben wenig oder gar nichts übrig."

*Und der Postbote war tagelang zu Pferd unterwegs, um sein
Neujährchen einzutreiben.*

219

GEORG CHRISTOPH LICHTENBERG
Neujahrswünsche

Neujahrswünsche für Herrn D.

1)
Deutsch, unerschöpflich, rein
So wie dein Herz, sei auch dein Wein;
Ein Mädchen gebe dir die Hand,
Reich wie dein Witz und schön wie dein Verstand.

2)
Im Jänner müssest du kriegen,
Im Hornung müssest du siegen,
Und im Dezember wiegen.

3)
Dir wünsch ich nichts, als dieses Herz zu kennen,
Was da für Wünsche für dich brennen!

4)
Verlangst du Geld und einen Mann,
Mein schönes Kind, so wende dich
Des einen wegen nur an den Himmel,
Des andern wegen nur an mich.

5)
Dir gab der Himmel was er kann,
Schönheit und Geist, nur fehlt dir noch der Mann.
O wollt er doch dies Jahr auch diesen Umstand heben
Und mir dazu die Vollmacht geben.

6)

Dir deine lauten Wünsche zu gewähren,
Dies Glück muß ich, als Sterblicher, entbehren.
Allein die heimlichen und stillen,
Dünkt mich, wollt ich, als Sterblicher, erfüllen.

7)

Was singst du stets von Mädchen und von Wein?
Komm, schlage heut ein neues Leben ein,
Geh mit dem Jahr aus deiner Zelle
Und halt' dich künftig an die Quelle.

8)

Frau, Kinder und Perücke sind schon da.
Nun Hörner dieses Jahr, so bist du ganz Papa!

9)

Ein Püppchen wünsch ich dir, doch wahrlich nicht zur
Schwester,
Nicht groß, nicht klein, nicht mager und nicht dick,
Ihr Kleid aus Evas himmlischem Manchester,
Beinkleiderchen und West aus einem Stück.

10)

Herrn   Wunsch an seine Ehegattin
Wahr ists, nach seinem Bild hat er dich ausgedacht,
Der Herr des Tages und der Nacht.
Doch sei gerecht, laß mich den Tag regieren,
Du sollst des Nachts den Scepter führen.

11)

An Jungfer...

Daß dir mit Kron und Kranz nur erst der Himmel lohne,
  Vom andern steh nur willig ab.
Ich stelle dir den Scepter zu der Krone
  Und zu dem Kranz den Marschallsstab.

12)

In dein Betragen Welt,
In deinen Beutel Geld,
Witz unter deinen Hut,
Feuer in dein Blut,
  Ist der Wunsch nicht gut?

13)

Ruh Fried und Einigkeit, wie die gemeinen Leute?
Doch zwischen Geist und Fleisch, versteht sich, wünsch
                                                ich heute
Dir gutes Kind und bin in Untertänigkeit
Zum Friedensstifter allenfalls bereit.
So hätt es mit der ewgen Seligkeit
Noch unmaßgeblich etwas Zeit.

Dem Herrn Dr Stiehle in Osnabrück schrieb ich am
Neuen-Jahrs-Tage 1773 folgendes Neujahrs-Lied
Das alte Faß ist ausgetrunken,
    Der Himmel steckt ein neues an,
Wie mancher ist vom Stuhl gesunken,
    Der nun nicht mit uns trinken kann.
Doch Ihr, die Ihr, wie wir beim alten,
Mit so viel Ehren ausgehalten,
Geschwind die alten Gläser her!
Und setzt euch zu den neuen her!

Dir, Freund, der mit der Jugend Feuer
    Des Alters Tugenden verbindt
Und zwischen Akten und der Leier
    Auf Lieder für die Freundschaft sinnt,
Bring ich dies Glas, komm, laß uns trinken,
Bis wir zu unsern Vätern sinken,
Des Deutschen Wein und Redlichkeit
Noch lange so getreu wie heut

Neujahrs-Wunsch an meinen Barbier in Osnabrück
Allerteuerster Barbier,
Recht von Herzen wünsch ich dir
Daß die Tracht der langen Bärte
Dieses Jahr nicht Mode werde.

An meinen Perückenmacher
O würden doch den Schelmen allzumal
Die Schelmenköpfe heute kahl,
So wünscht ich dir zum neuen Jahre
Ein halbes Dutzend Zentner Haare.

MATTHIAS CLAUDIUS

Görgeliana

Des alten lahmen Invaliden Görgel sein Neujahrswunsch

Sie haben mich dazu beschieden,
   So bring' ich's denn auch dar:
Im Name aller Invaliden
   Wünsch' ich ein fröhlich Jahr

Zuerst dem lieben Bauernstande;
   Ich bin von Bauern her
Und weiß, wie nötig auf dem Lande
   Ein fröhlich Neujahr wär'.

Gehn viele da gebückt und welken
   In Elend und in Müh',
Und andre zerren dran und melken
   Wie an dem lieben Vieh.

Und ist doch nicht zu defendieren
   Und gar ein böser Brauch;
Die Bauern gehn ja nicht auf Vieren,
   Es sind doch Menschen auch;

Und sind zum Teil recht gute Seelen.
   Wenn nun ein solches Blut
Zu Gott seufzt, daß sie ihn so quälen;
   Das ist fürwahr nicht gut.

Ein fröhlich fröhlich Jahr den Fürsten,
   Die nach Gerechtigkeit,
Nach Menschlichkeit und Wohltun dürsten:
   Der Fürsten Ehrenkleid!

Sie sind in diesem Ehrenkleide
   Wie Gottes Engel schön!
Und haben selbst die meiste Freude;
   Sonst muß ich's nicht verstehn.

Ein fröhlich Jahr und Wohlbehagen
   Dem Fürsten, unserm Herrn!
Der auch in unsern alten Tagen
   Noch denket an uns gern;

Der als ein Vater an uns denket
   Auf seinem Fürstenthron,
Und uns des Lebens Pflege schenket!
   Dank ihm und Gotteslohn!

Und seinen Untertanen allen,
   Wir sind ja Brüder gar,
Uns lieben Brüdern Wohlgefallen
   Und ein recht gutes Jahr!

„Und allen edlen Menschen Friede
   Und Freud' auf ihrer Bahn!
Ich segne sie in meinem Liede,
   So viel ich segnen kann;

Und fühl' in diesem Augenblicke
   Den lahmen Schenkel nicht,
Und steh' und schwinge meine Krücke
   Und glühe im Gesicht."

Bilett doux von Görgel an seinen Herrn, den 10. Jan.

Es schneit noch immer, mein lieber Herr, als ob's gar nicht wieder aufhören wolle.

Was doch für eine Menge Schnee in der Welt ist! hier so viel Schnee! und in der Pfalz so viel! und in Amerika! und in der Tanne! – ich pflege denn so meinen Gang nach der Tanne zu haben, weiß Er wohl. Der große Wald ist von Natur mein Lustrevier, und die Tanne liegt mir so bequem, grade am Tor, und führt eine schöne lange Lindenallee dahin; denn sind auch immer so viele arme Leute darin, alt und jung, die Holz sammlen und auf dem Kopf zu Hause tragen; und das seh' ich so mit an und gehe meinen Gang hin. Seit der viele Schnee gefallen ist, fehlt mir aber meine Gesellschaft; die armen Leute können nicht zu, und ich kann denken, daß sie sowohl hier als überall, wo so viel Schnee liegt, bei der Kälte übel dran sind. Mein Herr hat gottlob einen warmen Rock und eine warme Stube, da merkt Er's nicht so, aber wenn man nichts in und um den Leib hat und denn kein Holz im Ofen ist, da friert's einen gewaltig.

Am Nordpol, hinter Frankfurt, soll Sommer und Winter hoch Schnee liegen, sagen die Gelehrten, und in den Hundstagen treiben da Eisschollen in der See, die so groß sind als die ganze Herrschaft Epstein, und tauen ewig nicht auf! und doch hat der liebe Gott allerlei Tiere da, und weiße Bären, die auf den Eisschollen herumgehen und guter Dinge sind, und große Walfische spielen in dem kalten Wasser und sind fröhlich. Ja, und auf der andern Seite unter der Linie, über Heidelberg hinaus, brennt die Sonne das ganze Jahr hindurch, daß man sich die Fußsohlen am Boden sengt. Und hier bei uns ist's bald Sommer und bald Winter. Nicht wahr, mein lieber Herr, das ist doch recht wunderbar! und der Mensch muß es sich heiß oder kalt um die Ohren wehen lassen und kann nichts davon noch dazu tun, er sei Fürst oder

Knecht, Bauer oder Edelmann. Wenn ich das so bedenke, so fällt's mir immer ein, daß wir Menschen doch eigentlich nicht viel können, und daß wir nicht stolz und störrisch, sondern lieber hübsch bescheiden und demütig sein sollten. Sieht auch besser aus, und man kommt weiter damit.

Nun Gott befohlen, lieber Herr, und wenn Er 'n Stück Holz übrig hat, geb' Er's hin, und denk' Er, daß die armen Leute keine weiße Bären noch Walfisch sind.

Sein Diener Görgel

JOHANN WOLFGANG GOETHE

Aus dem Concerto Dramatico

Aufzuführen in der Darmstädter Gemeinschaft der Heiligen

Tempo giusto Die du steigst im Winterwetter
Von Olympus Heiligthum
Tahtenschwangerste der Götter
Langeweile! Preis und Ruhm
Danck dir! Schobest meinen Lieben
Stumpfe Federn in die Hand
Hast zum schreiben sie getrieben
Und ein Freudenblatt gesandt.

Allegretto Machst Jungfrau zu Frauen
Gesellen zum Mann
Und wärs nur im Scherze
Wer anders nicht kann.
Und sind sie verehlicht
Bist wieder bald da,
Machst Eibgen zur Mutter
Monsieur zum Papa.

Kindersprüche

Bim bam bum,
Das Jahr ist 'rum,
Äpfel werden grün,
Mädchen sind schön,
Burschen sind stolz,
Die Fahn' im Holz.
Da schnappt der Wind,
Da tanzt die Laus,
Da pfeift die Maus,
Das hopst der Floh zum Fenster 'naus.

*

Bruder, du sollst leben,
Soviel Tag und soviel Jahr,
Als der Fuchs am Schwanz hat Haar.

*

Ich wünsche dir zum neuen Jahr
Tausend Läuse an einem Haar.
Soviel Flöh' am Pudelhund,
Soviel Jahre bleib gesund.

*

Ein Häuschen von Zucker,
Von Zimt eine Tür,
Eine Bratwurst zum Riegel –
Das wünsche ich dir.

GÜNTER KÖRNER

Die neije, aalde Vorsädds fers neije Joahr

Am leddste Daach vom aalde Joahr guggd-mer mid so-
em gemischde Gefiehl noch emol zurigg. Is alles so verlaafe,
wie-mer's wolld? Is alles oigedroffe, was-mer sisch erhoffd
unn vorgenomme hodd? Naa, nadierlisch net! En Loddoge-
winn woar net drin; es wär jo aach e Wunner gewääse. Es
Raache, des-mer sisch abgeweehne wolld, konnt-mer aach
net losse. Unn der Schobbe Woi odder des Gläsje Bier is aam
aach in scheener Reeschelmäßischkeid Daach fer Daach
dorsch die Kehl gelaafe.

Iwwerhaubd woar-es – is-mer ehrlisch – mid de Mäßisch-
keid net soweid her im aalde Joahr. Mehr nach dem Moddo
„Ässe unn Drinke hälte Leib unn Seel zusamme" hodd-mer
manschesmol ferschderlisch zugeschlaache. Wenn's gud is,
därf's aach viel soi, woar' doch ofd die Dewiese. Unn weil's
aam dann mid-em volle Bauch fasd schläschd woar, sinn
dann noch poar Klare dorsch die Goijel gejaachd wor'n; wä-
jem bessere Verdaue.

Beweeschung unn Spord hodd-mer selemols sisch aach
uffs Panier geschriwwe. Dorsch Radfoahrn unn Trimme
wolld-mer doch widder uff Tuurn kumme. Elasdisch,
schlank unn juuchendlisch wolld-mer soin Kärber mache.
Awwer niggs woar's! Mid-em digge Hinnern bin isch fer de
klaansde Gang mid-em Auto gefoahrn. Unn im Summer im
Gadde gelääje, des woar net so aastrengend wie mid-em ver-
rosdede Haiker dorsch die Gäjend zu stramble.

Mehr Bildung unn Kuldur – wer will des net – hab isch
mer aach net so aageeischnet, wie isch-es so wollt. Es Gääje-
daal woar de Fall! Dumm unn niggs dezugelernd kennd-mer
deshalb eher im Riggbligg iwwer misch saache.

Vor allem awwer wolld isch en guude Mensch soi. Noch
viel besser als isch ja schon gewääse bin. Net mehr schenne,

kaan Rach schiewe unn aach net narrisch wär'n unn net in Raasch kumme. Jed' Beesardischkeid wolld isch ableeje unn nie mehr mißginsdisch soi. Nur Liewe ausstrahle unn viel, viel Liewe wolld isch de annern gäwwe. Die Liewe awwer so mir niggs, dir niggs auszudaale, des wolld dann doch moi Fraa net. Daadebei hadd isch schon so poar scheene Mitmenscher defier im Aach.

Awwer isch loß net logger, glaab-mer's. Moi gudde Vorsädds fers neije Joahr lieje bereids fesd. Es sinn widder die aalde! Heid Nachd – Schlaach zwelf – nemm isch misch selbsd am Schlawwitsche unn redd-mer ins Gewisse, nemm misch ins Gebed. Es wärd schon wär'n im neije Joahr – unn glaabd-mer's: Die Vorsädds wär isch halde. Eher wie net!? Unn seid so guud unnerstiddsd misch bißje.

HANS HERTER

Vun Johr zu Johr

Wann es laafend Jährche wend' sich
un e Johr kimmt widder nei,
drickt mehr feierlich die Händ sich,
macht en Haufe Sprich debei,
schreibt aach Glickwinsch unnerdesse,
wo mer an Bekannde schickt,
un hodd meist dann die vergesse,
wo mer selwer Winsch her kriggt.

Owwedreu dhut mer uffs Neie,
un solang mer erjend denkt,
sich uffs neie Johr schun freie,
grod als krägt mer was geschenkt.
Dhuts begrieße un beschieße,
macht en Halles alle Johr,
dhuts geheerig aach begieße. –
Un dann bleibt's so, grod wie's wor.

Weiter muß sei Miet mer bleche,
Steiern zahle, Gas un Licht,
muß sei dreckig Wäsch mer wäsche,
werd die Wohnung uffgewischt,
macht mer sich ans Essekoche,
muß mer schaffe, sowieso
bis nooch zwaaunfuffzig Woche,
widder e nei Johr is do.

231

Un dann macht mer aus-em alde
aach in's neie voller Freid,
wie mer's immer hodd gehalde:
Feiert, wie net recht gescheit,
Schwingt e Glos, kreischt „Prost Gemeinde",
knallt Racheede sich um's Ohr,
un winscht sich un seine Freinde,
e gud' Johr vun Johr zu Johr.

GEORG BENZ

Prost Neijohr!

– … des winsche mir uns alle!! –
So mancher Frosch liggt griffbereit,
so manch Raked dhut warde
mit Knall- und Schallgeschwindigkeit
ins neie Johr zu starde…
Manch Fläsch'che liggt noch unentkorkt,
zu fließe beim Begrieße –
manch Stickche Blei is schon besorggt,
Figurn des Glicks zu gieße!

– Denn widder rickt in unser Neh,
die Nacht der Johreswende –
Gesetz der Welt seit eh und jeh,
Beginne un Beende!
„Was woor des alde Johr fer mich?",
so wern sich viele froge,
gibts „minus" – „plus" beim letzte Strich
wann die Bilanz gezoge?

Glabts mirs, wer noch so speggeliert,
„Plus" is uns nie ganz sicher,
dann „Soll un Haben" is nodiert
in allen Lewensbicher.
Un des is gut so uff de Welt,
vedaalt sin Lust un Leide...
es macht net glicklich bloß viel Geld,
es gibt viel schennre Freide...

E froh Gemiet, statts stets verährt,
e bisje Sunn im Herze –
des macht es Läwe läwenswert
un dhut so viel veschmerze!
Uffm Friedhof drauß, einst Freund un Feind,
geh, les die viele Name –
dort lieje 'se ganz eng vereint,
so friedlich wie 'se kame...

Drum nitzt den korze Erdegang,
der uns noch is beschiede –
winscht eich als greßte, erste Rang:
Gesundheit, Glick un Friede!
Drum hebt die Gläser, wenns so weit,
loßt Fresch, Rachede knalle...
„Prost Neujohr uff e friedvoll Zeit,
des winsche mir uns alle"!

WERNER RÜHL

Wie werd's werrn?

Was hatt' mer sich doch vor me Johr
so alles vorgenumme.
Uff manches, was aam stand bevor,
wär mer doch niemols kumme.
Es hot doch eigentlich net schlecht
am Aafang aagefange,
so manches war aam sicher recht,
mer hatt' kaan Grund zum bange.

Dann awwer nach gewisser Zeit
is allerhand gescheje,
wovun betroffe worn die Leit,
die 's alte Johr desweje
zum Deiwel winsche, wie mer heert.
Sie misse net lang warte,
dann mischt das Schicksal unbeschwert,
fer's neie Johr die Karte.

's wärs schee, wenn's friedlich bleiwe det
die nächste fuffzig Woche
un daß net werd – eh's Johr vergeht –
en Streit vom Zaun gebroche.
's wär schee', wenn jeder blieb gesund,
un mißt sich net beklage,
dann hett er sicherlich en Grund,
vun Herze Dank zu sage.

Wer sich des all erhoffe dut,
der muß dezu was leiste.
Vun selwer werd net alles gut;
der Mensch is fer des meiste,
was so im Lewe all bassiert,
doch leider oftmols schuldig.
's is besser, mer is engangiert,
als daß man mer wart' geduldig.

FRITZ DEPPERT

Prost Neujahr

Glockenschlag Zwölf,
ich werfe mein Glas an die Wand,
ich gehe auf den Luisenplatz
und trage den Steinornamenten
meine Gedichte vor,
bis ein Besoffener mich auslacht.
Ich pisse ans Monument
und gehe weiter. Hindenburgplatz,
dich tauften wir um,
Prosit Neujahr Friedensplatz,
dieses Jahr finden wir auch
einen anderen Namen
für Bismarck und seine Pickelhaube.
Ich spreche von besseren Zeiten
und umarme den Kastanienbaum.
Es schneit.

KARL THYLMANN
Neujahrsbrief an Joanna

Darmstadt, 1. Januar 1914

Um Mitternacht stand ich am eiskalten offenen Fenster in den Mantel gehüllt und sah zum Orion hinauf und hörte das grandiose Wogen der Glocken und war ganz bei Dir. Ich finde, man *kann* das Jahr eigentlich gar nicht anders antreten, als am Fenster oder ganz im Freien, zu den Sternen hinaufsehend und auf die Glocken hörend. Ich dachte nur immer „unser Jahr beginnt", ich dachte, daß wir uns in dem Jahr, so Gott will, für immer zu einander tun, und alles teilen werden. Ich *muß* bald auf immer bei Dir sein, weil Du mir helfen mußt, helfen und schenken, damit ich allmählich immer mehr Deiner Liebe würdig werde. Gönne mir's doch, daß ich zu Dir aufblicke und mich beschenken lasse. Alles, was Du mir schenkst, macht mich freier, größer, besser. – Und ich kann nicht *mehr*, als hoffen, daß es von mir zur Dir gerade so ist.

– Heute habe ich einen unerhörten Spaziergang gemacht. Es ist Januarkälte, völlig reine Luft, sonnig und blau und weiß. Die Dämmerung war einfach herrlich. Als es *fast* dunkel geworden war und alle Sterne deutlich, stand ich in einem Steinbruch, der ganz still und weißverschneit dalag und oben an den Rändern standen im Ring wundervolle, winterlich weiße Bäume. Ich empfand plötzlich ungeheuer stark die Erde als den Leib des Christus in ihrer unsäglichen Schönheit.

JOANNA THYLMANN

Neujahrswunsch für Karl

Darmstadt, 1. Januar 1916.

Gott von Himmel und Erden
Laß es Friede werden.
Nicht für uns – die Sünder –,
Für die kleinen Kinder
Mit den reinen Herzen,
Ohne Schuld und Schmerzen,
Daß sie neu gestalten
Aus den Urgewalten,
Was im trägen Blute
Dir verloren ging.

Nahrhafter
und süffiger
Anhang

*Zu den Feiertagen gehören auch Eß- und Trinkbräuche, zum
Weihnachtsfest der Gänsebraten und die Weihnachtsplätzchen,
zum Jahreswechsel der Karpfen oder die Neujahrsbrezel. Beispiele
aus alten Kochbüchern sollen zeigen, wie die Kochgewohnheiten
sich verändert oder auch nicht verändert haben.*

Aus einem Kochbuch von 1531:

GANS, GEBRATEN („GÄNSSMILCH")

Eine Ganß zu braten/die feißt ist. Steck sie an ein Spieß/
vnd setz ein Bratpfannen darvnter/dz das Feißt[1] darein rin-
net/nimb ein gute süsse Milch vnd Eyerdotter/vnd ein wenig Mehl thu in die Milch/vnd streichs durch ein Härin
Tuch/wenn du es durchgestrichen hast/so setz es auff ein Fe-
wer/vnd laß ein sudt auffthun/rürs vmb/daß nit anbrennt/
noch gerinnet/wenns hat aufgesotten/so nimb Gänßfeißt/
seig es durch ein härin Tuch/vnd thu es in die Milch/ver-
suchs/obs gesalzen ist oder nit/denn das Salz kompt mit
dem Feißt von der Ganß herab/Ist es zu wenig gesaltzen/so
saltz es baß/vnd schaw/daß du es nit versaltzest. Wenn du es
wilt anrichten/so geuß die Milch in die Schüssel/vnd leg die
gebratene Ganß darauff/vnnd laß auff ein Tisch aufftragen/
weil sie warm ist/so heißt mans Gänßmilch.

GEFÜLLER KARPFEN, GEBRATEN

Nimb den Rogen von dem Karpffen/sezt jn auff in einem
Wasser/vnd laß an die statt sieden/Nimb Zwibeln/schneide
sie fein klein vnnd breit/schweiß[2] sie in Butter/thu sie vnter
den Rogen sampt der Butter/vnnd hacks klein/thu darein
Pfeffer/Saltz vnnd ein wenig geriebene Wacholderbeer/vnd

---

[1] Fett
[2] schwitzen

ein wenig Kümmel/wenn der Karpff geschupfft vnd eynge-
saltzen ist/vnnd forn auff dem Bauch nicht sehr auffgethan/
daß man die Füll darein kan thun/daß sie nicht wider herauß
fellt.

Wenn er gefüllt ist/so leg jn auff ein Roßt/vnd brat jn
wol/so wirdt er desto besser/laß jn kalt werden/schneidt jn
als denn auff dem Rücken auff/richt jn in eine Schüssel/
vnnd besträw jn mit dem Ingwer/so ist es gut/zierlich vnd
wolgeschmack.

Aus einem Kochbuch der Landgrafenbibliothek von 1754:

GANS MIT MANDELN UND MEERRETTIG

Wenn die Gans gehörig vorbereitet ist; so koche sie gahr.
Stoße hiernächst ein Viertelpf. abgezogene Mandeln im
Mörsel klein, rühre sie mit Sahne in einer Kasserole durch,
würze sie mit Muskatenblumen, Butter und etwas Zucker;
rühre es auf gelindem Feuer ab; thu etwas geriebenen Meer-
rettig hinzu nebst etwas Salz. Richte sodann die Gans an
und gib die Soße drüber.

GANS GEDÄMPFT MIT QUITTEN

Brate die Gans gehörig am Spieße gahr. Schäle Quitten
sauber, schneide sie in Achtel und das harte heraus, wende
sie in Mehl um. Laß Schmalz in einer Pfanne über starkem
Feuer heiß werden, thu die Quitten hinein und laß sie braun
werden. Hiernächst lege die Gans in eine ovale Kasserole,
gieße Wein und Wasser dazu, würze es mit Zimmt, Nelken,
Zitronschale und Zucker. Wenn du die Quitten nicht in
Mehl umgewendet hast; so mußt du ein wenig Mehl, in Butter braun geröstet, daran thun und mit kochen lassen.

KARPFEN GEDÄMPT

Mache zuvor von Hechtfleische, kleinen Zwiebeln, feinem Gewürze, Salz, Pfeffer, Muskatennus, frischer Butter und in Milch geweichten Semmelkrumen, wie auch Eyerdottern, alles kleingestoßen und zusammengerührt, ein Füllsel. Nimm nun einen schönen großen Karpfen, reinige ihn und fülle ihn mit diesem Füllsel an; koche ihn dann in einer ovalen Kasserole mit weissem Weine auf gelindem Feuer; würze ihn mit Nelken, Salz, Pfeffer, Zitronschale, einem Bündgen feiner Kräuter und Butter. Wenn er gahr ist, so mache ein Ragout von Schampignons, Murcheln, Trüffeln, Musserons, Artischockenboden, Karpfenmilch und Krebsschwänzen in einer Kasserole; schmore nemlich dies alles in Butter und würze es gehörig; thu Krebskoulis dazu und laß die Brühe etwas lang werden. Richte zuletzt den Karpfen in einer ovalen Schüssel und das Ragout darüber an.

ANISSGEBACKENES

Schlage 8 frische Eyer in einem Topfe mit einer Ruthe klein, oder quirle sie, thu dann 1 Pf. geriebenen Zucker und nach Gutdünken etwas Aniß dazu: schlag es wieder ein wenig, und mach es mit feinem Mehle so steif, daß man den Teig mangeln kann. Hievon mache kleine Stückchen, und backe sie beim Bäcker oder in der Torrenpfanne.

PUNSCH ZU MACHEN

Zu 3 Maaß recht schönen Punsch muß man haben: 1 Viertelpf. fein gestoßenen Zucker, von 8 Zitronen den Saft, von 4 Zitronen die gelbe Schale auf Zucker abgerieben, ein gutes Maaß voll gekochtes Theewasser, und eine halbe Butellje Arrak oder Rumm. Die Zitronen werden mit einer Presse ausgepreßt und durch ein Sieb in den Punschnapf gegossen; der Zucker wird auf Zitrone abgerieben, welcher nebst dem übrigen Zucker dazu kömmt; dann wird der Thee und Arrak zugegossen, endlich auch kochendes Wasser. Man rühre dies alles wohl durcheinander, und läßt es eine Weile stehen. Man kann auch das Wasser weglassen, und lauter Thee, auch wol etwas Franzwein zugießen.

Aus einem Darmstädter Kochbuch von 1839, „nach langjährigen Erfahrungen niedergeschrieben und im Druck herausgegeben" von einer anonym gebliebenen Köchin, die „30 Jahre ununterbrochen in der Küche beschäftigt" war und „8 Jahre bei Herrschaften, 10 Jahre in Gasthäusern und die übrige Zeit in bürgerlichen Haushaltungen gedient" hatte:

KARPFEN BLAU ZU SIEDEN

Der Karpfen wird geschuppt, ausgenommen, zu Stücken zerschnitten, auf eine Platte auseinander gelegt, mit $^1/_2$ Schoppen siedendem Weinessig übergossen, und dann schnell eine andere Schüssel darüber gedeckt. Hierauf macht man in einer Kasserole halb Wasser und halb Wein siedend, thut Salz, einige ganze Zwiebeln, Lorbeerblätter, Rosmarin, Citronenscheiben dazu, und wenn dies zusammen kocht, legt man den Fisch nebst Pfeffer, dem Weinessige und Brodrinde hinein; ist er weich gesotten, so richtet man ihn an, und bedeckt ihn nochmals mit einer Schüssel, wodurch er noch blauer wird. Oel, Essig und Pfeffer wird besonders auf den Tisch dazu gegeben.

BUTTERGEBACKENES

$^1/_2$ Pfund Butter, $^1/_4$ Pfund Zucker, $^3/_4$ Pfund Mehl, ein Gläschen Wein und etwas gestoßener Zimmt, wird wohl durcheinander gerührt, und nachdem es dünn ausgewelgert ist, mit Förmchen ausgestochen, und im Ofen gelb gebakken.

SEHR GUTES BUTTERGEBACKENES

$^{1}/_{4}$ Butter zu Schaum verrührt, 12 Eiergelb dazu, das wieder eine Zeitlang verrührt, 1 Pfund Zucker, $^{1}/_{4}$ Pfund süße Mandeln fein verstoßen, $^{1}/_{2}$ Loth gestoßenen Zimmt, 1 Messerspitze voll Pottasche. Dieses alles eine Zeitlang gerührt, dann Mehl dazu so viel es annimmt. Den Teig ausgewelgert, mit Förmchen ausgestochen, die Stückchen mit Ei gefrischt, etwas verstoßene Mandeln und gestoßenen Zukker darauf gestreut und gleich gebacken.

Aus einem Kochbuch von 1844:

GÄNSEBRATEN

Hat man die Gans zum Braten vorgerichtet, so füllt man den Leib mit in 4 Teilen geschnittenen Äpfeln, welche man auch mit Rosinen oder Korinthen oder mit getrockneten abgebrühten Zwetschen vermischen kann. Auch wird dieselbe in einigen Gegenden mit gekochten Kastanien oder mit kleinen Kartoffeln und etwas Salz gefüllt. Dann näht man die Öffnung zu, legt die Gans in die Bratenpfanne, salzt sie, gibt Wasser darunter und läßt sie, fest zugedeckt, beinahe weich werden und dann erst unter fleißigem Begießen offen braten, wobei von Zeit zu Zeit etwas kochendes Wasser hinzugegossen wird. Die Gans muß recht kroß, gelbbräunlich, nicht zu braun gebraten werden und die Sauce ebenfalls eine hellbraune Farbe erhalten. Beim Anrichten zieht man die Fäden heraus und macht die Sauce wie beim Puter fertig. – Zeit des Bratens $2^{1}/_{2}$ bis 3 Stunden.

GUTE BRAUN- ODER LEBKUCHEN

1 kg 100 g feines Mehl, 1 kg Zuckersirup, 125 g Zucker, 125 g Butter, 125 g grob geriebene Mandeln, die Schale einer

Zitrone, 8 g Zimt, 8 g Nelken, 2 g Kardamom, 30 g gereinigte, in etwas Milch aufgelöste Pottasche.

Den Sirup läßt man auf dem Feuer dünn werden, tut dann Butter, Mandeln und Gewürz hinein, setzt den Topf vom Feuer, rührt das Mehl allgemach dazu, und wenn es abgekühlt ist, auch die Pottasche. Die Masse wird besser, wenn sie 8 Tage an einem warmen Orte steht. Man knete alsdann erst vor dem Backen die Pottasche durch und bringt sie einen halben Finger dick auf ein heißgemachtes mit weißem Wachs bestrichenes und wieder abgewischtes (in Ermangelung mit Butter bestrichenes) Blech und setze sie bei etwas mehr als 2 Grad Hitze in den Ofen. Die Kuchen sind, sobald sie inwendig trocken sind, gar, und werden dann sogleich mit einem scharfen Messer auf der Platte in Form eines Kartenblattes geschnitten. Will man sie glasieren, so schlägt man Eiweiß etwas schaumig, rührt es mit Zucker zu einer flüssigen Masse, bestreicht damit die Kuchen ganz dünn und läßt es eben trocknen.

SPEKULATIUS

500 g feines, durchgesiebtes Mehl, 500 g Zucker, 250 g Butter, 3 Eier, 4 g Zimt, abgeriebene Schale eine halben Zitrone und 1 Messerspitze pulverisiertes Hirschhornsalz.

Die Butter wird in Stückchen zerpflückt, mit dem Mehl vermischt und mit den benannten Teilen – mit Ausnahme des Hirschhornsalzes – zu Teig gemacht, über Nacht oder wenigstens einige Stunden zum Ruhen und Erstarren hingelegt. Dann drückt man den Teig auseinander, streut das Hirschhornsalz darüber hin, arbeitet es möglichst schnell durch und rollt den Teig stark einen Messerrücken dick aus. Nachdem werden aus demselben mit beliebigen Formen Figuren ausgestochen, auf einem mit Wachs bestrichenen Blech bei mittelmäßiger Hitze gelb gebacken.

WEISSE PFEFFERNÜSSE

420 g feinstes Mehl, 420 g Zucker, 4 Eier, 90 g Zitronat, die Schale einer Zitrone, 1 Muskatnuß, 1 Eßlöffel Zimt, 1 kleiner Teelöffel gestoßene Nelken, 12 g gereinigte Pottasche.

Eier, Zucker, Pottasche und Gewürz werden gut gerührt, auf einem Backbrett mit dem Mehl stark bearbeitet, kleine Kugeln davon geformt und auf einem Blech langsam gebacken.

ZIMTSTERNE (SEHR GUT)

500 g Zucker, 500 g Mandeln, mit der Schale gerieben, 6 Eiweiß, 8 g feiner Zimt und die kleingeschnittene Schale einer Zitrone.

Man rührt Zucker und Zitronenschale mit dem zu Schaum geschlagenen Eiweiß $^1/_4$ Stunde stark und ununterbrochen, fügt den Zimt hinzu, setzt einen Teil dieser Mischung beiseite, rührt dann die Mandeln gut durch, rollt den Teig auf einem mit Mehl bestreuten Backbrett dünn aus und formt ihn mittelst eines Ausstechers zu Sternen oder beliebigen Figuren, welche man mit dem hingestellten Eiweiß und Zucker bestreicht und auf einem mit Wachs abgeriebenen Blech langsam backt.

WEINPUNSCH

6 Flaschen Rheinwein und $^1/_2$-$^3/_4$ Flasche Arrak werden mit Zucker, reichlich 125 g per Flasche, bis zum Kochen erhitzt und dann in einer Bowle aufgetragen.

EIN ANDERER WEINPUNSCH

3 Flaschen Rheinwein werden bis zum Kochen erhitzt, hinzugefügt: 1 Flasche starker Tee, der von etwa 15 g gemacht worden ist, und 360 g Zucker, worauf 2 Zitronen abgerieben sind, nebst dem Saft derselben. Wenn diese Mischung in die

Bowle gefüllt worden ist, setzt man, je nachdem der Punsch stark sein soll, etwa $^1/_4$-$^3/_4$ l Arrak hinzu.

Aus einem Kochbuch von 1930:

HUTZELBROT, SCHNITZBROT

Man kocht 125 Gramm gedörrte Birnschnitze und etwas gedörrte Zwetschgen recht weich, aber jedes besonders, verwiegt die Schnitze und die ausgesteinten Zwetschgen und bewahrt das Wasser davon auf. Hernach werden Nußkerne klein gewiegt und am Abend vor dem Gebrauch mit Kirschenwasser angefeuchtet. Alsdann werden die Birnen und Zwetschgen nebst den Nußkernen und ein wenig Birnenwasser mit ein wenig Mehl vermischt, die es gärt. Nun nimmt man Zimt, Nelken, kleingeschnittene Zitronen- und Pomeranzenschalen in den Teig, verschafft ihn recht und läßt ihn stehen. Den andern Tag wird von 60 Gramm Mehl, Schnitzbrühe und einem Löffel voll Hefe ein fester Teig gemacht, der Birnenteig hineingeschafft und stehen gelassen. Hernach, wenn er gegangen ist, macht man Laibchen auf ein mit Mehl bestreutes Blech, backt sie im Ofen und bestreicht sie dann mit Birnenwasser.

Und wenn Sie sich nach durchfeierter Nacht einen guten Kaffee kochen wollen, dann sei Ihnen aus dem landgräflichen Kochbuch von 1754 noch eine Anweisung verraten, wie man guten Kaffee kocht:

KAFFEE ZU KOCHEN

Der gebrannte und gemahlne Kaffee wird nebst ein wenig Hirschhorn in die Kaffeekanne gethan, kochendes Wasser drauf gegossen und auf Kohlenfeuer gesetzt; man läßt ihn etlichemal aufkochen; dann läßt man ihn sich setzen, und klärt ihn ab in eine andre mit kochendem Wasser ausgespülte Kanne, welche über Kohlen gesetzt wird, damit der Kaffee kochend bleibe. Will man den Kaffee filtriren, so setzt man die Kanne auf Kohlen, den Filtrirtrichter drein, in denselben legt man eine Tute von Löschpapier, und thut den gemahlnen Kaffee drein; dann gießt man kochendes Wasser langsam drauf, bis die Kanne voll ist. Auf 1 Loth[1] guten Kaffee rechnet man 3 Tassen Wasser; wenn man Cichorien dazu nimmt, so rechnet man auf 3 Quentchen[2] Kaffee 1 Quentchen Cichorien, und wird der Kaffee eben so gut, als von anderthalb Loth reinem Kaffee. Nimmt man statt des Löschpapiers leinene oder wollene Beutel, so müssen diese ja allezeit recht rein, aber ohne Seife, ausgewaschen und getrocknet werden. Wenn man die Kaffeekannen wegsetzt, so muß man sie allemal mit Kaffee, niemals mit Wasser ausspülen, sonst nehmen Sie einen üblen Geschmack an.

Das älteste Essen in der Zeit zu Sonnenwende und Jahreswechsel ist der Schweinebraten. Das Wotan geweihte Schwein wurde zum Julfest geopfert, und der Schweinebraten sollte Glück bringen. Heute noch schenkt man deshalb kleine Marzipanschweine als Glücksbringer. Auch die Gans war ein Opfertier.

Und noch ein Tip: Wer an Neujahr Sauerkraut ißt (mit Rippchen zum Beispiel), hat Geld für das ganze Jahr (so will es der Volksmund jedenfalls).

---

[1] 1 Loth = 15,6 oder 16,6 Gramm.
[2] 1 Quentchen = $^1/_{10}$ Loth.

„Das Darmstädter Koch-Buch" mit *„den besten Recepten für
den bürgerlichen Mittagstisch"* empfiehlt diese Zubereitung:

EINFACHES SAUERKRAUT

Das Kraut wird in kochendes Wasser gegeben und dieses
nach $^1/_2$ Stunde abgegossen, indem dann die übermäßige
Säure bereits herausgezogen ist. Dann thue man Wasser und
Schweinefett in ein Gefäß mit breitem Boden – es muß ein ir-
denes oder emailliertes sein –, gebe das Kraut dazu und thue
einen festschließenden Deckel darüber. So läßt man das
Kraut langsam kochen, und gießt nach und nach nur so viele
Fleisch- und andere, z.B. Kartoffelbrühe oder Wasser zu, als
nöthig ist, denn die Brühe darf nicht lang werden. Ist das
Kraut ohne Kümmel eingemacht, so kann man einen Eßlöffel voll dazu streuen oder ihn in ein dünnes Läppchen binden
und so mitkochen lassen.

Wenn es halb weich geworden ist, streut man einige ge-
schälte oder geriebene Kartoffeln – eine große Kartoffel auf
die Person – hinein und kocht beides vollends gar. Wer das
Kraut dünner liebt, nimmt weniger Kartoffeln $^1/_4$-$^1/_2$ auf die
Portion. Sehr gut ist es, wenn man zugleich mit dem Kraut
und in derselben Brühe ein Stück Bauchfett oder fettes
Rauch-, auch Schweinefleisch mitkocht. Auf diese Weise lie-
fert die Schüssel, wenn man abgekochte oder gebratene Kartoffeln dazu giebt, ein volles Mittagessen und man braucht
auch viel weniger Fett dazu.

Lebkuchensprüche

Ich bin durch große Hitz gekrochen;
Wer mich ißt, find't keine Knochen.
Ich bin aus Mehl und Honigseim,
Drum bin ich süß und schmecke fein.

*

Das Christkind hat in dieser Nacht
Dir diesen Kuchen mitgebracht.
Ich liebe Dich und tue Pflicht,
Drum vergiß auch Du mich nicht!

*

Nimm diesen Kuchen hin von mir,
Er ist für Dich gebacken
Und wird Dir trefflich schmacken.

*Wie sehr Lebkuchen zum Weihnachtsfest gehören, beweist das
Lebkuchengeschenk, das Darmstädter der Zarin Alix nach Rußland schickten mit der Aufschrift:*

„J. M. der Zarin von Rußland,
unserer lieben Alix,
von treuen Freunden aus der hessischen Heimat."

Und zum Schluß wünschen wir
Prost Neijohr
un e Brezzel wie e Scheierdoor.

Quellenverzeichnis

Die Texte von *Renate Axt, Margarete Dierks, Fritz Ebner, Eckhart G. Franz, Herbert Friedmann, Dorothea Hollatz, Ernst Holtzmann, Chris Keller, Manfred Knodt, Karl Krolow, Fritz Pratz, Wilhelm Riedel, Heinz Winfried Sabais (1922-1981), Klaus F. Schmidt-Mâcon, Ursula Sigismund, Heiner Wilke und Arnulf Zitelmann* sind Originalbeiträge oder für dieses Buch überarbeitete oder noch nicht in Buchform veröffentlichte Texte.

Alice Großherzogin von Hessen und bei Rhein (1843-1878): Mitteilungen aus ihrem Leben uns aus ihren Briefen. Darmstadt [2] 1883.

Georg Benz: „Ruthsebachgeplädddscher". 100 Gedichte in Darmstädter Mundart. Darmstadt: Roether 1975.

Ernst Karl Büchner (1786-1861): In: Georg Büchner: Sämtliche Werke und Briefe. Hamburg 1971.

Georg Büchner (1813-1837): Sämtliche Werke und Briefe. Hamburg 1971.

Luise Büchner (1821-1877): Weihnachtsmärchen. 1865. (Darmstadt: Roether 1938).

Matthias Claudius (1740-1815): Sämtliche Werke. München o.J.

Darmstadt in den Tagen des Weltkriegs 1914/15. Fünftes Heft. Darmstadt 1915.

Darmstädter Koch-Buch. Die besten Recepte für den bürgerlichen Mittagstisch. Darmstadt o.J.

Henriette Davidis: Praktisches Kochbuch. 1844.

–: Neues und bewährtes Kochbuch für alle Stände. Nachdruck 1930.

Fritz Deppert: In Darmstadt bin ich. Darmstadt: Verlag der Saalbau-Galerie 1982.

Wilhelm Diehl (1871-1944): Alt-Darmstadt. Friedberg 1913.

Heinrich Enders: Darmstädter Tagblatt ca. 1911/12.

Ernst Ludwig Großherzog von Hessen und bei Rhein (1868-1937): Bonifacius (Erschienen unter dem Pseudonym E. Mann). Darmstadt 1911.

Eckhart G. Franz: Nach Julius Reinhard Dieterich: Neues vom Treburer Weihnachtswunder. In: Volk und Scholle. Jg. 2/ 1923/24.

Heinz Friedrich: Aus: Weihnachten 1945. Ein Buch der Erinnerung. Hrsg. v. Claus Hinrich Casdorff. Königstein: Athenäum Verlag 1981.

Ursula Fuchs: Die kleine Bärin stinkt nicht. Neunkirchen: Anrich 1981.

Johann Wolfgang Goethe (1749-1832): Concerto Dramatico composto dal Sigr. Dottore Flamminio detto Panurgo secondo. Geschenkausgabe der Werke, Briefe, Gespräche, Bd. 4: Der junge Goethe. Stuttgart [2] 1962.

Wilhelm Hamm (1820-1880): Darmstadt im Biedermeier. Jugenderinnerungen. Darmstadt: Schlapp [2] 1981.

Theodor Haubach (1896-1945): Briefauszüge nach: Du hast mich heimgesucht bei Nacht. Abschiedsbriefe und Aufzeichnungen des Widerstandes 1933-1945. Hrsg. v. Helmut Gollwitzer, Käthe Kuhn, Reinhold Schneider. München 1954.

Hans Herter (1907-1972): Mickedormel – Sache zum Lache. Darmstadt 1949.

–: Mickedormel – Gedicht' un Gemischt. Darmstadt 1959.

Marianne d'Hooghe (1899-1978): „Mitbetroffen". Darmstadt: AGORA und Darmstädter Bücherstube 1969.

Johannes Jourdan: Gott kommt zu uns. Gladbeck 1979.

–: Frieden und noch viel mehr. Hammersbach 1982.

Kindersprüche: Aus: Ilse Unruh: Ene dene Dotz. Wiegenlieder, Fingerreime, Abzählverse, Lügenmärchen und Erzählchen aus dem Hessenland. Frankfurt/M.: Fricke 1980.

Günter Körner: Darmstädter Echo vom 31. 12. 1982.

Fritz Krämer: Bauernlewe im Oorewoald im neunzehhunnert rim. Darmstadt 1958.

Ernst Kreuder (1903-1972): Das Haus mit den drei Bäumen. Gettenbach 1944.

Arnold Krieger (1904-1965): Du nimmst mich an. Darmstadt: Bläschke o.J.

Kurt Krüger-Lorenzen: Deutsche Redensarten. Düsseldorf: Econ Verlag 1969.

Margarete Kubelka: Heilige sind auch Menschen. Heidenheim: Jerratsch 1979.

–: Die Geburt des Kindes: Orginalbeitrag

Elisabeth Langgässer (1899-1950): Gedichte. Wiesbaden 1959 (Rechte jetzt bei Claassen Verlag, Düsseldorf).

Legenda aurea des *Jacobus de Voragine (um 1230-1298).* Übersetzt von Richard Benz. Heidelberg: Schneider [9]1979.

Georg Christian Lehms (1684-1717): Das singende Lob Gottes. Darmstadt 1715.

Alma Levigion: Darmstädter Echo vom 18.12.1982.

Georg Christoph Lichtenberg (1742-1799): Schriften und Briefe. Bd. 1. München: Hanser 1968.

Johann Conrad Lichtenberg (1689-1751): Zitiert nach der Handschrift der Kantaten Christoph Graupners.

Lukas, der Evangelist: Aus: Die Bibel. Evangelium des Lukas. Kap. 2, 1-20

Magdeburgisches Kochbuch. Magdeburg 1802 (aus der Landgräflichen Hofbibliothek).

Max von Preuschen (1867-1932): Jugenderinnerungen eines alten Heiners. Darmstadt 1926.

Julius Reiber: Darmstädter Echo Weihnachten 1945.

Werner Rühl: Uffgedischt. Wochenblätter in Darmstädter Mundart. Zweiter Jahrgang 1980. Dritter Jahrgang 1982. Darmstadt: Garuda Verlag.

Robert Schneider (1875-1945): Darmstädtisches von Robert Schneider. Gedichtcher un Geschichtcher in Hesse-Darmstädter Mundart. Darmstadt: Roether 1972.

Hans Schiebelhuth (1895-1944): Werke. Bd. 1: Gedichte 1916-1936, Übertragungen. Darmstadt-Zürich: AGORA 1966.

Nikolaus Schwarzkopf (1884-1962): Der letzte Frosch der Neujahrsnacht. Berlin o.J.

Heinrich Sehnert: Sou woarsch ba uns dehoam. Volkstum an der nördlichen Bergstraße und im vorderen Odenwald. Seeheim: Sehnert 1982.

Wilhelm Strube: Knallsilber. Leben und Werk Justus von Liebigs. Berlin: Der Kinderbuch-Verlag [4]1979.

Supp', Gemüs' und Fleisch. Ein Kochbuch für bürgerliche Haushaltungen. Darmstadt [9]1858.

Karl Thylmann (1888-1916): Gesamtwerk. Dichter und Graphiker. 1866-1916. Bd. 1: Gedichte. Stuttgart: Gülistan Verlag 1968.

Wolfgang Weyrauch (1907-1980): Von des Glücks Barmherzigkeit. Berlin 1946.
– : Die Spur. Olten 1963.
Heinrich Winter (1898-1964): Das Jahresbrauchtum in Südhessen. Heppenheim 1951.
Gabriele Wohmann: Ausgewählte Gedichte. Darmstadt und Neuwied: Luchterhand 1983.
– : Der kürzeste Tag des Jahres. Darmstadt und Neuwied: Luchterhand 1983.
Karl Wolfskehl (1869-1948): Briefe und Aufsätze. München 1915-1933. Düsseldorf: Claassen 1966.

Herausgeber und Verlag danken den Autoren oder ihren Rechtsnachfolgern und den genannten Verlagen für die bereitwillig und gern erteilten Genehmigungen zum Abdruck der Texte.

Hartmuth Pfeil (1893-1962) schuf die farbigen Bilder auf den Seiten 9, 43, 173 und auf dem Schutzumschlag zu Luise Büchners „Weihnachtsmärchen" (Darmstadt: Roether 1938), das Bild auf Seite 239 für den Fichtel & Sachs-Kalender 1956. Wir danken Herrn Hartmuth Pfeil für die freundliche Genehmigung zur Reproduktion.
Für die Vorlagen zu den Bildern „Darmstadt zur Weihnachtszeit" danken wir Frau Helene Strohmenger (S. 141), den Herren Karl Ackermann (142, 145) und Claus Völker (146), dem Eduard Roether Verlag (139, entnommen aus „Darmstadt im alten Licht"), dem Schloßmuseum (140) und der Stadt- und Kreisbildstelle Darmstadt (138, 143, 144).

www.ingramcontent.com/pod-product-compliance
Lightning Source LLC
Chambersburg PA
CBHW031218020726
47499CB00002B/637